MISHIMA YUKIO

三 島 由 纪 夫

作品系列

拉迪盖之死

译者 ‖ 兰立亮

MISHIMA YUKIO

三 島 由 纪 夫

上海译文出版社

目录

水中月

烦恼内催……

宛如水中月，

随波易动。

《往生要集》大文[①] 第二

---

① 此处指《往生要集》正文。

请你回心转意，说一声你愿再见我一面！快点回来吧！求求你，快回来吧！不要离我而去，请再回来一次，一次也行。除你之外，我不会让任何人叩开寒舍的院门，请你来叩响它！想必你认为我是一个报复心很强的女人。——这点我自己很清楚，我很清楚这样的倾诉会越发加深你对我的憎恨，我就是想要加深这份憎恨。我觉得这是我不幸的原因。纵使加深这种不幸也要朝你射出利箭的我，发自内心深情给你写信。啊，我又说了如此言不由衷的话。对我这样的女人来说，能够再看你一眼业已足够。我每天过着蜉蝣般朝不保夕的生活，对我来说，见你一面便会成为我能再活十天的理由，这点你不会明白的，你有你的道理。我说这些，也是因为对你来说，来我这里根本不会成为你哪怕是一天活着的意义。但难道你会说见一面会折你十日阳寿？以这种语气写，你或许会觉得我是一个活泼开朗的女子吧。你经常来我这里时，我还是能够忍受悲伤和寂寞的，你将我的耐性抱怨地说成是忧郁。可是现在，我变成了一个一眼看去就无依无靠、无法忍受寂寞的女人，你现在读到的就是这样一个女人的来信——为什么我总是只能这样诉说呢？啊，无论是像雾那样朦朦胧胧书写出来的信的表面，还是字里行间前后不一的文字色彩，即便说都与写信时阴云密布的天空相关，但那“盈盈满虚空”[①]的，也可以看作是“吾情”。

① 出自《古今和歌集》卷11第488首。可译为“吾情如气升，盈盈满虚空，愁思无处散，郁郁不得终”。

我疲惫不堪，因为斋戒期一结束，我必须一直在宫里待着。你也知道，现在宫里有多忙。总之，我忙得不知身在何处，这点想必你也知道吧。让我现在难以动身去找你的原因就在你自己身上，这样说会令你心情不悦吧。不管怎么说，我现在已心力交瘁，证据就是我竟然做了一个有些孩子气的梦。我听到孩提时代曾听说过的罗生门的鬼魂出现在大街上这一消息，就站在门前等着。远处有颗蓝色的星星拖着尾巴坠落下来，此时，一辆没有仆童牵引的牛车，沿着月光照耀下杳无人影的大路缓缓走了过来。难道它会在我面前停下，里面会有人向我招手？车里伸出一只有些冰冷的汗津津的玉手，我能够感受到它那犹如黄金一般的沉重感。我正准备上车，就看到远处有一群人手擎火把冲过来，大声叫道："那是鬼，不要碰啊！"即便如此，我还是想要上车，却好几次被拦住了。我无意中一看，竟然看到了你的脸。——当然，这样说我丝毫不觉得你会生气，因为以前我也经常给你讲这种荒诞不经的故事，你总是听得很开心。昨天，我的朋友少将来访，戏称我为"夏虫"[①]。如他所言，在旁人看来我一定是"一根筋"——被你信中的语气所安慰，我自己也欣喜如此。拜你所赐，很遗憾我不会让你看到近来我身体孱弱的样子，而且，估计我也不会收到你的回信吧。请你也多多保重身体。

哎呀！我差点儿写了封欺骗你的信，本打算就此搁笔。之后我又将你的信仔仔细细读了一遍，内心痛苦不堪，就像吹过萩原的风一样剪不断，理还乱。最后，我还是要附加写上不仅仅让你，还会让我自己不得不陷入不幸的内容。我时不时会去一位东受领[②]的女儿那里。她生于东国[③]，最近两三年才来到京城，因长相出众，听说曾被邀请进宫供职，但她回绝了。当我知道原因在于我时，你不知道我有多高兴！因为如果成为“如桂君”[④]的话就万劫不复了……我想这个女子是你也会喜欢的人，她经常将来京途中的一些有趣或是恐怖的事用一种天真无邪的语气讲给我听。你知道我喜欢这个有着几分乡土气息、简直就像个小女孩似的女子后，或许会笑话我吧……呀，我又用这种开朗的语气写起来了。但是，迄今为止一直如湿乎乎的青苔那样没有生气的我，又是从谁那里学到了这种开朗、这种非常不幸的爽快呢？毫无疑问那就是你！算了，这种事无所谓了。不管怎样，你就当作至少有这么一个男人曾向你愚蠢地倾诉过。或许是我对你有些厌倦了吧，在这个女子面前，听着那柔弱的低声细语，现在的我怀疑自己是否已经无法忍受比这更大的声

---

① 特指夏天喜欢聚集在灯光下的飞蛾。在《古今和歌集》中，飞蛾扑火烧身被认为是一种不顾后果的愚蠢行为，同时可以形容爱的煎熬。

② 平安中期以后，实际去地方赴任的国司中的最高位。

③ 位于京城以东的诸国或地方，日本古代指逢坂关以东的地方。

④ 指宛如月中桂树那样可望而不可即之人。典出《伊势物语》，可译为“明知影可见，遥遥不可及，君如月中桂，脉脉不得语”。

音，这让我痛苦万分。我离开你之后能活多久呢？这一点我也希望你能好好想想。也希望你想想我按你所说再次回到你身边有什么意义。我也对此思前想后，正如秋日漫漫长夜中毫无目的地不停转动着的水车。请不要以为我抛弃了你，或许是你将我抛弃了。虽然那时是我扬长而去且长时间不通消息，但从那以后我不知多少次想见到你，哪怕看一眼也好。今年的樱花凋零殆尽，了无踪影，但那古树枝头闪闪发光的嫩叶，萌发出比花更加顽强的生命力。一看到这些，我总觉得心如刀割。随后，与你度过的那些日子，一幕幕无休无止地浮现在我的脑海之中。各种缘由，我自己也不清楚。

针对我那封故作坚忍写成的明快的书信，你也写了封与之非常相称的信作为回应。那种伪装的痛苦像陈旧的织锦，隐约而拙劣地暴露了出来。可以看到，伪装的开朗和发自内心的开朗，在人们眼中泾渭分明。更甚的是，你竟说这种伪装的开朗学自我！收到你的信后，我就身体不适，一直卧病在床。在此期间，又到了迎神庙会时节。你不再来我这里后，我无心整饬庭院，任其蓬草丛生。整个院落蓬草郁郁葱葱，甚至到了无法修整的地步，我以有些愉悦的心情望着这一切，犹如内心期待着那种不断郁积的愁思发展到无法收拾的程度。……前天的庙会当天，因为门前的道路成了去看庙会的近道，从早上开始就传来车子经过的声响。不仅仅是侍女，就连天真烂漫的小女——就是你曾取名为夏萩的亲骨肉也央求说想去看庙会。当我想起去年与你及小女一起看庙会的情景，就一言不发地躺了一整天。不知不觉间，五月的晚霞像幻影一般映照在草地上，逐渐变成了鲜活的黑暗并逐渐加重。柑橘的香气飘来，小女和侍女都消失了踪影，将我留在了那香气扑鼻的暮色之中。或许这是她们体谅我的一番心意吧。躺在床上的这段时间，从刚才开始就有参加完庙会回去的车子一辆接一辆地快速经过门前，车子发出的声音令我如坐针毡。当车子声音消失后，随后便是令人窒息的短暂的寂静。之后，我听到远远有一辆车子走近，或许你曾经看到过的鬼车就是这种车吧。想到这点，我非常怀念。正在此时，车辙声越来越响，这样一来，我竟然莫名其妙地心慌意乱。车主人的心情好像通过车辙声直接可以感受到。似乎是车子经过门前之时，我的心狂跳不止，甚至觉得恐惧万分，昏死一般晕倒在地。待我清醒过来，车辙声犹如幻影一般消失得无影无踪。我怀疑那令人窒息的痛苦是不是梦中的情形。我就这样盯着对面逐渐加深的夜色，脑海中那种清晰的记忆又复苏了。我突然想到，那辆车子的主人会不会是你呢？这样一想，车辙声在我的印象中格外鲜明地被唤醒，让我不知所措。我听到动静，是侍女走了进来，她一边点蜡烛，一边小声对躺着的我说："少将来了，要不要让他进来？"这位就是据说曾经在某个时候不合时宜地戏谑你为"夏虫"的少将吧。我严厉地打断她的话，说道："千万不要让他进来！你明明知道我现在心情这么不好，正躺着嘛！"侍女听后甚是困惑和犹豫。不过，好像是少将说了句"是吗"就立刻回去了……

啊，我又写了这些幼稚的内容，估计你不会明白个中缘由吧，我自己也一无所知。请不要生气！说实话，你虽然离我而去，但我并没有感到某种缺憾。与其说我现在很满足，毋宁说感觉到了那种像是要溢出内心的痛苦笼罩着我，已到了令我无法忍受的程度。思念之情，已逐渐转变为一种祈盼，祈盼你不再将超出此种程度的痛苦加在我身上。你经常来我这里的时候，我生活在对美满生活的憧憬之中，一味地怀念赋予我这一憧憬的源头，或许是因为我动不动就误将你自身比作美满生活的缘故吧。你或许也是因为这点才离我而去的吧。真的请你原谅我的口不择言，现在想来，我对你的爱慕之情，开始于认识到“将你比作美满生活是错误的”“你才是使我伤感的源头”的时候。恋情在中断之后才会绽放，正如樱花盛开之时花与叶无法相遇一样。试着打个比方说的话，你就是撞击着岩石奔涌向前的清清溪流，而我则像是长满湿滑青苔的河床。溪流流淌冲刷着我的身体，而且，如果溪流干涸的话，河床也就不会被冲穿。但是，我还是讨厌河床干涸，一味地祈求冲刷着我身体的那像瀑布一般的激流能够绵长不绝……

我虽然如此这般回顾自己的爱恋，心烦意乱地左思右想，但我并未从中得到丝毫慰藉。虽说如此，这封信也即是告知你我这段时间的日常生活。说起我的行动，真的无可奉告，岂止如此，我甚至动也不动，一直胡思乱想着五花八门之事。这难道不是很可怕吗？你还是考虑一下为好，在这个世界的某处，有一个女子整日思念你。而且，你却并不觉得她可怜，最后想办法去遗忘她。你去受领之女那里的时候，或许我就站在你们的枕边！不过，我对那个女子倒无丝毫妒意……总之，我不是那种将害怕挂在嘴边的女人。最近，我对我们的孩子疼爱有加。你常来的时候，我曾责怪你对夏萩连一句温和的话都没说过。而我们舐犊情深，可能因为夏萩也是冲刷着我身体的一条小河吧……

我就是这样在坚强地忍受着，连我自己都为此感到吃惊。你还是再读读我的信，我可根本没写我想要见你。请看，我就是这样在坚韧不屈地忍耐着，请祝福我吧。这该是多么悲痛欲绝的祝福啊！如果只能见你一次的话——我曾经那样提起过，你这样问答：你自己想想看！——啊，我思考了无数遍却还是无法找到答案。无论你问我多少遍，我除了说不知道之外毫无办法。我一味地祈盼着从这种悲伤之中摆脱出来，忍耐这一盛装，是多么不合我身啊！请你体谅我！和歌中“菊瓣之白露”[①]那“难忍愁思苦,夜起昼隐没”的描写，说的不就是这种状况吗?

① 出自《古今和歌集》卷11第470首,作者为素性法师。可译为“菊瓣之白露,闻声睡意无,难忍愁思苦,夜起昼隐没”。

我总觉得惶恐不已。昨日接到你的来信，又从她那里收到了一封。你那封附有一首和歌的信中诉说了这几十天来多次去她那里却无功而返，最后，在她首次答应和你交谈的那个晚上又被她冷酷地打发回去，之后就变得忧愁。看到这些，我万分悲痛。我一打开她的信，字里行间都是些卿卿我我的往事回忆。庙会那天，我每每想到去年这天的情形，心里就充满歉意。但是，我之前说过的那个受领之女执拗地一定要去。你也知道，如果不从她门前过的话会绕很大一圈路。而且，受领之女也隐隐约约察觉了我和她的事情——连我也被她这个时候所表现出的女人的强悍镇住了——坚持要从她门前经过，怎么劝说都不答应。她对我的车子发出的声音就像父母对婴儿细微的癖好悉数尽知一样，肯定能够听得出来。受领之女让我坐自己的车去，经她这么一说我就不得不去了。在庙会期间，我一直有一种担惊受怕的感觉。我非常矛盾，心里想着她能来庙会的话就好了，同时又觉得她还是待在家里为好。虽然我对自己如此怯懦感到气愤，但还是不自觉地退回到车里低头不语。因为受领之女来京时间不长，所以对庙会充满了好奇，犹如孩童一般如痴如醉地看着光彩照人的游行队伍，直到傍晚还依依不舍，对来回穿梭的过往车辆和繁华过后凄凉的嘈杂声等枯燥乏味的东西一直乐此不疲。我坐立不安，心里不知道多少次想说打道回府。但是，我心里有点迷信，觉得仿佛听到一个声音在告诉自己“现在回去的话，那就是着魔了。经过她门前之时，她一定会在门口等着”这一捕风捉影之事。当时，我一次又一次地想到“现在要是回去的话……”从而毛骨悚然，那种悲哀，估计你也无法理解。在受领之女命令仆役回去之时，周围的车子踪影全无，狗在夜幕远处不祥地叫着，纸屑就像某种怪异的鸟一般在暮色里翻滚。当车子经过那个转弯的时候，我像小鸟一样一直闭着眼睛躲在受领之女背后。车轮滚滚，听起来如同在空中疾驰。受领之女肯定早就知道车子行将接近她的住处。我一句话都没说，我觉得车辙声越来越响，但或许是我将车辙声和自己的心跳声弄混了——突然，我闻到了柑橘的香味，一下子清醒过来，不由自主地俯下身去。这或许是心理作用吧，我勉勉强强挺起那无法忍受、快要窒息的身体，好像心里石头落了地般放心地抬起了头。此刻，我看到受领之女脸上浮现出诡异的微笑，第一次看到了如同异界的鬼怪那样的笑容……啊，少将，你能听我倾诉真是太好了。事情发展到这里还算不错的。过了两三天，我收到了她的来信。哎呀，她还是察觉了，以一种料事如神般的能力看穿了这一点。自那天起，我每天苦闷地生活着，就像从以前起一直害怕的东西无声地将我逐渐包围一样。就这样，我和她也好久没有见面了，像被什么东西强迫着一样天各一方。这样的我最终能够在这种生活之中生存下去吗？唯有此事令我担忧。一句话概括，就是很担心。她把我比作溪流，将自己比作河床，但是，我已经厌倦了这种不得不煎熬对方的爱恋。我很清楚，与其说将我看作溪流，毋宁说我应该是河床，那才是我强烈几十倍的恋情。虽说如此，但我连它的数十分之一都已无法忍受。但是，我只能靠忍受它才能活着。不知什么时候，我开始坚定地认为自己的爱恋已经超越了她。只有最强的人才能认可那种一味被动的恋情。少将，我已经忘了这一点了。我这样说你千万不要以为我在影射你……总之，我对你心存感激，那是因为你极其担心她。我最近一段时间都不打算与她见面，将身体孱弱的我戏称为“夏虫”的你想必也能够理解我吧。话又说回来，你说庙会那天吃了她的闭门羹，之后进展如何呢？她不是说了最近一段时间对夏萩宠爱有加吗？我只是觉得，万事还是不要过度为好。

我心怀感激地拜读了你那封诚挚的来信，你在信中一五一十详细告知了她的近况。这半个月来，我和她不相问闻，正因为如此，往事的回忆更令我心如刀割。她已经不再写信给我，我和受领之女之间的交往也暂时中断，虽然她三番五次地写信给我……啊，我会怎么样呢？悲伤如同夏日的杂草般郁郁葱葱，我无法消除它们。从你信中得知，她对夏萩的宠爱近似疯狂。这不符合她的性格，她这个人到底怎么了？我很久没有看过夏萩的容貌了，是不是从她的脸上某个地方已经能看得出长得像父亲了？今天天空一隅从方才开始一直雷声滚滚，像是没有什么东西邀我“相逢云深处”[①]——根据你信中所写，每天她从早上开始就和夏萩一起沉浸在人偶游戏之中，以此来打发时光。而且，她让那个天真无邪的孩子唱着催马乐[②]等歌谣。

浅水桥[③]板吱吱响，
我如阴雨逝韶光；
是何人，
遣媒携得君之笺，

将我来叩访？

呀，是你们！

从你信中获悉种种消息，我总觉得苦不堪言。你说去看她时带了些点心给夏萩，她就像个愚蠢的女人一样一下子高兴得忘乎所以，她什么时候变成这样了呢？问她的话，她会说我是罪魁祸首。所以，我更不能去拜访她了。虽然我不认为一切皆源于我，但我总觉得在那里会遇到因繁华尽逝而异常荒废的残影。请不要将这看作是我的自作多情。她因我而完美，我对她有着一种犹如神灵那样的憧憬。她的那种端庄优雅确实与我息息相关。或许在这一点上，我看到了自己活着的价值。因为我对此感到厌倦，逐渐倾心于那种无需我亲自参与其中，自身就能达到完美的女人。但是，之前我并不明白，爱上这种女人的男人，必须是最勇猛的男人，正如前些日子我跟你说过的那样。少将，你也好好想想。像我这般纤弱的男子所应寄身的女人，是一个在这个世界上强大得无与伦比且令人恐怖的女人。在她那随时都会毁灭的天性之中，存在着犹如大河奔流般试图冲破堤岸的凶猛势头。

少将，我听到一些不好的传闻，希望那不是真的。当一座瑰丽壮观的庙宇被大火包围，即将倒塌之时，你是否认为，任由它在烈火中毁灭才是真正的僧人心态？这段时间你很少光临寒舍，我还真希望你能来看看这里凄凉的样子。

---

① 出自《古今和歌集》卷11第482首，作者为纪贯之。可译为“相逢何其难，宛如上青天，愿听远雷声，相思情绵绵”。

② 平安初期雅乐逐渐走向日本化的过程中形成的一种声乐体裁。

③ 据传岐阜县飞驒地区的浅水桥。《阿佐牟豆能波斯登登吕》（文中催马乐）的舞台，一说为福井县浅水町的桥。

对久未来信告知消息的你，我现在与其说是怨恨，倒不如说是愤怒。我如今弱不禁风，生怕看到你容颜的一瞬间气绝身亡，因此，我想借助这封偶尔为之的信倾诉衷肠。不知怎么回事，也许是念你至深的缘故吧，最近我总是看到一些按道理不可能看到的幻象。我重新阅读往日你写给我的书信之时，曾经听到从夏日午后那冰凉的拉窗后面突然传来的你的声音。那是一种欢快无比，如佛陀般爽朗祥和的笑声，你何曾这样笑过？尽管如此，那确确实实是你的声音。我起身环顾拉窗四周，只看到一枝藤花在蔚蓝色天空的映衬下微微摇曳。藤花本是凭借“开得浓艳”才被视为祥瑞之物，我看到的却是令人伤感的褪了色的藤条！天边高耸的云彩发出的强光晃得我眼睛生疼，但我还是走近那枝藤条。这时，我在花穗上看到了一个黑色的东西，那是一只萤火虫，这令我惊诧不已。虽说是萤火虫，却是一只附在花穗上、已经无法再发光的干瘪的萤火虫尸体，估计是在夜间死去的吧。看着这一切，我内心涌起一股强烈的伤感，尽管那爽朗的笑声仍然萦绕在我的耳畔，不知何时，我已潸然泪下。那是一种犹如站在世界尽头那样的孤独感，令我真想像小时候那样晃着身子大哭一场。你会笑我这个动不动就流泪的人吧。前天，我去了从未去过的钓殿[①]，当我凝视那长满浮萍的废池时，看到你那虚幻的容颜映在了水面上。我记得从刺眼的云缝之中仿佛听到了管弦之音，这也确确实实是那时候的事。如今，我在这异常通透而清爽的傍晚，听着蝉鸣给你写这封信。这样看来，我的双手就如同精心制作的信纸，一旦指尖染上墨水，就永远无法擦拭干净，我的心现在也是这样啊！黄昏的钟声向我逼近，动摇着业已形成的那种沉闷而令人憎恶地积聚在我身体四周的阴森氛围。我觉得那不像是真实的钟声，它比真实的钟声更加哀伤，更加刻骨铭心。这种鲜明的感受又若何呢？……

或许你也觉察到自己一时无法相信书写了以上内容的我，和写以下文字的我是同一人。但是，现在的我已将世人所说的嫉妒，看作是自己的一种人生价值，看作是一种救赎。啊！如果我一开始就像这样对你让步，你会说我不会嫉妒吧。——听说你对夏萩的宠爱近乎疯狂，现在恐怕也是如此吧。你或许会把原因推到我身上。虽说我离开了你，但我认为你不会因为过分宠爱女儿而做出愚蠢之事。你如此疼爱我们的女儿，这令我自愧不如。我说这话未必是要挖苦你，没有人会诋毁你疼爱女儿这一高尚品格，这点估计你也能感受到吧。我不是一味地恨那个男人。——我要责备你，不责备你我就无法活下去。为了我们之间那永恒的爱恋，为了我不惜赌上性命新建的精舍，我无法不责备你。我必须用我最后的热情在世上建造一座无与伦比的宏大的纪念碑。现在想来，你我之间的爱恋从一

---

① 日本寝殿造建筑南端临池而建的建筑，因可以在此钓鱼而得名。

开始就是一场战斗，你怎么想？我从未像现在这样趾高气扬地向你挑战过。你一直平心静气。啊，你最好回过头来想想，处于生死边缘的我或许会向你发起攻击。我绝不再期待见你，也不会再求你给我一个见面机会。希望你将开始写这封信时的我和写完这封信的我看作是完全不同的两人，将我向你倾诉的种种带有辩解口气的言辞一概视为谎言，我要责备你！我必须责备你！必须为真实的你建一个纪念碑。我不知何时离世，一直到死我都不会改变心意，你最好还是每天念佛吧！

啊！我想起来了，你说的是那天晚上的事！那天白天的时候天空晴朗、远雷低鸣。但是，接近傍晚之时，在微弱的日光下，逐渐刮起了令人恐怖的大风，天空骤然乌云密布，看上去更加阴暗。在此过程中，风不知何时渐渐减弱，不久却下起了倾盆大雨。雨声中电光四射，使庭院的地面不时呈现出微青的颜色，这一微不足道的景色逐渐被地面上雨丝溅起的朦胧水雾消除了。我惶恐地看着这一情景，夏萩非常害怕，看到很少见的闪电，吓得一直伏在我的膝上，一脸惊恐。看到这情形，我觉得这几个月发疯般地宠爱她的并不是真实的我，感觉自己像是专注于彻底洗刷自己罪恶的修禊似的。请不要笑话我愚昧，我只是想在生命的最后摆脱某物的束缚。为此，你甚至是一个障碍，我故意与你不通消息。我知道，你会责备我：若是那样，为何会允许少将频繁前往？我仰慕少将并非虚假。我这么说丝毫没有偏袒他的意思。虽然如此，与因照顾夏萩而身体日渐消瘦的我不同，他品性犹如东国武士，勇猛果敢而又天真无邪，我无法不欣赏他。少将是粗犷之人，我知道你虽然和他有着多年交情，但你一直瞧不起他。不过，你说他亵渎友情，或利用我宠爱女儿之心来对我献媚，等等，令我感到万分悲哀——永别了，这一切都结束了。夜晚不知不觉悄然而至，使景物的影子逐渐变得浓重。我茫然地望着那仍在发出声响、令人心烦意乱的滂沱大雨，想起两三天前你给我的那封带有不祥之兆的信，以及在我还没有给你回信的今天早上，你又托小舍人带给我的像中了邪似的写下的那首和歌。对此，我仅以《伊势物语》[①]的这首和歌作为给你的回复。

大淀海边松，
并非冷无情。
只是拍岸波，
退而恨悻悻。

之后，我奇怪地忐忑不安，魂不守舍，像展开一幅内容毫无联系的画卷那样重新思考自己的这种心绪。少将今天会不会来呢？已经到了他可以出门的时刻。近一个月来，除了斋戒之日，他日日前来。但是，在这令人不安的夜晚，竟还迟迟未到。我正在思忖，院门那里突然有了动静，我听到侍女朝我匆匆走来。啊，难道她要回禀说来的不是少将，而是你？我内心生疑，立刻退至帘后，甚至无心顾及夏萩看我的那种疑惑的眼神。我假装被雨声吸引的样子，朝你走来的方向望去。纷纷扬扬的雨线扬起的水雾将黑暗的地方衬得泛白，你从那边的拐角像是故意克制着似的平静地向我这边走来，眼睛睁得很大，嘴唇在颤抖，像是在嘀咕着什么。你背朝黑夜，身

① 《伊势物语》是日本现存最古的和歌短篇故事集，成书于平安时代初期，是日本和歌物语的开山之作。

体一动不动地站在滂沱大雨之中。看到这一情景，一种令身体微微一震的寂寞感翻涌上我那意兴阑珊的失落情绪。你坐在那里沉默不语，好像觉得抗不过同样保持沉默的我，于是就稍稍低下头，就那样背过脸去，膝行至帘子后面。“少将今天不来吗？”你极力表现出满不在乎说出的话语，真的感觉就像是发自内心而坦然说出的那样，更让我六神无主。你冒着大雨前来的原因，我原以为自己心知肚明，但我再一次变得对此茫然不解。尽管如此，我一直盯着你那昔日风采几乎丧失殆尽、如今无比静谧而孤寂的面容。此时，夏萩从我后面探出头来，小声叫了声“爹爹”。你回答道：“噢，你在那儿啊！好长时间没看到你了，真是长大不少！到我这里吧？”但是这孩子羞答答的，只是一个劲儿紧紧抱着我。你笑着说道：“你也像你母亲，很倔强啊！”同时回过头来看着我说：“你是不是也想以一种新的心态从头再来呢？我最近不断考虑这件事，我想过一种和现在截然不同的生活……”你虽然这么说，但我依然沉默，于是你吩咐道：“这段日子，我希望你来我家一起生活。”我猛然抬起头，看到你微微一笑，像是要说刚才那些话只是开玩笑。我一脸悲伤的表情凝望着你，你是不是觉得我不苟言笑？你微微转过头，就那样出其不意地问我：“你真的对少将心存爱慕吗？”我稍做停顿，就像睡醒了一般，以一种迅即安然的心态答道：“对，我仰慕他。”我这一毋宁说是斩钉截铁的回答，绝不是因为我想尽可能轻松地敷衍你，而是因为我将之视为绝无仅有的极大救赎。你也以微微开朗的语气说了句：“原来如此！”仿佛忘记了耳边哗哗的雨声似的沉思良久，你又说了一遍：“原来如此！”接着说道：“我觉得从今天开始才真正爱上你。”——说实在的，我听了这话，心里毫无触动，这反而让我感到困惑，因此，我险些说出了似乎无法挽回之事。那种只要说出口一切都会前功尽弃的危险迅即给我当头一棒。接下来，你对夏萩说着“爹爹还会再来，你等着我啊”，随即起身准备离开。我目送着你平静地转身离去的样子，开始发现之前一直没有注意到的雨声竟嘈杂无比、震耳欲聋。当你的背影转过拐角之时，我不由得产生一种不祥的预感。莫非我真正爱着的是你？我心中的这一想法越来越强烈。我后悔莫及，即便如此，业已无法挽回。我这么想着，同时，无法预知的叹息犹如注入海湾的潮水般顷刻间将我的身体充满。在那种心慌意乱的情形之下，我甚至没有办法判断自己是不是做错了，只有绵绵不绝的雨声麻痹了我所有的愁思，这对于现在的我是唯一的慰藉。

我听说你剃度之事，是在两三天后的一个早上。因为那场大雨，秋意初现。那是一段多么匆忙而又空虚的日子啊，你甚至连冬天都等不及，像是受到了秋风之邀一般，患病卧床不足五日便已踏上彼岸之旅。你出家之后，一次也没有写信给我。在此期间，仅仅一个月之后吧，你就如同菊花上的露珠那样滚落地面而了无踪影。最近，或许是因为获悉你已圆寂，少将也很少过来。在我这人烟稀少、杂草丛生的蓬门之内，夏萩也卧病在床，她面色略显苍白，身体消瘦，显得清秀纤弱。凝视着这孩子湿润的眼睛，我不由得产生了一种虚幻无常的情绪，觉得她已经开始思念父亲所在的天国。每次望着蜉蝣在秋日湛蓝的天空中飞来飞去，想到最近军队即将逼近京城的种种凶暴的传闻，我便觉得空中马上就会响起弓弦的轰鸣，附近人家的宅邸就像暴风雨过后的莎草地一样，被无情地夷为平地。今日的京城，一派牡丹花即将枯萎殆尽的样子。你听，秋风拂过茂密的胡枝子丛，从秋日正午冰凉的草丛阴暗处传来了虫儿哀切的鸣叫，正好夏萩已经入睡，我徘徊在明显萧条冷落的院中小路上，陷入忧思之中。我走到一棵艳丽的菊花前，如同梦中漫步一般不知不觉停下了脚步。那饱满而又冷艳的花瓣，美得甚至有点悲凉。乍一看，每朵黄菊花色深的花心处寄居着许多虫子，被虫啃食过的花朵依然散发出清爽的气味。看到这一幕，我脑海里毫无缘由地浮现出那芸芸众生欢欣喜悦所祈求的净土的样子。你正在看着整个虚空界的壮观景象吧。微风拂动的四色莲花、琉璃池、珊瑚花、百宝色鸟的鸣叫，还有各种宝树上结的色彩艳丽的树果，某一天，这些都会在我身之所处的现实中出现吗？不，不可能会这样。请从瓔珞树向我撒下莲花瓣，请让我这个在地上忍受悲伤的女子听一听那挂在遥远天际的无量琴的琴音吧，因为我是那水中之月。

《水中月》之大结局

完成于昭和十七年九月二十四日夜

山羊头

那天午后，辰三像往常一样走上那个狭窄的楼梯，此时，他听到唱片播放的高亢的华尔兹舞曲，看到卓别林正抱着一个年轻女服务员，扭腰晃胯地跳着舞转过二楼的楼梯口。这个男人曾见诸报端，因扛着化妆品或电热器广告牌结队游走于银座八大街而小有名气。

看到他故意摇摇晃晃倒向这边的样子，辰三用胳膊肘戳了下他的侧腹说道：

“心情不错嘛。K 酒吧的老板娘一大清早就请你喝酒了吧。”

他这么一说，卓别林就用那种庸俗肤浅的玩世不恭之人特有的令人生厌、尖细且沙哑的声音回应道：

“嘿嘿，你这是拿我开心呢。哈哈，啊哈哈……我说，小姐，为了不让这小子再给我泼冷水，咱们好好跳支舞给他看！”

卓别林口中所说的小姐，是个年仅十二岁、身高勉强到他胸部的女服务员。小姑娘并没有接他的话茬，而是从他手中挣脱出右手，从自己胸前的口袋里掏出一只镶着黑色花边的手套，用幼稚、讨好的眼神盯着辰三说：

“这个你喜欢吗？五百元要吗？”

“是你偷的吧？”

“你看错人了！真让人头大，算了，等会儿即便你想要我也不给你。”

小姑娘伸开右手麻利地将手套戴在了手上。因此，那只黑色花边手套即刻复活了，恰似一只不可思议的优雅的手浮现在空中。——辰三猛然伸出手臂，仿佛要抓一只在空中飞翔的鸽子。卓别林被辰三这个一时冲动的古怪动作镇住了，身子向后一撤，小姑娘则像从跳绳下钻过似的敏捷地抽回了身子，在秋天正午的阳光中四处躲闪着。阳光从一扇扇敞开的窗户倾泻而入，使尚未打扫的舞厅看上去就像刚刚放学后的小学校园。

“真讨厌，你弄疼我了，老师——”少女本能地觉察到对自己穷追不舍继而抓住自己胳膊的辰三的那股力量中，隐含着玩笑以外的成分，于是就做了个从舞女那里耳濡目染学到的令人讨厌的扭腰动作，甩开了这位舞蹈教师的手。随后，她将手套交给辰三，并告诉他说那是香村夫人忘在这里的东西，她昨天发现后代为保管。辰三接过手套，在手掌里玩味着它那有点毛糙的清爽感。其中，遍布整只手套的女人手上那种黏黏糊糊、沉甸甸的阴冷之感，突然像电流般导入他的手掌后复苏了，令他浑身战栗。此种感觉类似于古怪的音乐给予欣赏者的印象——让人想起此时此刻乐曲播放完毕后，回响在扩音器之中的那种唱针发出的怪异声响。

姑且不说道理，总之她的确是个漂亮女人，这一点毋庸置疑。她已上了十多天的舞蹈课，但那些身经百战的舞蹈教师尚无一人了解她的出身，因为她看上去三十来岁的样子，所以只是称呼她为

“夫人”，但是，教师们的慧眼连她是否成家这一点都无法洞穿。这个女人确实具有保守秘密的天分，她为人落落大方，眼神似睡非睡，对男人充满了魅惑，尤其那副看似对世事漫不经心的神情却具有诱人的魔力，寡言少语这一点是在告知人们自己为说话而开启那略显厚重的嘴唇时所说内容必有其价值。因为她的身体能够充分发挥作用，所以也就阻碍了秘密发挥作用。当辰三第一眼看到她，就想到如果不杀死这个女人，甚至还会发生战争之类的大事。

不过，这是他十天前的想法。

下午一点十分，清扫工作刚一结束，常来的三名学生就叽叽喳喳上楼来，自行播放唱片开始练习跳舞动作。他们将双手插进裤子口袋里，像练习溜冰一样在地板上滑步。从这个时候起，窗户挂上了黑幕，舞厅进入夜晚时段——三点正式开场之前是练习时间，香村夫人通常在两点时出现在这里。

她来了，在一个黑暗角落的椅子上坐了下来。

“一、二、三……一、二、三……”辰三还在教华尔兹。这些记性差得惊人的学生是向进驻日本的占领军推销电热器的制造商，他们吹嘘说是鉴于生意需要而只好忍辱负重学习跳舞。这些四十岁上下的男人们，提心吊胆地时而伸出他们肥胖的短腿时而又缩回，频频疑惑地歪着脑袋。“总而言之，要领和拼刺术一样。”辰三无奈地说道。

此时，辰三内心充满了那种纯真无邪的踌躇，这是平时从未有过的。之所以这么说，是因为香村夫人很像正直纯朴的二十岁的他离开乡下出来做学生时寄宿的那户人家的夫人。

用了不到一年的时间，他便了解到淫棍与河豚菜馆一样，也是都市不可或缺的存在。那时，正流行教师上门授课，辰三亲眼在主顾家的小姐身上见证了舞蹈教师上门授课的丑闻，对竟然还有这种既能挣钱又能骗色的好营生惊诧不已。但是，辰三对轻浮的小姐并无兴趣，如果自己能成为舞蹈教师的话，他首先想追求的对象就是那种贞淑的夫人。她们精通玫瑰栽培，喜欢养鸟，吩咐人做事时柔声细语，并有喜欢收集各类漂亮包装纸和包装带的那种童心未泯之处。然而，实际上他成为舞蹈教师后的第一个学生，是一位主动前来投怀送抱、剪着短发、宛若男人一样的小姐。

他在讨好女人方面进步神速，就像随着季节、天气、场所的变换而选择佩戴不同领带一样，他能够得心应手地操控各种甜言蜜语，爱情之类暧昧的托词已不复存在。仅仅只是追求——追求女人成了他生活的仪式，这毋宁说已是一种抽象的快乐了。那是一种坐在疾驰的雪橇上在无数隧道中闪电般穿行的快感。若此番形容尚不够准确的话，对他来说，那便是珍稀品种栽培专家观察到在女人心中没有实体的思维中渐次培育出各种活物的欢欣。

战争让他们这些人感到窒息，他开始了令人深恶痛绝的公司职员生涯。因为男女关系问题，他曾三次被公司解雇，并与舞女出身的妻子离了婚。在战争结束的前一年，年近四十的他被拉去当了海军，幸运的是他当了炮台卫兵，服役地在横须贺近郊荒草萋萋的要塞地区，是个能够在敌军空袭的间隙睡大觉的差事。战争末期的士兵们已经堕落到有点“风流倜傥”的地步了。

在五月明亮的深草丛中，那位被他抱在怀里的乡下姑娘突然默不作声地紧紧搂住了他。

“怎么了？”

辰三以为这个乡下姑娘在耍什么花招，沉着冷静地问了一句。

然而，朝姑娘手指所指方向的草丛一看，他顿觉毛骨悚然！——那里有一个被割下来的山羊头，像是从土里长出来的一样，眼睛正直勾勾地盯着他看。

周围的草丛血污一片，那只老山羊头却满溢着洁净和威严，正用深邃的眼神凝视着辰三和乡下姑娘的睡态。那并非是诋毁的眼神，或许近似于审判者的眼神。可是，作为审判者的眼神，好像其中饱含的阴沉显得过于浓郁了些。

那个下午，初夏的太阳使得草地上原有的热气迅即升温。通过散落在四周的山羊毛皮、羊腿、惨不忍睹的肋骨以及篝火的灰烬判断，辰三知道这是被征用到附近工厂做工的少年偷出辰三所在兵营饲养的山羊，在此杀掉烤食后的痕迹。明白了这点以后，绿油油的夏草、血迹以及洁白且神圣的山羊头构成了一幅寓意画的印象，这种印象无法轻而易举地从他的记忆中清除，何止如此，更贴切地说山羊头已经在他的记忆当中获得了某种权力。

战争结束了。

对辰三这样的男人来说，战争不过就像电影院里的幕间休息而已，舞厅在战后立刻呈蓬勃复兴之势，其中有一家名为“Q—”的舞厅是辰三的昔日老友经营的，于是辰三就做了那里的专任舞蹈教师。作为浪荡子之常态，即便对一个路上偶然遇见的女人，他如果不从对方眼神之中观察出某种欲望的话就觉得自己活不下去。参加战后第一届表演赛的一个舞女故意撞在他点燃的香烟上而使自己的礼服留下了焦痕，他便毫不费劲地将那个女人搞到了手。可笑的是，他那电光石火般的神速手法，似乎总是在遵从某种义务观念的命令行事。

他和那个女人共度了一夜，将近黎明时分，他在似睡非睡之中看到了一个令他不寒而栗的东西，那便是山羊头。它就在辰三正前方，用那极其空虚的眼神目不转睛地盯着他和女人的睡姿。辰三突然觉得自己和这个女人比切碎的牛蒡还要兴味索然、滑稽可笑，所以一睡醒，他就有点气急败坏地起床穿衣，丢下女人匆匆先回去了。

从那以后，可恶的山羊头无处不在，不管是在情人旅馆，还是在公寓的一个房间里……噩梦总是看准时间，在他与一个个初次偷情的女人一番云雨之后出现在他眼前两三尺远的地方。就这样，所有的幽会来一次就兴味索然。

但是，他对山羊头恨不起来，随着这种经历的不断增加，他逐渐发现自己在追求女人的同时，也在暗自期待着可能随后出现的山羊头。这是一种让他远离那种抽象快乐的心理活动，因为既然珍稀品种栽培专家冷眼旁观且好奇尚异的探究欲望已成了这个样子，未经辰三认可，那种对随处都会出现同一个山羊头的具体而恐怖的日常欲望便开始唆使他。

从表面上看，他好像把世人送给他的淫棍这块招牌发扬光大了，但实际上，他觉得自己已成为与淫棍这一种族完全相反的另一种族。

如今，辰三认为，那种充满自己内心的纯真无邪的踌躇已经不足为奇，它具有了某种真情。

唯独对于香村夫人，希望在山羊头不会出现的场所爱抚她这样纯洁的踌躇，以及想要在山羊头不会出现的情况下完美征服她这样纯洁的焦虑……

然而，那只香村夫人遗落的黑色花边手套决定了他的态度。他仍然顽固地不相信偶然之事。比如，在他看来，舞女礼服上香烟烧的焦痕是因为她故意将身体靠向辰三才留下的。即便这只遗落的手套，也绝对不是像小说中那样偶然的引导。

制造商们的练习一结束，就轮到香村夫人了。她轻轻用手理了理头发，从椅子上站了起来。

“您遗落的东西在我这里。”教师在香村夫人耳边说道。

“是吗……”她置若罔闻地应了一声，接着说道：

“啊，您是说手套吧，请还给我吧。”

“我怎能这么轻易就还给您呢！”

“我可要报警啦！”

“警察先生也会同情我的。”

“您可真难对付……我不是您想象的那种女人。”

“我只是将您看作手套的主人，并无其他意思。只是您遗落的这只手套可爱极了，我得到这只手套，打算与它成亲呢！”

“新娘子残缺不全，你真可怜啊。”

“那么，请把另一只也送给我吧。”

“算了吧，那边的学生在盯着我们看呢！”

“他们是在欣赏您迷人的臀部。”

“哎呀！”——香村夫人吃惊的样子颇为悠然自得，且非空洞无物。在那一本正经的诧异表情里，有股良家妇女模仿不来的不造作的风骚劲儿，她的措辞则有意识地保持着纯洁之感。

“学跳舞却碰到了你这种老师，今年真是时运不济啊。”

临别之际，她对辰三说道：

“老师，请把手套还给我。”

辰三再次在口袋里摆弄那只手套，隐约有点扎手的花边接缝给他的手指带来丝丝凉意，因此，一想到手套紧紧裹住女人手指时的感觉，他反而变得恬不知耻，不想把手套还给她了。并且，她索要手套时那一本正经的眉头，也让他感到十分美好。

“手套现在不在这里，我到楼下的办公室去拿，您回去时能在斜对面的咖啡厅等我一下吗？”

不知香村夫人是否识破了辰三这种越是沉迷算计越是工于心计的独特内心构造而有意为之，她对辰三微微一笑，那润泽的两排牙齿，在荧光灯紫色的灯光下闪出光泽。

——人一上四十岁，恋爱以短期贷款特别是一日贷的形式出现最为实惠。到了这个年龄，手里没有了充裕的现钱，已经不能悠然自得地期待着他人提供担保手续而专注于一年、两年的长期放贷。因此，在资金为数不多的情况下，如果不加快周转速度就难以为继。之前，辰三追求女人时总是尽量避免操之过急，对香村夫人也是屡次勒紧想纵横驰骋的缰绳。但当他看到少女手上那只黑色花边手套的瞬间，便再次被一日贷款的利润所吸引，这也是理所当然的。

当晚，辰三斜靠在一个能将 A 市充满南国风情的海湾美景尽收眼底的宾馆窗口，看着香村夫人就像撒着花粉一样带着沐浴后的芳香，在被灯光照得朦胧的水汽衬托下从浴室中走了出来。因为具备那种与色狼形影不离的吝啬，辰三从未自掏腰包来温泉旅馆这种高档场所，这次对他来说应该算是穷奢极欲的第一次。——随着女人不断靠近，水汽模糊了窗户玻璃，A 市市区的万家灯火在辰三眼中变得朦胧不清。

秋天的闪电时而在远离岸边的海面上空划过，照亮云朵苍白的脸颊。面临海湾的街道夜景之中，也包括了绕过远处海角尖端向这边驶来、即将汇入的汽车灯光。那些灯光从海角尖端向 A 市市区行驶，在途中时而与各种灯光混合在一起，时而又从中穿越而出，进入到似乎是森林或隧道的影子里，而后又甩掉那些影子不停地奔驶而来——他眼睛正下方是个矗立在夜幕中的车站，夜行列车深深喘着粗气停了下来，熙熙攘攘的乘客一时离开之后，留下了白色的月台，像一片空空如也的明亮的长条诗笺。与剧场后台舞女们盘腿坐着，大口大口吃红薯的喧闹相比，毋宁说此处的静谧之中似乎存在着超出常规的不均衡的东西。然而，香村夫人却在这种静谧中自由游弋，不久便坐在镜子前随心所欲地化起了晚妆。

女人一开始化妆，男人就会比独自一人的时候还要寂寞。不知是否由于这一原因，辰三开口说道：

“最近总是做噩梦……”

话一出口，他立刻便后悔了，但为时已晚。

“呀，我觉得这一定是您将被暗杀的前兆。”

她像是正在涂口红，说话腔调有点走样。一说完，她马上又改作热情而耿直的声音说道：

“您做了什么样的梦呢？”

事已至此，辰三只好简明扼要地讲述了山羊头的故事，并附带着解释说：

“我之所以这十天都没联系你，就是因为这次我可是真的害怕那个山羊头了。”

“是因为害怕自己玩腻了女人这个骄纵的老毛病吧。”

“不仅仅是因为这个……”

的确，话一说出口，即便只是想用山羊的故事蹩脚地引出拐弯抹角的情话，也是一种不折不扣的乏味之事了。可是，当他再次被山羊头凝视的时候，那种觉得自己与女人比切碎的牛蒡还要乏味的瞬间感觉如果并非虚假的话，那么对他来说，究竟哪一种乏味才是真正的乏味呢？

在草地上，山羊头白森森的羊毛在阳光下熠熠生辉，嘴巴看上去冷酷无情，正目不转睛地盯着他和乡下姑娘、他和某个女人的……一个个睡姿。如果那是蔑视，他尚能忍受；如果那是愤怒或者嘲笑，他也不难容忍，但他忍受不了那种眼神。他觉得，如果遇到那只山羊毫无意义的凝视的话，在这个世界上没有人能够对抗它，因为被那个眼神盯上后，人的幸福、理想、爱情，就会像遇到迅速、巧妙的谋杀那样顷刻间消失得无影无踪。虽说如此，但被杀掉的山羊嘴角竟无半点恶意的影子，这让他越发绝望……

“你被某种不好对付的东西缠住了，”化完妆的香村夫人总算收拾好了那些精巧的用品，像丢了什么东西似的探着头看着镜子，“那肯定是你的病，我觉得我能治好它。”

接下来，她过来坐在辰三的膝盖上，像坐在椅子上一般泰然自若。

“你是从这个方向盯着那只山羊的脸吗？”

“不是。”

“只是被它盯着的时候你才感到害怕对吗？”

“大致如此。”

“老师啊，你也有如此可爱的地方。从这个方向盯着山羊头的话，它立刻就云消雾散了呀！”

“怎么可能？”

“就这样……”

她那双带着几分睡意且含情脉脉的眼睛，在离辰三眼睛两三寸的地方呈现了黑色眼眸的扩散，那双眸子里充满了似乎要渗出来的深沉且甜蜜的魅力。

“请朝我这边看。”

辰三照她的指示看去，她的眼睑突然温柔地合上了，一张涂了眼影的姣好面容倒向他的怀里。

“我好爱你，我不知道自己还有这么爱的人。如果和你亲热也会看到山羊头的话，我就不活了！”

淫棍意乱情迷地这样说着。

然而，香村夫人仍然以那种端庄而毫无破绽的语调说道：

“说什么混账话呀！梦讲给别人后就不会再重现了，从今往后你绝对不会再梦到山羊头啦！”

这位聪明绝顶，被怀疑甚至可能带有启示力量的女人的预言一语中的，辰三第一次见到了和女人共寝时没有山羊头出现而和她一起迎来的黎明。如果“和她一起”这一说法欠妥，那就有必要予以修正。因为将近正午时分，在阴天的大海远远反射过来的铅灰色光线的照射下，他睁开了睡眼（他还未曾醒得这么晚过），发现香村夫人已不在身旁。打开浴室一看，她不在那里。叫来服务生，得知她一大早出去散步了。他嘴里发着牢骚，打算独自到楼下餐厅吃午餐。他为此正要穿上衣之时，发现装在内兜里的全部财产——他放弃所有一切，期待与她旅居于此而随身携带的全部财产——已经不翼而飞！

他一整天不吃不喝地坐在卧室里发呆。香村夫人再也没有回来，她昨晚睡过的地方隐隐约约散发着一种山羊的膻味，夹杂着脂粉和香水的气味。

大 臣

三月初的某日晚上八点时分，五辆汽车时前时后地跟着一辆明光锃亮的克莱斯勒牌轿车，疾驰在春寒料峭的京浜国道上。克莱斯勒多半时间里一直跑在前面，速度舒缓从容，显然不是想甩掉那五辆汽车，但连摇曳在车身上的夜景灯也带着某种冷若冰霜、深思冥想之感。突然，克莱斯勒拐向了通往大森车站的三间路。

穿过大森车站前的马路后，依然由克莱斯勒轿车开道，车队从一个陡坡上呼啸而过。一个穿着军大衣、正在下坡的男子，为让路而站到了电线杆后，瞪大眼睛向从自己眼前鱼贯而过的汽车车窗内张望。他看到第一辆车里坐着一位身材魁梧的老绅士，他膝盖上放着丝帽，那双有点浮肿的眼皮紧闭着，带着福相的脸部下颌满是赘肉，那对老人而言过于红润的下唇异常突出且富有光泽。一位年轻人拘谨地陪坐在老人身旁，他脸色苍白、身体消瘦。在紧跟其后的那辆车内坐满了人，他们的脸庞黑压压地重叠在了一起，小心翼翼地双手擎举着像是闪光灯或者像是照相机的黑匣子，香烟烟雾使车内的光线变得昏黄黯淡。

车队爬过坡顶，在火灾后的废墟中穿行，接下来驶入位于前方约一千三百米处的一座在火灾中幸免于难的宅院大门内，院内只能容纳两辆汽车。宅院内灯光已亮，车刚一进去，业已敞开的大门内即刻响起一片骚动。

由于左翼政党垮台，政权移交到了既不支持左翼也不支持右翼的党派手中。组建内阁之所以迟迟未决，是因为无人接任财务大臣之职。由于被多方游说，国木田兵卫答应出任这一职务，从而使组阁一事尘埃落定。在皇宫举行的新内阁认证式结束后接着便召开第一次内阁会议。七点半会议结束后，国木田回到了位于大森的家中。

五辆汽车停了下来，记者们像是被车门同时弹出来一般，迅即向大门口蜂拥而去。那股穷追不舍的势头，如果新财务大臣拒绝采访而逃回屋里的话，恐怕他们会不脱鞋子直接冲进去。

“诸位，若同时发问，恐怕就什么都听不清楚啦。都请进来吧，咱们在屋里慢慢聊。不过，如果你们没完没了地追问的话，我可能就要新设采访税喽！”

听完这个“大臣的玩笑”，记者、警察以及跟班们都爆发出了平时难得一见的哄然大笑。不停闪烁的镁光灯使国木田肥胖的脸颊显得时而滑稽可笑，时而恐怖狰狞。在他看来，自己正在讲话这一点就表明自身能力出类拔萃。想必他也察觉到记者们激动的情绪，与他们的那种感动产生了共鸣，自己甚至都想拍一拍某位记者的肩膀，说一句“新任大臣真了不起啊”来表扬一下自己。但是，他自身的那种感动极其庄严肃穆，抗拒了我们处于得意忘形之时所感受到的那种全身无与伦比的心荡神怡之感。他觉得自己仿佛在做体操，自由自在地感受着每一个动作。然而，在外人看来，国木田看上去比平时还要威严。

门口摆满了脏兮兮的鞋子，鞋子中间散落着被熏黑的闪光灯灯泡的碎片。《东夕新闻》的记者角谷故意不慌不忙地脱掉鞋子，正了正歪歪扭扭的袜子。他没有走向众人络绎不绝争相拥入的客厅，而是装着寻找厕所的样子，拉住了正要穿过里边走廊的秘书官松方，他们是高中时的同窗。国木田的外甥——农政事务官松方精神高度紧张，外套都没来得及脱，一只手里抱着财务大臣的丝绸礼帽。

“啊，是角谷君啊！”这位气色不好的消瘦男子，一看到角谷，整张脸都在打颤。在这种时候，他抱定了即便被认为摆官架子也不予理会的决心，脸色越发阴沉。“老兄，这次就饶了我吧，正忙得很呢！”

角谷一副铁了心的模样。万般无奈之下，松方只好气急败坏地拉开旁边的拉门，命令似的说道：

“那就在这里说吧，不要被大家看到了。”

那是一个铺有六张榻榻米的房间，灯火通明。所有的贺礼一股脑全都堆放在这里，无论是桌子上还是榻榻米上，都杂乱无章地摆满了用草席包裹着的木制酒桶、点心盒子等物，以致没有了下脚之处。他们只好站在礼品袋子的红白色和奉书纸[①]的墨色间隙中说话了。松方倒背着手关上拉门，悻悻地把国木田的丝绸礼帽放在身旁的礼品堆上。那里恰巧躺着一条瞪着浑浊怒目的大鲷鱼，奉书纸的包装滑落后，整个鱼身几乎全部露了出来。因此，松方越发急躁地挪开了帽子。

---

① 一种高级和纸。

角谷像是在安慰松方，说道："你真够累的！"

"最近三天三夜都没能好好睡觉了。"

"但是，大臣干劲十足啊。征收XX税的问题，丝毫没有让步的意思嘛。"

"想套我的话呀，我可不上你的当！"秘书官神经质地眨了眨眼睛，"不管你问什么，我都无可奉告。不过，舅舅的这股子干劲，从他明天的就职演讲稿绝不假借别人之手，而必须由他自己亲自执笔这一点就可以看得出来。"

当晚，钻进被窝之后，国木田开始起草演讲稿。

匆匆打发记者走后，国木田接受了聚集在客厅里的喽啰们的敬酒，接受了长年在家里做工的老女佣喜极而泣的央求，答应让她的儿子到家里来当差。接着，他郑重其事地向妻子传授了作为大臣夫人的须知事宜，并让主治医生在卧室里给自己量了血压。做完这些事情后，国木田终于可以独自面对枕边写论文专用的稿纸了。此刻，即便房间只有他一个人，他仍然觉得台灯光晕周围喧嚣不止，似乎有无数面孔在朝这里窥视。

国木田之前告诉松方秘书官，他要亲自起草就职演讲稿，一是想借机讽刺利用前任大臣懒政而伺机胡作非为的财务省领导层，亦有以此对自己表达祝贺之意。他令人惊讶的拙劣文笔，在金融界也是赫赫有名，但那天真烂漫的拙劣反而在掩饰他出身卑贱这一点上发挥了作用。

由于趴在枕头上写字的缘故，他肥厚的下巴倒成了支撑脸部的垫子。之所以采用这个类似于偷偷离开工厂宿舍的女工写留言那样的姿势，是因为这样他的血压会出人意料地降下来，从而让他感到神清气爽。他用婴儿般肉乎乎的肥手握着自动铅笔，龙飞凤舞、运笔如风。虽然夜里寒冷刺骨，但因为没有明火，这位老人感到心平气和。他用没有一颗假牙的健康牙齿，轻轻地从内侧咬着松垮垮的肥胖的颊肉。这是他思考问题时的一贯癖好。

在这个世界上，官僚是国木田兵卫最讨厌的东西，其次便是醋。别说是醋拌凉菜了，就连寿司也不怎么吃。要说他为何厌恶官僚却又出任财务大臣，那是因为他坚信大臣并非官僚。谁会把耍猴儿的叫作猴子呢？反言之，谁又能把猴子当作耍猴儿的呢？他想趁着这个最初的机会，好好把那些官僚们嘲弄一番，让他们在尚未觉察之时就已被大肆嘲弄，从而显得更加愚蠢。如果能达到此番目的，他认为这便是最好不过的揶揄方式。

他之所以执意亲自起草就职演讲稿，也是因为他心里有演讲稿的方案。写“就职致辞草稿”几个字时，由于用力过猛，笔芯折断了。于是，他将剩下的笔芯慢慢按出来的同时，自言自语地念叨着：“开头是一二三……这点不用担心忘了。接着是……”

一二三是一名艺伎。一位之前曾资助过国木田学费的恩人，为祝贺他大学毕业，第一次带他出来玩就指派一二三侍奉他。在那之前，国木田只见识过为学生提供服务的年老娼妓，所以，看到一二三那无与伦比的美貌和高雅的气质，顿时目瞪口呆，毛手毛脚地将酒洒在了她的礼服上，接下来惊慌失措地向她道歉，惹得那些小艺伎哧哧笑出声来，后来还是恩人老练地为他圆了场。被大友银行雇用后，国木田在他负责的新桥分行的服务窗口与一二三久别重逢。之后，他又在宴会上多次与她相遇。之后，一二三好像故意隔三差五将小额款项取取存存，只能认为她以办理存取业务为借口来看望国木田。一天，一二三没有像往常那样亲自过来办理业务，而是委托一个年轻的女仆带着她的存折来到了窗口。存折里夹着一封书信，虽然称不上是正经八百的天红[①]，却是用洁白的信纸写成的情书，字体遒劲有力——由于经常喝卡奥尔[②]，所以她总被年长的艺伎训斥，说她的口气让客人败兴。“那个女人是真心对我有意思啊！”国木田陷入了对往昔的回忆，“我过去讨厌看戏，与心仪的女人一起看戏却应另当别论。我明白这一点，是在那年五月和她一起去新富座观看了左团次[③]出演的新戏《切支丹》之后……那部戏也是她请我看的。”接下来，他这样写道：“近来，我们在一二三与号令下一齐盲目倒向了民主主义，失去了这样的自主性……”就这样，他把一二三的名字写进了演讲稿里。

自从如愿实现在既是同乡又是大友财阀头号人物的田男爵身边工作后，国木田深得田男爵赏识，国木田立志效忠于他。从那以后，随着国木田知悉了金融圈的里里外外，他也结识了新桥当红艺伎秀勇。由于秀勇深得男爵的宠信，二人虽然互相爱慕，但感情不了了之。

“秉承本省传统之优秀判断力和勇于开拓的实践能力……”

尽管演讲稿以此种风格着笔，但是，无法彻底摆脱乡下人自卑感的青年时代那举棋不定的恋爱经历，即便现在回想起来也无爽快酣畅之感。在田男爵的举荐下，国木田赴英研究金融，在伦敦赶上

---

① 对妓女写给客人书信的总称。

② Cahors，法国南部地名，重要的葡萄酒产地。此处指该地出产的一种颜色深黑、口感浓稠的红葡萄酒，别称“黑酒”。

③ 歌舞伎演员的艺名，全名为市川左团次，根据本书创作背景应为第二代的高桥荣次郎（1880—1940）。

了欧洲爆发战争[①]。伦敦女人的名字无法写进演讲稿里。他与田氏保持着密切的联系，在英国首都一直待到一九一八年战争结束。留英期间，他近水楼台先得月，研究了在大战中为防止英镑汇率暴跌而实行的著名的英镑固定汇率制度。回国之时，他提着皮包，里面装着他关于战争与金融关系且大多看上去是有机关系的那种精辟见解，身穿在声名远播的亨利·普尔[②]量身定做的时髦西服回到了因战争而经济繁荣的东京。现在，与他相比，东京人反而显得土里土气。

可以说，金融资本对田男爵而言，应该如纯洁的女王那样，对国木田来说亦是如此。男爵曾劝诫他绝不要卷入政治漩涡，多亏了男爵的告诫，他如今与追放令[③]毫无瓜葛而四平八稳地生活着（这也是他不做出头鸟的明哲保身之法带来的好处）。大友财阀直到最后对战争一直漠不关心，与军方勾结在一起的新官僚认为这是国木田得到田男爵授意而暗中策划的结果，因此国木田总是受他们欺负。从那时起，仅仅听到官僚这个字眼，国木田就觉得食不知味，逢人便说那些家伙全都是些近视眼、大锛头、好色鬼，是牙齿上沾满牙垢、穿着西装招摇过市的阉人。

他将战争期间的愤懑转向了女人，为一个叫政千代的艺伎赎了身。

“我国政治与经济的趋势……”将她的名字写进演讲稿易如反掌。

二战结束后，男爵去世，政千代也随后死于斑疹伤寒。正是从

---

① 指第一次世界大战（1914—1918）。

② Henry Poole，英国知名时装店，成立于一八〇六年，以手工定制名贵男装闻名。

③ 指一九四六年一月四日联合国盟军总部公布的公职追放令，公职追放令的主要目的是要禁止战犯出任日本政府的公职。

这时候起，国木田对政治的热情开始觉醒，他的政治热情表现为一种近乎孩子气的阴险的复仇。

战争结束后，位于赤坂的中河待合[①]等同于他的起居室，那里有寿美江和桂子。另外，在新桥则有京子和小里，去京都的话有荣龙。

“承蒙诸位的热诚相助，才有了生产业绩的蒸蒸日上，在此谨表祝贺[②]，尤其要为成就此感人肺腑之美谈的幕后主角奉上月桂冠[③]。与此同时，我更要着力从财政金融方面抑制通货膨胀问题……”“以东京为首的六大城市，以及乡里村落也要燃起重建的热情，要认识到和平国家的光荣使命……”文字本来就味同嚼蜡，加之他又强行加入了这些女人的名字，文章变得更加难以处理了。然而，难以抵抗的睡意袭来，他也无暇将稿子重读一遍。

能以最少的睡眠时间来满足身体需要这一点是所有功成名就者共同的虚荣，正因为如此，他将或许只能是由睡眠不足引起的脾气暴躁归结为某种高尚的动机，以此创造一天的灵感之源。像他这样情绪不佳早餐却能大快朵颐的男人真是少见。国木田一边接二连三地把家乡人作为贺礼送来的腌白菜塞进那张油亮且下唇突出的嘴巴里，一边考虑提拔被其他局的长官排挤而不得志的T担任财务次官。T在财务省局长级别的官员中是资格最老的一位，虽然脑子不太灵光，但适应能力强，在一副精英派头的局长们头上安插一个

① “待合”为“待合茶室”的简称，是专供男女私会、客人和艺伎游乐的酒馆。

② 此处原文为寿ぎ，日语中的汉字“寿”有祝贺的意思。以此于演讲中强行加入“寿美江”名字中一字。

③ 指月桂叶编制的花冠。古希腊人视月桂为圣物，以此表示荣誉。

木头人任凭自己随心所欲地操控这一聪明构想，不等国木田突发奇想，财务省就已流言四起，不知何时，这一流言也传到了社会上，仿佛就像板上钉钉一般真实。

由于顾虑大臣的心情，虽然在同一张餐桌就餐，但夫人和秘书官外甥几乎没有说话，只是静静地夹了点那条当作贺礼送来的大鲷鱼的鱼肉。

“这个给你。”国木田从身上的睡衣口袋里掏出像人事任免令那样叠得整整齐齐的草稿，递给了刚刚放下筷子的松方。松方的反应有点神经过敏，就像正在玩“说牛答马”“说昼答夜”那种心口不一的游戏一般。

“是就职演讲的稿子吗？”

“由于各种杂事，演讲恐怕要安排到下午了。在此之前，你让大臣官房的人把稿子誊抄一份。”

说完，国木田站起身来。他在檐廊下踱着步，心里考虑着若发现摄影记者躲在院子里擅自偷拍的话，就大发雷霆怒斥他们一通来作为晨练。他环视了一下四周，只见院里白梅开得晃眼，庭院朝着将要下雪的阴暗天空敞开着那没有生机、色泽暗淡的草坪。看来并没有人躲在院中，屋里也鸦雀无声，与昨日的喧闹大相径庭。

国木田突然觉得自己就像一个被无情抛弃的人，虽然这是一种不合理且没有任何理由的情感，但就像用舌头舔舐的蛀牙洞一样，他总是觉得自己是个废物，这种情感的一部分存在于某处，这或许会在某种程度上影响到自己的语言表达。

根据预定安排，他九点半到财务省报到，与前任官员完成职务交接，之后到国会拜见诸位议员，下午召集财务省全体人员发表讲话。以前有只召集领导层事先会面的惯例，但自从前任大臣起，这一做法因遭工会抗议而废止了。

松方手里握着铅笔写成的演讲底稿，跑进了阴沉沉、冷飕飕的晨曦笼罩下的大臣官房。因为他打算不经官房长官过目而直接命令下属誊抄底稿，眼睛一直在找那位从不擅离职守且字体工整的老事务官。这时，秘书科科长拍了下他的肩膀。

“喂，恭喜你啦。现在正在办理事务交接吧，次官和官房长官都被叫去了。”

“是。”

“要誊抄底稿吗？”

这个身材矮小、目光狡黠、身上带有小学优等生派头的男人，摆出一副能够提前五分钟预先洞察宇宙将要发生之事的架势。

“是。”

“好的，我收下了。大臣接下来要去国会吧，在他回来之前誊好就行了。”

稿子已经交至秘书科科长手中。

官房长官室已成为财务省领导层谈天说地的场所。会客室的布置虽然廉价但焕然一新，铺着缎子桌布的桌子上，摆放着一成不变的松树盆栽。手握财务省实权的预算局长坐在离火炉最近的安乐椅上。财务省只有他一人秃顶。他的手指苍白而纤细，看上去极其干燥而了无生趣，与他那车把式模样的长相甚不般配。由于他生动有趣的长相和头脑异常敏锐之人所必有的那种乏味相悖，所以手指勉强体现出这一点。其余四人，均是省里身居要职的局长，并且都是喜欢交际、性格开朗、精力充沛的阴谋家式的绅士。

“各位怎么看新任大臣的争强好胜？就连《东夕新闻》的记者角谷都感到吃惊呢！听说，第一次内阁会议结束后，大家来到首相官邸的休息室休息时，从总理的雪茄烟上掉下来的火星眼看就要把地毯烧着了，而坐在他身旁的国木田非但不去踩灭，还硬是把总理叫了回来，让他自己去踩灭呢！”

“这个人啊，与财务大臣相比，他更适合消防署长这个位置啊。”脖颈上糊着疥疮膏药的经济局长说道。他习惯于一边帮腔一边死盯着他人的脸，“用消防车拉着他送到国会就行了！”

接下来，凭借自然而然的联想，局长们的话题就转移到“他不会忘带消防用的软管吧”“寿美江怎么样啊”之类的油腔滑调的贫嘴上。这些处事谨慎的绅士们口中之所以冒出此类话题，是他们对国木田根深蒂固的反感超乎了想象，同时也是向按常理本应晋升为财务次官的预算局长的积愤多少表达迎合之意。预算局长察觉了这一点，因此不得不摆出格外慷慨大方的姿态。他出了名地讨厌工会，也是工会视为眼中钉的头号人物。他曾经要求工会撤掉丑化他个人形象的恶毒漫画，在那幅漫画上，他正在喝着用榨取的工会会员的鲜血酿成的美酒。

“我带来了墨宝哦。”

秘书科科长走了进来，他一边关门，一边转过那张大饼脸，将手里的稿子贴在额头上展示给大家看。

“是真迹吗？让我看看。”

“我还没有看呢！”

“快拿过来！”

这一情形模模糊糊带着某种不安的恶意，可以说，这是在那种对恶意毫无目的的饥渴欲望漂浮之时投下了诱饵。

“什么呀这是，‘在一二三与号令下’，真让人惊讶！把演讲错当成开运动会了吧。”

“写得支离破碎的，好像是要到处宣扬近来大臣的素质都下降了似的，就连我们这些跑龙套的配角都显得很愚蠢。真让人受不了！”

“奇怪的是，找不到一处有涵养的地方，伦敦留学时学的东西都忘到九霄云外了？长期指挥生意的人，会变成这样吗？”

“总之，他一开始就是在戏弄咱们嘛！”预算局长下了结论。

“咱们必须得给他一个教训。”

“即便如此，这文章也写得太差劲啦，字也歪歪扭扭的。”

“我还没有见识过他的笔迹——”经济局长装模作样地将稿子举到窗户明亮的地方查看，“字体软绵无力，不会是让哪位情人写的吧？这种事情国木田可真能做得出来。”

这一极其接近事实的猜测，却被一句兴味索然的“怎么可能”给否定了。预算局长一个人带着一副不耐烦的表情回到自己椅子上吸烟去了。当这个男人表现出满脸厌倦的神情时，就必须要多加留神了。果不其然，他叫了秘书科科长的名字。

“科长，将稿子改一改再交给他怎么样？”他单手握拳，轻敲脖颈，用一种漫不经心地想起某事时的语气说道。

“嗯。”

“我认为有必要一开始就让他闻一闻财务省里刺鼻的空气。如果不方便，我负责修改也行，官房长官那边由我来说。”

“好的。”

“修改总得有个理由吧。”

“我随便编个理由。”

接到国会通知，新任大臣的就职演讲将于下午两点开始，所以财务省职员陆续开始到省内“コ”字形大楼的中院集合。

一点五十五分，大臣的座驾抵达财务省。

松方立刻前往官房取誊写好的稿子。

秘书科科长出乎意料地主动将偷梁换柱的稿子递了过来，同时向他解释了修改的原因。原因显而易见，令松方欲哭无泪——他明白，如果大臣快要演讲的时候还没有发现稿子被调包的话，那将是自己的过失；如果事先说明情况的话，挨骂的还是自己。最近几天以来，跟在舅父身后东奔西跑，他对世上严重缺乏尊敬之心这一点大为震惊。尊敬是一种不兑现纸币①，丝毫不具有黄金的情感。当二者中的某一种在极度匮乏之时，无论人们如何激烈争抢，各自的手里依旧空空如也。松方觉得，在这个世界上尤其没有受到尊敬的人便是自己。

——照着誊写好的稿子开始演讲的国木田眉毛动了一下，突出的下唇可怕地鼓了起来。一二三、秀勇、寿美江、桂子、小里、荣龙、京子的名字在演讲稿里消失得一干二净。国木田觉得自己认识的漂亮女子似乎全都香消玉殒了。但是，他那倔强倨傲的青春，那像旧皮革一样韧性十足、坚不可摧的青春在心中复活了。复仇需要一种与争夺女人的勇气相同的东西，直觉告诉他，这是预算局长搞的鬼。

秘书官战战兢兢地望着大臣办公室所在的二楼窗户方向。他看

① 不兑现纸币是由政府发行的不能兑换成黄金或白银的纸币，其购买力源于政府的权威和信誉。自金本位取消后，政府发行的纸币均为不兑现纸币。

到从二楼三个方向通往中院的大门陆陆续续走出一群人，一个年轻人佩戴着花哨的格子围巾，醒目的黄色在他肩膀上飘来飘去。

“稿子似乎全都变了啊。”国木田的声音听起来并不像是在生气。“是的。”松方再次紧张地望了望国木田的脸。那张原本滑稽、富态的脸庞因为眼皮鼓起而看上去带着困意。——松方立刻在口中演练了一遍的托词都是将诸如“省里具体情况”“与工会的妥协”“考虑到第一印象”“冒昧地给予改正”之类的陈词滥调装点得富丽堂皇，并配以蔓草纹饰的那种官气十足的答复。如果大臣命令拿回原稿的话，他会有针对性地说上一通极其高雅郑重、锋芒逼人的辩词。

但是，国木田知道稿子被调包后并没有再说什么。他说了句“可以开始了吧”，就迈步走向了楼梯，那里有一个门通到中院讲台前面。秘书科科长站在台阶下，向他行了一个宫廷式的鞠躬礼。秘书科科长在这种情况下也能兴高采烈、满脸春风地充当向导，所以社会上称他为老江湖。

听众用掌声向新财务大臣表示欢迎，那是一种冰冷且慵懒的掌声。

微弱的阳光照耀着讲台周围，那里并排坐着各局局长。在公共场合落座时，预算局长大都头部微倾，双手交叉抱在胸前，任何时候都将“虽然有疑问，但姑且认真倾听”这一心理准备体现在这一姿势上。财务次官说完流于形式的欢迎辞，工会委员长结束了他那富于肢体语言的欢迎演讲后，财相国木田才登上讲台，开始轻描淡写地朗读给他安排好的稿子。预算局长听得出来，他那漫不经心的朗读方式本身，自然就暗示着针对自己的温柔报复。这是自己的权力如同皮球般温柔地弹回来时所感受到的那种酣畅淋漓的反应。

“职工工会的诸位工友，”念到此处时，国木田的眼睛离开了稿子，“职工工会的诸位工友，”他又读了一遍，声音大得有点异样。预算局长惊讶地抬头看着大臣的咽喉。

“我国木田就是盼着同诸位促膝交谈才来到本省的……”

真是岂有此理，国木田竟然开始历数以思想激进而出名的财务省职工工会的优点和功劳，对他们大肆吹捧。这就是对预算局长最为尖刻的刁难，是最明显不过的报复。其他各局局长幸灾乐祸地偷偷窥视着预算局长的苦相。

台下听众一阵骚动，互相咬着耳朵。不用说，他们也能猜到其中的内幕，所以，身为共产党员的年轻工会会员相对而视，窃窃冷笑。

尽管如此，在大多数听众眼里，这位成就了一些奇迹、身材魁梧的新大臣，是个与众不同的煽动者。系在大臣肥胖脖颈上的活动衣领，如同白色的蝴蝶一般随着他激情澎湃的演讲翩翩起舞。唾液濡湿了下唇，他的嘴角两端就像马一样积满了唾沫，整个人看起来宛若不知不觉在向某种教义宣誓效忠的人一般。一种诚实，一种如同神灵附体般突然出现，连他自己都难以驾驭的诚实，使他那张红润而肥胖的脸庞更加引人注目。正因为如此，他四周的听众静静地听着，仿佛一群古代之人围坐在一名神灵附体的男人周围。

“我衷心深爱着工会的诸位工友。”当国木田说出这句话时，这一情况达到了高潮。会场某处传来了不合拍的掌声，其他地方的听众则报之以怪异的抿嘴一笑。此时，一声严肃到令人败兴的嘘声将笑声镇压了下去。

留在房间里的两名打字员从三楼窗口眺望着这一场景，她们几乎听不到会场的声音。经过护城河畔的都营电车发出的轰鸣，遇到那柔和阳光照耀下的明亮建筑物墙体而被反射了回来，这种回声听起来更大。

“那个背对着咱们的人是谁？”

“你可真是的！他就是大臣呀！”

“他真够胖的啊。”

“想必是营养太好的缘故吧。”

她们二人不约而同地幻想着自己能够做那个男人的小老婆，过一种穷奢极欲的生活。

房间里跟往常不同，显得空空荡荡。一群请愿的人惊讶地偷偷看了看走过去了。除了电炉烧水的声音，以及那位已经老态龙钟、一无是处的事务官青江嘴里的嘟囔声，就再也没有别的动静了。

“〇〇一二六八。”

“〇〇一三五八。”

正在用铁笔刻钢板的老事务官，刻完后紧接着嘟囔一遍。突然，他小心翼翼地放下铁笔站起身来，从与打字员不同的观察窗口瞄了一眼中院里的演讲场面。无论怎么敲打，那张脸上都不会浮现出任何感想了。

回到座位上后，他口中又自言自语地嘟囔着：“这一任大臣是哪一位呀？”

他只是这么说说，看不出有一丝好奇心的迹象。接着，他又投入到那无休无止的工作当中。

“沙沙沙，〇〇一八六三。”

“沙沙沙，〇〇一七九一。”

“沙沙沙，〇〇一五三六。”

……他手边的桌子上摆放着报纸，上面刊登着内阁阁僚一览表以及阁僚纪念照，很明显这是今天早上的报纸，但他对此不屑一顾。

一九四八年十一月三十日

魔群经过

一

大门口亮起了灯光，接着，传来了木屐落在水泥地上那清冷的咔咔声，从足音透出的娴静可知，那是位女性。她紫色的和服衣袖压在格子门的毛玻璃上，低头去打开插锁时的面部侧影投射在格子门上。

在看到格子拉门对面的情形之前，伊原就已知晓对面的一切。格子门对面，五年前曾经拒绝了他至今仍然单身的恒子在等着他；自那以后他再也没有造访过的蕗屋家的内部陈设在等着他；前几天突然碰到，并邀请他参加今晚聚会的蕗屋护——恒子的父亲在等着他；还有一群无聊的中年男人兴味索然的聚会在等着他，他对这一切心知肚明。即便如此，伊原已到了只对了然于胸之事情有独钟的年龄。但就算在他曾以登山家自居的过去，也和如今的自己并无二致。因为登山家特有的那种征服高峰时经过精密计量所验证的可称之为美丽的诡计——那种将地图上的比例尺运用到现实之中，为将未知事物纳入毫无悬念的已知的掌控中而采用的明目张胆的诡计——在他眼中呈现了出来。他那如同平时眺望远山时的炯炯目光，时至年逾四十的今日仍然没有消失，尽管如此，那绝不是梦想家的眼睛。

从打开的格子拉门的暗影里，一双阴郁而美丽的眼眸抬头看着伊原那双眼。随后，恒子将身体往拉门的暗影里稍稍退了退。

一种清爽的冷漠令伊原心花怒放。一瞬间，他不再纠结于五年前的不快记忆，悠然自得地陶醉在中年男人那种自私的宽容之中。

这个家已经不再雇女佣，不习惯操劳的恒子按二十五岁这个年龄来说就显得过于苍老了，可以说这或许是她的过失得到的报应。恒子那给人留下很深印象的鼻子看上去就像刻意为之，这也是苍老的表征之一。但是，在她的这种衰老方式中，蕴含着某种未知的新鲜感，仿佛在转瞬即逝的凋零过程中，弥漫着行将枯萎的玫瑰散发出的那种深沉、浓烈的芳香。

她没有再次仰望伊原庆雄的面容，貌似沉浸在突然袭来的沉默强加于她的那种走钢丝般的精神冒险之中。恒子站在大门的幽暗之处将伊原迎了进来。正因为只有脚看起来比她的年龄稚嫩得多，所以她那穿着白色布袜的双脚，宛若走在钢丝上一般轻率地不停移动着。

“请您稍等。”说完，她去里面向父亲禀报。

“你的发卡快掉了。”

“哎哟……”

她的发卡随着轻率的脚步移动在耳边岌岌可危地摇晃着。实际上，伊原本打算睁一只眼闭一只眼，但在她即将离开之时，这个微妙的提醒还是自然而然地脱口而出。多亏这句看上去热心的提醒，他反而发现了自己依然与她同处岸边一侧。

——身穿茧绸和服便装的蕗屋护沿着恒子方才走过的那条走

廊，一路小跑着迎了过来。这个男人过去绝不会跑着前来，而且绝对不会感觉到有义务跑着前来迎接等候自己的客人，如今却出人意料地像个忙碌的女佣一样在家里跑来跑去。无论在哪个方面，蕗屋护都让人觉得是对昔日自己的拙劣模仿，就连他那光秃秃的端庄的前额，现在看起来都有点像假冒的，他自身已经与如今的他不相称了。

"哎呀，欢迎光临！"他首先奉上了一个无偿的鞠躬。以前，这个鞠躬可是价格不菲。

这位年长的友人，青年时代曾以伊原的榜样自居。在京都大学就读的时候，从游玩到挑选烟斗、定做衣服，伊原无一不是在模仿他。前几日，在运输省运营的电车里遇到身穿破旧西服的蕗屋时，伊原突然感受到的，与其说是蕗屋护的悲惨境遇，倒不如说是看到他如此落魄时自己内心的凄凉。要说唯一没有改变的，只有他那优雅且高明的鞠躬礼了。

"咱们开门见山——"他以一种庄重的语气慢条斯理地说道，"请您先缴会费吧，五百元。"

如果他像是面带苦笑而急忙欲言又止那样说出这些话的话，可能反而加深那种屈辱的印象。蕗屋护故意从容不迫地讲出来这一做法深深刺痛了伊原。对伊原来说，这就像观看修行者吞剑表演一般万分残忍。就这样，蕗屋护试图采用感觉迟钝、变本加厉地伤害自己来武装自身，他的努力，令伊原感到战栗。

"哎呀，真是不便宜啊！"

伊原吐了吐舌头，竭力挤出一副卑劣的苦相，借此对蕗屋的这一努力添油加醋，这样，也就为他找到一个台阶下，将他那被识破的努力完全粉饰般地说成是演戏。蕗屋一个劲儿地眨着眼睛，接着，慷慨地笑道：

“哪里的话，当作色情电影的入场费也许是贵了点，但如果看作是拯救父女俩的救命钱，可以说相当便宜了。”

——客厅里已经来了三位客人。垣见夫人忍受不了客厅不断高涨的笑声，就怀抱着一个大手提包低头坐在靠里的长椅上，上气不接下气地叫嚷道：“别再说了！不要再说了！”在她旁边，坐着被开除公职的实业家辻，他那张在大和绘[1]上经常可以看到的樱桃小口，像念经一样无聊地嘟囔着，这便是这位体态微胖、刚刚步入老年期的社长说那些淫词亵语时的一贯腔调，再没有比他说那些下流话时看上去更一本正经的时候了。

然而，在长椅背后幽暗的檐廊边上，有一个人背对大家，仿佛在聚精会神地倾听几乎听不到任何虫鸣的夜晚庭院里的动静。此刻，那人的背影敏感地动了一下，比辻和垣见夫人抢先一步发现有人进来，眼神带着懦弱的微笑迎接伊原的到来。此人姓曾我，过去立志要做小说家，至今仍过着游手好闲的生活。

这三人都是伊原的故交。

“好久不见，你能来真是太好啦。刚才真是快被这个老色鬼逗死了。”

“我可没逗你——”辻用他那与生俱来的爱答不理、幸灾乐祸且与其年龄极不相称的鼻音说道，“可别开这种荒唐的玩笑。”

垣见夫人近十年来对因中风而一病不起的丈夫弃之不顾，只顾

① 描写风景和事物的日本画，出现于平安时代，是日本绘画的流派之一。

自己四处游乐。不过，她让丈夫服用了八十余种中风药物，并对一种奇怪的指尖疗法深信不疑。

“像你这种老头儿，要是早点患上中风就好啦。”

“我中风后，每天早上被你下点毒药，再活个十来年，想必那滋味也一定不错。”

“你还好吗？”曾我伸出明显具有贫血症状、像皱巴巴的手帕那样干枯的手掌说道。那只手非常怪异，让人无法从中感觉到抵触、重量和体温。曾我装作完全没有听到那些在耳边喧嚣的蹩脚的相声表演，像乡下姑娘守护贞操一般固执地守护着小我这一一如既往的癖好，他并非特意表现出对辻和垣见夫人的轻蔑，他对不感兴趣的东西装作没听见这一自欺欺人的做法，似乎就是对自己的一种尊重。因此，对伊原这个自己喜欢的对象，他用那种过于低沉而苍白的声音亲热地说道：

“我可是很想见你的呀！”他眼神怪怪的，显得无精打采，轻轻摇了摇与伊原相握的那只手，“能有幸见到你这样的成功人士，我觉得或许会得到某种精神上的收获呢。”

——伊原心里很不痛快，觉得自己被对方嘲弄了一番，因为昔日为了嘲弄他人，这些人在此方面花费了惊人的热情和奇思妙想。但是，现在他们的玩笑、恶作剧，正是因为自己不想成为被嘲弄的对象而采取的先发制人之策。伊原仍然费了不少功夫才注意到这一点——注意到这些人的玩笑、恶作剧本身就是他们热情衰退的象征。

在这些伙伴当中，唯有伊原摆脱了战后的落魄。他从这一立场出发，努力在这些人面前保持谦虚，所以才经受住了这令人气愤的小风波。当然，他为谦虚这一态度本身加入了诸多轻蔑的甜味。

桌子上的白兰地只有到瓶子肩部的一少部分被喝掉了。过还没怎么开喝就已满嘴淫词秽语，这一恶习此刻看起来有点像僧侣用膳之前所做的例行功课。据说他被开除公职以来，就一直潜心研究色情著作。他一下子板着脸从长椅上站起身来，模仿法国巴黎女神游乐厅[①]的裸体女人那大腿间夹着黑色天鹅绒和金丝线制成的王冠走路的姿势，怪里怪气地扭腰甩胯在地毯上缓缓而行。垣见夫人用戴满戒指的手指有气无力地敲打着放在膝盖上的小靠垫，不停地说道："快停下来，死老头！真让人倒胃口，快停！"同时，她还没有忘记顺便向伊原抛一个她那与生俱来的勾人的媚眼。

"真是个蠢女人！"曾我说着，特意将伊原带到光线微暗的墙边的椅子旁。他经常拿烟的手指被烟油熏成了玛瑙色，一直在微微颤抖着。

"正因为她知道自己很蠢，所以才难以对付。女人经常陷入这样的循环论中，在得知自己愚蠢的瞬间，她认为知道这一点的自己是个聪明人。"

听到这种小说式的措辞，伊原感到焦躁不安。只有蹩脚的画家，才喜欢自己看上去像个画家。

"虽然她很蠢，但我还是挺喜欢她的。"实际上，在伊原看来，再没有比垣见夫人更讨人嫌的女人了。曾我这个涉世未深之人轻易就落入了伊原将计就计设置的显而易见的圈套。

"你喜欢那个女人？噢，我好像有点明白了。怪不得呢！在战

---

① 法语为Folies Bergère，巴黎著名歌舞厅。

后快要令人窒息的空气中，那个女人不管怎样都不用为自己呼吸所需的那点空气发愁，首先是因为她的脑髓和心脏都具有极其强大的通风功能。”

“一到冬天，恐怕就伤脑筋了吧。”

“但是，那个女人也不缺煤炭，因为每周与辻兄睡觉的第二天，她已安排好了和 K 共眠。你知道 K 是什么人吗？是经常出入她家的一个卑鄙的年轻黑市商人！”

——真是一群可耻的人！就像濒死之人的胃无法吸收所有营养成分一样，他们的灵魂已经无法接受某种有效的成分、有意义的成分、高贵的成分、美好的成分，强迫性的摄取会给灵魂带来死亡。万般无奈之下，他们便轻视维生素，因为事实上维生素对他们而言就是毒药，如今，他们的胃部只能勉强吸收将他们引向衰亡的元素，就像吗啡中毒者不渴求吗啡以外的东西一样。

——尽管如此，即便只靠奉承自己这一观念而聊以为生的他们，并不是依靠相互勾结、认同才这样做，这可以说是一种可悲的自相残杀，是灵魂的不健康与感情的不健康，以及与那种心里浮现的所有想法或思想之类的东西、从他人那里得到的印象，还有以上所有内容所诱发的行动的不健康之间的自相残杀。到头来，他们极有可能是在津津有味地品尝自己身上的肉。

后藤伊久子加入这群人后，今晚的客人已全部到齐，此时已将近八点。伊久子和伊原是初次见面，她是恒子的朋友，是一位女高音歌手，据说患有肺病。不过，这些信息也是她本人告诉大家的，真实与否不得而知，她偶尔像想起来自己还是个肺病病人似的会假惺惺地咳嗽几声。

论起长相，毫无疑问伊久子比恒子漂亮，此外，伊久子身上散发着某种让人感觉不到精神残渣的那种无机质般透明的性感。她那从未承受过精神之类重负的如狐狸般绵软的肩膀、稍显硬挺的薄唇、简洁而线条生硬的胸部隆起和腿部曲线，甚至每次笑过之后必定夸张地甩甩头发的习惯，无一不让伊原着迷。因为只有他们二人是初见会面，所以互相交换了名片。伊久子的名片和男人用的大小一样，粗糙地用明朝字体印制，看上去煞是大气。

“你可要对她多加小心——”伊久子说找恒子有事刚一离开，曾我边用缠在指尖上的手帕一丝不苟地擦着滴落在桌面上的一滴白兰地边说道，“她呀，心里相信自己将不久于人世，所以就许下宏愿，要在死之前征服一百个男人。”

“那个事情可是真的，”辻再次以他那看似索然寡味、实质饶有兴致的一贯腔调补充道，“听说蕗屋君是第九位，那第十位将是谁呢？但是，照这种磨磨蹭蹭的速度进行的话，估计她还得活很久才能完成夙愿啊！”

垣见夫人一贯奉行不对同性传言发表意见的立场，只是用隐约透出几分恶毒的眼神，挨个儿把现场男人的额头比较了一番，脸上浮现出傲慢的孩子气的神情。诚然，对于她来说，与男人们交口称赞的美女相比，男人们争相吹毛求疵的美女才是令其心痛的嫉妒之因。

但是，听到主人有点神经质般的尖锐的呼喊声，大家都纷纷回过身去。

“一切准备就绪，请诸位移步对面的房间。”

蕗屋站在缎子帷幔卷起的门口拱洞下，对屋里的客人招呼道。

因此，大家如同恢复自由的活人画[①]一般突然活动身体，忙不迭地扭着身子站了起来。

在十张榻榻米大小的客厅里，已经摆好坐垫，壁龛处挂着一张十六毫米胶片用的银幕。胶片是蕗屋以前在巴黎搜集后带回日本的。今晚的五位客人之中，有三人都曾在巴黎生活过，大家都已过了血气方刚的年龄，与其说他们是冲着这些色情胶片而来，倒不如说他们的希望就在于寻找在昔日游乐最真诚的影像中，在追忆之中存在的所谓的“不醉人之酒”、冷酷的情绪以及明晰的陶醉那样的东西。这也许是以一种没有痛苦的方法，治愈当今这个时代处处令他们想起的那种对过去凄惨的憧憬，并对使这一憧憬变为更为悲惨之物的回忆之甜蜜进行处理，将其加工成纯碳酸水味道的东西。

伊久子和恒子扭扭捏捏走进客厅，发出了朝气蓬勃的爽朗笑声。即便这笑声听起来带着模糊不清的指责和蔑视，但在这些人的心中也不足为怪。

“真讨厌！我还是在别的房间待到电影放映结束吧。”女中音说道。在推推搡搡的瞬间，她的手镯碰到了柱子，发出清脆的声响。

两人就是否看电影一事发生争执而推来推去，最后，终于面红耳赤地冲了进来，女性的气息如暴风一般在夜晚的房间里扩散开来。伊久子坐在伊原旁边，当灯光变暗投射到银幕上时，从银幕上反射过来的光，将她的眼白部分染成了宝石般的紫色。

---

① 集会时，穿戴打扮好的人在一定的背景前，努力模仿画作中的姿势保持不动，以充余兴。

一卷或两卷胶片一个故事的电影有十几个，不用说内容都大同小异。放映员蕗屋护还充当起解说员，为电影做了妙趣横生的解说。

为瞒过海关人员，胶片特意在开头附上了美国制作的动作片的字幕和片头部分。开头为一群恶人在荒野上策马疾驰，西部牛仔紧随其后追击他们的画面。伊原以前曾在“葵馆”看过的无声电影，都比这些要精彩一些，例如“意大利的安勃罗西奥电影公司花费巨资，历时数月拍摄而成的共五卷三百一十五场，长达七千二百英尺的巨作《奥赛罗》”，以及“美国维塔格拉夫公司制作的共两卷长达一千八百六十五英尺的《天谴》”等大型影片。

但是，西部牛仔的特写镜头突然被淡黄色胶片底色所取代，过了一会儿，特意点缀了玫瑰花图案的沉闷的片名字幕，伴随着放映机那慵懒的转动声在银幕上浮现出来。

Leçon d'Amour ①

大家都看到，在铺满落叶的卢森堡公园的长椅上，两名贵妇正在和一名男子幽会。她们带着情夫来到有点怪异的旅馆这一画面的来龙去脉姑且不论，众人鲜活地看到了第一次世界大战后一个时期这一他们共同的黄金时代的幻影——那种女人们将帽子压低至眼眉部位的流行戴法；那种情夫脸上所蓄、如今在区政府的勤杂工中勉强能够看到的胡须造型；那种对这些时髦元素的模仿大肆张扬的银座大街；那些红砖建筑……此刻，他们没有去看两个贵妇那无与伦比的丰盈的裸体，代之以观看电影悲剧性的播放速度强加给她们的近乎庄严的热情，以及委身于她们的情夫那猎犬般的敏捷与顺从，

① 法语，《爱的课程》。

他们看的，只是一个内容，那就是属于他们的“大正时代”。对他们来说，观看肉体交媾所体验到的那种程度的快感，与沉浸在回忆之中所感受到的甜蜜，是同类同质的东西。

但是，在这种富于想象力的诗中也存在着疏忽。如果这些人随着放映机懒洋洋的响声，像画面上翻来滚去的男女模特那样能够只为金钱而真挚相爱的话，那么，别说大正时代了，即便是现在，应该也能无忧无虑、朝气蓬勃地生活下去，因为他们的衰亡完全缘于对自身的虚伪——即便不断成功的伊原，也不过是一种偶然所允许的例外而已，他原本也理所当然地属于这类人。

当最初的两卷胶片放映完毕，电灯亮起之时，来客们被一句突如其来的叫声吓了一跳。

“真受不了，竟给我们放这种片子！”

听到这如同被追打的狗一样发出的痛苦的娇怒声，伊原一瞬间甚至认为那是垣见夫人为强调自己的存在才不顾一切说出的话。过在旁边冷静地安慰道：

“你这是怎么了？像个小孩子一样又哭又闹，这样可不体面。”

垣见夫人从来就是直言不讳，即便是如此让人难为情的事情。

“我也不知道为什么，看片子时，我想起了十多年来一直卧床不起的丈夫的脚底板。因为他从不走路，所以脚底板干净得很呢！”

曾我抬起微微苍白的脸，苦笑了一下。

“你这口无遮拦的毛病，目的是要把自己的病传染给别人吧？”

“要停止放映吗？”蕗屋用一种事先预料到会有人反对的爽朗语气询问道。

“我不介意，请继续吧。”

“没关系，请不必顾虑我了。”

被他们的谈话吸引了注意力的伊原，听到有人在自己身旁夸张地甩着浓密而厚重的头发，原来是伊久子。她低着头，一只手撑在身后的榻榻米上，另一只指甲涂成红色的手缓慢而颇有激情地摆弄着自己胸前的一颗扣子。她的动作既像梦中所为，又仿佛带着某种秘密。恒子则像是被人盯着一般纹丝不动，保持着端正的坐姿。

放映完十二卷展示各种爱抚镜头的电影，前后共用了两个小时，这在来客疲惫的心中培育了犹如顽癣般的忧郁。那些展现出来的数量众多、无声无息的白色肉体，有的颤栗，有的踮脚而立，有的摇摆着，有的突然安静下来，让人觉得枯燥无味。众人发出怪异而又不言而喻的笑声解散了，已经赶不上末班电车返回镰仓的伊原、辻和垣见夫人三人，决定当晚留宿于此。

“恒子，你去准备床铺。”

“好的，我这就去。”

伊原觉察到，像大多数失去母亲的父女一样，蕗屋和恒子这对父女之间的关系似乎也存在着某种甜蜜的东西。

蕗屋把伊原带到卧室，坐在铺好的被褥旁边，讲起了将那种影片推荐给他的红鼻子犹太女人的往事。他那和服便装开阔的胸襟之上，呈现出与今晚聚会的主人派头相配的轻松。当伊原刚觉得他那光秃秃的前额与眼前的模样颇为相称时，他却突然又装出一种让人烦躁的迟钝表情，像百面相[①]艺人转眼间贴上假胡须一般嘴角挤出一丝生硬的微笑说道：

① 用面孔做各种表情的表演技术。

“接下来请您先支付住宿费，这是惯例。”

“这个，怎么算呢？”

“一晚五百元，加上早餐的话，合计六百五十元。”

伊原呆若木鸡，凝视着说话时蕗屋那张毫无变化的脸，那张脸在伊原面前镇定自若。一些人会对来自外界的异常变动感到心慌意乱，这种情况对这些人仿佛是天经地义的，但蕗屋护对这样的社会性变动强加给自身的那种行为的不合常理性也满不在乎，极力不去承担责任。如同冷漠的父亲对孩子的无礼举止不加以管教一般，他对自己这种脱离常规的行为放任自流。应该警惕的，恰恰是试图阻碍这种“放任自流”的顾影自怜。当下的蕗屋护，是利己主义者中的极品。

蕗屋用他那文雅大方且如能乐[①]演员那样灵活的手掌，接过伊原从钱夹里掏出的六百五十元。伊原反倒觉得屈辱，或许是自己再次当了蕗屋学生的缘故。为排遣这一情绪，伊原开始无聊地寻思着诸如“明天早上价值一百五十元的早餐是些什么菜呢”“会是蕗屋住京都时爱吃的醋拌黄菊或腐竹吗”之类无聊的问题。

这期间，一阵把走廊震得咚咚作响的脚步声和女人娇媚的说话声打破了二人之间的沉默。那是垣见夫人娇媚的声音，紧接着辻用鼻音很重的声音在嘟囔着什么，像是要盖过垣见夫人的声音。拉门突然打开了，辻探头往里看了一眼。可能是光线很暗的缘故，他的脸色看上去异常苍白。

“这人刚才说不敢一个人去洗手间，所以我就陪着来了。”

① 日本古典戏剧的一种。

“哎哟，胡扯！伊原先生，他撒谎呢！”

从声音便可判断出，躲在辻背后的垣见夫人肯定衣冠不整。

伊原条件反射般地扭头问蕗屋道：

“他们二人的住宿费呢？”

“情侣同房的费用稍微贵点，是一千五百元。像今晚这样只有一对情侣入住的情况很少见。不过，我这里住的，要么是多年的老朋友，要么是他们介绍过来的关系极其亲密的朋友，除此之外一概不留宿其他客人。这里还有专门为情侣准备的安静的厢房，有机会你也可以体验一下。”

以上这些有点像广告词似的话语，乍一听像是在开玩笑，实则不然。因为蕗屋一向习惯于板着脸开玩笑。对他来说，用开玩笑的口气说出这些事情，无疑会让人觉得是对他以往那种纯正幽默的亵渎，他如今已经有必要提防别人将自己一本正经的谋生措辞当作玩笑话来接受，哪怕一丝误解都不容许。

道了声晚安后，他离开了房间，以与留宿许多客人的主人相配的那种严肃而从容不迫的样子转过身去。

伊原疲惫不堪，宛若被迫接二连三地观看了多个惊险的杂技表演一般。

他点燃了一支烟，环视室内，此时，他才发现床铺那凉飕飕的白床单上没有枕头。为什么没有枕头呢？就连这个奇怪的“没有枕头的床铺”，伊原都将之作为极其理所当然的事物来接受，一如它被铺成的那样。难道是在这几个小时里所遇之人散发出来的那种无以言表的瘴疠之气侵蚀了他对事物的看法，让伊原这个敢将远山放在现实性的计量器上称重的男人变成了一个毫无性格的男人，一个连没有枕头的床铺都能够坦然接受的没有性格的男人？

但是，拉门被急促地打开，恒子走了进来。伊原直勾勾地看着她。

“请原谅，我刚才在找枕套，所以来晚了。”

她将罩着亮白印花布枕套的鼓囊囊的枕头煞有介事地抱在怀里，伊原对她和服上尚未走样的紫色箭翎花纹惊诧不已。

“十分感谢。但工作到这么晚对身体不好。你到底什么时候睡呢？”

“是，我马上就去休息。”

接下来，二人像是被人命令了一般陷入短暂的沉默。

恒子注意到伊原的视线扫过了那扇敞开着的拉门。

“我与那些人可不一样！”她突然脱口而出，“唯独我和他们不一样，你看错人了！”

伊原背过脸去，他一贯讨厌看到女人情绪激昂的表情。

恒子悲伤地抽了抽鼻子，走了出去。

——第二天清晨，垣见夫人以那一贯尖叫似的喊声惊醒了蕗屋家中还在睡梦中的人们。原来，辻死在了被窝里。黎明时分，垣见夫人听到他梦呓般的呻吟声，就打开了电灯，看到他突然将头探出枕外，向后挺着身子，脸部呈现出扭曲般的痛苦抽搐，这是心脏麻痹的症状。

二

伊原坐车前往他与朋友共同开办的旅游公司事务所，事务所位于一座大楼的五楼，在离那座大楼还有两三百米的地方，他让车停下来，走过一条条两旁法国梧桐树叶已经泛黄的硬化路面，横穿像节假日的竞技场那样宽阔的机动车道。他切实地从那里逃了出来，决定不去参加过的葬礼。即便如此，他那轻松的步伐似乎也过于急促了，快得像个越狱犯似的。

犹如从红灯区返回后的次日清晨一般，郁结起枯燥乏味的内心疙瘩，这种感受究竟是怎么回事呢？昨晚喝了少量白兰地，睡得不省人事，连梦都没做一个。这不过是昔日故友相聚，“欣赏”了一场情色电影助兴，其中一人于次日清晨暴卒而已。虽然如此，但那里不是存在着某种比纯粹的猥亵更棘手的东西吗？这便是足以让他这个将与陌生女人共寝，充其量只当作扑克牌游戏程度的四十岁男人，对自己什么事情都没有发生的“绅士性的”一夜感到恶心的某种东西——反过来说，这也是让他认识到自己如此洁身自好的某种东西。

或许这是隔了十几年后，让伊原庆雄重新恢复了纯洁的乏味这一青春期特有症状的某种东西。

身处那些人之中的话，他们的堕落方式只能让他感到轻蔑。这样回过头来一想，就自然想到他们的堕落方式和古代雕刻中唯有胸像之美得以切实地保留下来这一现象是同一个道理。他脚步轻快地踩在阔叶树的落叶上，听到了鞋底路面上的枯叶被踩碎时发出的沙沙声，那声音宛如火焰那样的东西燃烧时发出的声响。但是，他倔强的厚嘴唇则不情愿地嗫嚅道：

“哎呀！那里有魔鬼！魔鬼以一副温柔的表情诱惑我们，但是，他们存在的时间仅限于夜晚……”

伊原抬头看着如同照片底片一样投射在那栋格外醒目的高楼五楼窗玻璃上的云彩，从方才还在思考的阴暗之事一下子转移到对旅游公司近日所需的海报图案的空想上，他希望海报上呈现这样一幅构图——那样的云彩摇曳在他所喜欢的日本阿尔卑斯山脉[①]的峰峦之上，尽可能洋溢着平庸的美感。

——就这样连着两三天，繁忙的事务又让他无法分身。他的旅游公司正在公开招募股份，款待证券所集中的兜町一带相关人士的宴会持续了数日之久。筹备事务所（这是战后特有的现象）里挤满了瞄准宏图大展的新公司而前来进行推销的各色人等，既有宣称能传授“合法逃税”秘诀的冒牌律师，也有自称与麦克阿瑟元帅有着三十多年交情的红脸膛的疯子等等。

从外面回来的伊原，发现在他外出期间桌子上摆满了许多可疑的名片，其中有一张很眼熟，上面写着“后藤伊久子”——他闻了

① 又称中部山岳，是位于日本中部的飞驒山脉、木曾山脉、赤石山脉等三个山脉的总称。

闻，名片印制时加了香水。真是俗不可耐！

名片上还有一行用男人那样生硬粗犷的字体写下的留言：来访不遇，改日再来叨扰。

此后两三日，她并未现身。

好色的伊原过了青年期后感受到的第一个可喜之事，便是自己也开始具备一种针对女人且不受束缚的自由之眼，即感受到那种犹如小偷出人头地当了刑警、用过去束缚自己的绳索来捆绑对方的欢愉。这种情况下，一张微不足道的名片让他弄错了绳索的用法，因为自从那件事以后，他便不敢外出，内心感到焦躁不安。

他虽然觉得这是件很荒唐的事，事实上内心却不愿意这么想。一个有力的证据便是他一直没有让服务员传话给伊久子，让她来后发现自己不在的话等一下。这一情绪带着种种冠冕堂皇的理由，诸如不能降低董事长威信这种可爱的借口，或者自己并没有对那个女人在意到留下口信的程度，等等……但真正的理由无非只有两个，一是自己难为情，二是对伊久子或许不会再来的迷信。到了这把年纪，尚且愿意被这纯真无邪的心之圈套所欺骗，伊原能有如此之心情，或许是因为在蕗屋家留宿的那一夜以讽刺的方式为他恢复了青春之故。

某天，即将下班的时候，伊久子出现了。

“我呀，新结识的朋友肯定是要去拜访的。”

或许是为了掩盖自己美丽的双腿，抑或是感觉到冷的缘故，她两三次向下拉扯裙摆，反复地笑完后夸张地甩甩头发，然后便像肺结核病人那样矫揉造作地咳嗽两三声，那动作只能让人觉得是在演戏。

"我的肺病已经相当严重了呀，所以我想演一部歌剧，作为与这个世界告别的纪念，剧目是《参孙与大利拉》[1]。可是，没有人为我出资。伊原君，你会帮助我吗？"

"你吓到我了，"伊原沉默片刻之后说道，"这简直就是歌剧里的台词。"

"如果我没有扮演大利拉演唱《春到人间》的话，我会死不瞑目。所以，我想你会为我出资吧。"

她那源于虚荣心的妙不可言的妩媚，让伊原一反常态看上去像一个爽快之人。

"但是，这样行吗？这未必只是那种观众一要求加演就能很快复活的死亡呀。"

"你是说我的肺结核是装出来的吗？"

"不是……但肺不好的人抱病勉强演唱的话，可能会在本来不会死的情况下死去吧。我记得似乎有部歌剧的剧情就是这样……"

"你说的是奥芬巴赫[2]的《霍夫曼的故事》呀！"

发起人会议即将开始，透过会议室窗户可以看到几个秃顶，飘荡在屋子里的香烟烟雾和苍茫的暮色，模糊了秃顶那明亮的光泽。今晚会议结束后，伊原还有个约会，所以和伊久子约好明天在他经常光顾的俱乐部共进晚餐后就让她回去了。看来伊久子对偶尔的闪念随时就忘了，第二天在俱乐部见面时，她根本就没提扮演大利拉

---

① 法国钢琴与风琴演奏家、作曲家夏尔·卡米尔·圣桑（Charles Camille Saint-Saëns，1835—1921）的歌剧作品，以《圣经·旧约·士师记》中大力士参孙和妇人大利拉的故事为题材创作而成。

② 雅克·奥芬巴赫（Jacques Offenbach，1819—1880），德裔法国作曲家，法国轻歌剧的奠基人，代表作有《美丽的海伦》《霍夫曼的故事》等。

的事，只是说垣见夫人在辻的告别仪式上为死者烧香之时，发出了容易让人误解为娇憨声的尖锐哭声。她还解释道，前几天也是这样，自己与垣见夫人同席时要故作正经，因为中年妇女看待年轻女性只会采用苛刻的道学家的眼光，在这一点上，无论是女子学校教授修身课[①]的老师，还是过着自由自在生活的有闲阶级的阔太太，都如出一辙，等等。

随着苦艾酒不断倒进酒杯，从她那淡黄色的粉底下面，开始呈现出酩酊醉意，犹如透过磨砂玻璃眺望到的远处大火一般。为了不让那双带着暖意且湿润的眼睑闭上，她用力撑起眼梢和嘴角，一副如同少年般的表情，一本正经，态度严肃。

伊原再次打趣她装病时，伊久子生气地说道：

“你还没有将这事当真啊！证据早晚会出现，我一定会把结核病菌赠送给和我交往的男人，我很开心这样做。将用自己的鲜血培养出来的细菌分赠给大家，这和曾我那样的人写小说所感受到的喜悦是相同的。一想到这不是将钱施舍给乞丐那样仅仅慰藉良心的爱，而是给予成为良心之谴责那样的爱时，我就觉得乐不可支。”

“你这些话听起来有点像邪教的开山鼻祖啊！怪里怪气的有种道德家做派，却是异常放荡呢！”

不过，在已经与讲究优生学的妻子育有两个孩子的伊原听来，伊久子的这番话给了他不小的震动。但另一方面，他又对暴卒在垣见夫人床上而超升到极乐世界的辻暗生妒意。从来不知生病为何物的伊原，对疾病自然没有切实的体验。

① 日本旧制中小学开设的课程，现改称道德课。

“像垣见夫人那种让男人猝死的做法，和你这种慢慢将男人杀死的做法，究竟哪一种更人道一些呢？”

“当然是我呀，因为当对方死时我也不在人世了嘛！‘杀身成仁’这句话《论语》里有吧？”

之后过了一周，伊久子便躺在了伊原的床上。事情发展到这个地步，一切都像是歌剧中的情节安排那样夸张而乏味，过于甜腻却又嘈杂不安，总之荒唐至极。她嘴里没一句正经话，抓住待合茶室的女佣就说些“我小学六年级时第一次被中学生领着来过待合这种地方呢”之类的话。但是，床上的伊久子婀娜之态难以言表，令伊原大为震惊。当潮水般的情欲充满整个身体之时，她被自身那种多余的温柔压得喘不过气来，而男人刚一伸出援手，她便又沉溺于情欲之潮中，其结果就是不得不多次呼救。情欲这条平时舒缓地围在她脖颈上的无比柔和的围巾，有时却像蛇一样紧紧缠绕着她的脖子。因此，伊久子身上并没有“淫荡”一词所蕴含的某种阔绰，有的只是一本正经（在此意义上指道德性的）得令人扫兴的热情。

——就这样，在秋霜开始闪烁的一个深秋之夜，蕗屋家迎来了伊原和伊久子这对客人，这是伊久子有点放肆的主意。

“恒子，你去准备床铺。”

“是，我这就去。”

伊原再次听到这对父女甜美的应酬声。那近似于听天由命且饱含殷勤的声音，像以前的那个晚上一样，刺痛了在客厅等待着同枕共眠一刻来临的二人的心。

这种情况下伊原才渐渐明白，自己和伊久子酒醉后的突发奇想，是如何伤害了蕗屋父女俩的心。伊久子醉醺醺地说了句“我们今晚住蕗屋旅馆吧”，并为此而得意忘形，自己竟未深思熟虑便配合着她前来入住了。这在蕗屋父女看来，无疑是伊原对五年前拒绝了自己的恒子不依不饶的报复，也是不久前还是蕗屋情人的伊久子对蕗屋不言而喻的侮辱。但是，自己在不知不觉的情况下给对方造成了伤害，待明白这一点时，无可奈何的敌意和残忍随后便带着几分辩解的意味加入了进来。也就是说，既然已经身陷如此窘境，除了继续伤害蕗屋父女之外别无他法。

“伊原君，请过来一下。”蕗屋将他叫到了隐蔽处。他的眼睛在那光秃秃的额头下方冷漠地忽闪着。这是一双任何东西都能顺利接受的过于包容的眼睛，同时也是让看到的人感受到责备的兔子眼。他又听到蕗屋那种不带丝毫玩笑成分的冷淡而乏味的腔调——“按照老规矩，请预付一千五百元。”

这句话反而造成了对伊原内心深深的伤害，这一点岂止是说这话的蕗屋，就连伊原本人一时间都未能明白过来。因此，与故意的讥讽比起来，孩子和老人的一句无心之语往往更能威胁我们。甚至连对这种效果的计算，是否也在不知不觉中进入到蕗屋的自负之中了呢?

“我现在就付。”伊原迟疑片刻，冷不丁地说道：

“在这之前……我有些话想单独和你谈谈，能否另外找个房间说呢?”

然而，蕗屋眉头都没皱一下说道：

“那就请随我来吧。”

——他身体前倾，在紫檀木桌前正襟危坐，用白骨般洁净的指背轻叩桌面，像突然想起什么似的将身子向后一仰，伸手到和服袖兜里摸香烟，衣服因摩擦而发出了高雅的沙沙声。看到眼前情形，伊原并不知这纯属自己一个人瞎折腾，还以为对方以普通手段根本无法对付，他紧张地说道：

“蕗屋兄，你不再拿我当老朋友了吗？”

“说的什么话，咱们是老朋友。”

中断的谈话仿佛吸烟时吐出的烟圈，一时间在二人之间飘荡着。

“那么，你应该说我几句才是，免得我想道歉又找不到合适的方式。今晚虽说是因为喝醉了才和伊久子一起来到这里，但从我的样子你应能够看出，我对此事是多么后悔，多么惭愧。我自以为是个非常理智的人，但一种无聊的情况让我做出了这样的糊涂事。现在，我彻底犯下了与合格的社会人身份极不相称的过错，对此感到无地自容。你作为老朋友，应该骂我、打我，立刻将我从这里赶出去，可你为何要装出一副大彻大悟的样子？你这副表情，就让我没脸见人了。你不骂我，我也无法给你赔礼道歉，既然如此，我要摆脱这种可笑且不明确的屈辱，成为你的敌人，践踏你的懦弱，朝你脸上吐唾沫，否则今晚我就无法安然入睡。请亮明你的态度吧！你的老朋友横刀夺爱，还厚着脸皮来你家投宿呢！”

“没什么大不了的，这不就是像蚂蚁打架那样的小事嘛！这种问题根本用不着摆在面上。”

说话之时，这位衣冠楚楚的鳏夫的额头上，放射出如微弱的阳光那样冰冷、苦闷的光芒，那试图再一次轻敲桌面的手指开始颤抖，嘴角眼看着泛起了傲慢、嘲讽的笑意，他肆无忌惮地迎着伊原的眼神这样说道：

“你不必多想，这是生活问题（他神情凝重地将这句话又重复了一遍），只是生活问题而已。别的不说，小女和我首先必须要活下去，我只要能收到钱就行了。”

“这种有点令人心情不快且没有来由的解决方式我可不接受。”伊原听到自己的臼齿发出了如丝绸摩擦般的声音，他咬牙切齿地说道：“如果是为了钱，随后我可以别的名义多几倍付给你。我只是忠告你，请以老朋友的身份从二者之中做出选择，你要么立刻揪住我的衣领将我从这里轰走，要么就不要提住宿费的事，说一句‘欢迎今晚下榻此处，请好好休息’之类的话。”伊原此刻的心理陷入一种错觉之中，犹如下将棋一路溃败的人猛然在最后大获全胜一般，他向前探了探身子，下意识地将西阵织[①]的桌布拉向自己手边，同时说道：“我总觉得你会选择后面这条路，因为我和伊久子更像小孩子那样真心相爱，和你俩之前的关系有着天壤之别。”

“不要这样叽叽歪歪啦！你还不知道生活的艰辛。”蕗屋看上去心满意足地微微抖了抖肩膀，以一种对这位四十多岁的晚辈进行说教的口气说道，“你知道对我们来说生活的艰辛意味着什么吗？你对这一问题还没有深刻体会。近两三年来，我唯一的问题就是生活，这在你们大家看来，或许是极其简单之事，但对我而言，它比任何哲学问题都难以理解。不过，最近我终于明白了，为了生活牺牲生活的话就可以了，这再简单不过了。这样想来，我们的祖先也是这样本本分分做的。”

“可是，你为何要从事这种卑劣无耻的营生呢？”说这句话之前，伊原已经妥协了大半，弹烟灰的动作也安静了许多，“你可以

---

① 织物名，日本传统工艺品，因出产于日本京都的西阵地区而得名。

出去找个工作，我虽能力有限，但也可以为你参谋参谋。”

“不过啊，我自认为还没有落魄到那种地步，即使被杀掉，我也有无所事事的权利。”

这个令人瞠目结舌的懒汉，一瞬间显得高风亮节。在这一瞬间，伊原在蕗屋面前再次失去了自以为已经具备的那种像个性的东西，他以一种风趣的顺从语气说道：

“真是服了你了！”

随后，他预付了当晚的房费。

——即便在一个房间安顿了下来，但伊原和伊久子依然感到某种不安，犹如一对未经世故的新郎新娘，在外人的妥善筹备下，于他们的新婚之夜品尝到了那种纯真无邪的凄凉。那是一对被人好生操控后变得筋疲力尽、夜晚被挂在钉子上毫无生气的牵线木偶的疲惫。

“讨厌的老头儿！”作为女人无聊时的常态，伊久子即刻开始数落不在现场、但曾与自己最亲近的人，也就是说她在说蕗屋的坏话。

“真可怜，他只比我年长五岁。”

“你确实年轻且精力旺盛啊！我最喜欢身材好的肺痨患者啦，你似乎能成为那种人。”

此时，恒子轻手轻脚进了房间。伊久子并非衣冠不整，但她像是为了掩盖乳房似的将双手交叉搭在肩膀上。即便从这种情形下的礼貌来说，伊原也有勃然变色的必要。

“啊，实在抱歉，我没想到你们已经到了这里，是父亲带你们来的吧？”

恒子以文静而紧张的眼神环顾屋内情形，却只看到一男一女板着脸坐在那里——恒子那安然自若的样子伤害了伊原。在伊久子的怂恿下来到蕗屋家的时候，最先占据伊原内心的动机，难道不是想亲眼看到恒子嫉妒的眼神这一类似于狩猎者对猎物的期待吗?

“没关系，我们可以聊聊吗?”

伊久子似乎看穿了伊原的心思而这样说道。正欲转身离去的恒子听她这么一说，面带脆弱而狡黠的微笑返回到他们二人中间坐下。她那穿戴整洁、如镶嵌在墙上的图画般标准的坐姿，像极了她的父亲。伊原偷偷看着她那系至胸部的和服衣带随着呼吸而起伏不定，宛若看着自己的呼吸一般。

“令尊最近好像胖了点。”

“是，大概是有点……”

“你看我瘦了些吧，前几天我还咳血了呢!”

“你胖了呀! 多余的血还是吐出来为好。”

“你这说的是什么话呀!”

伊久子那慵懒的微笑并非带有特别的敌意，语调中却含有一丝温柔而甜蜜的残忍，她敏捷地在恒子大腿上拧了一把。

恒子发出一声惊叫，她正面对着电灯，那向后仰起的喉咙，如白色的肥肉般闪现着润滑的光泽。

“好啦，既然你当我是电灯泡，我得马上出去。”

“你生气啦? 这样子真可爱。”伊久子像与猫戏耍一般，麻利地伸出手去挠恒子的喉咙，“今晚咱们仨一起睡这儿吧。”

“你胡说什么呀!”恒子一味地不去看伊原，她后退几步站起来说道：

“晚安。”

"晚安，明天见。"

恒子刚一出去，伊久子就将丰腴的后背依偎在伊原的胸膛上，半醒半梦般地说道：

"恒子还是处女呢！"

一种难以名状的憎恶，促使伊原将嘴唇压在了这个轻浮女人的唇上。伊久子像个杂技演员似的将身子转了一圈，从下方用嘴唇的一股蛮力顶向他的嘴唇。

数日后，伊原在一个名叫"堕落天使"[①]的酒吧认出了曾我，这是那个晚上以来他们的首次邂逅。

伊原从爱喝酒的朋友那里获悉，过去知名的调酒师清濑，以当年的老主顾中没有没落的人为靠山，启用当时自己独立经营、在银座数一数二的酒吧的名号，从今年春天起开始营业了。但是，伊原应邀来这里今天还是头一回。与他一同前来的朋友，在之前的酒席上已经喝得差不多了。伊原喝过酒容易受情绪影响，并不怎么喝，二人一同进入"堕落天使"后，他就形同朋友的守护人。因为"堕落天使"是一个没有女侍、事事都讲究贵族品味的酒吧，所以，将伊原邀请到这种场合的话，同伴的醉酒程度按理说还不至于达到难以应付的地步。

身材矮小的调酒师清濑，脸色如往昔一样苍白，正用魔术师那样的动作舞动着鸡尾酒调酒器，同时以他那惯有的口吃语调结结巴巴地向新来的客人讲述鸡尾酒的种种典故。这种纯粹的美国饮料，

---

① 原文为ルシヘル，语源为拉丁词Lūcifer，常见音译"路西法"。

为何被叫做鸡尾酒呢？“说起这个结……结论，据说是起源不详。哦，据某……某种说法讲……”十八世纪中叶，某书志的作者在书中说，这种酒的成分在很长一段时间内都没有公开于世，其配方是由位于永卡兹街，名为“鸡尾酒酒吧”的那家酒吧风情万种的老板娘贝姬·邦·艾克亲自传授给他的秘方。某年某日，她为自己的未婚夫亚伯尔顿船长精心调制了这种酒，用此酒为他壮胆，让他不再畏惧她那怒形于色的父亲。于是，她非常喜欢的斗鸡好像是对这一重大事件表示祝贺似的尽情振翅高歌，结果一根漂亮无比的尾羽在空中翩翩起舞，恰好飘落到了这位美丽姑娘（即如今鸡尾酒酒吧的老板娘）面前。她拾起那根羽毛，动作优美地搅动酒杯里的酒，此后这种饮品就被命名为鸡尾酒而沿用至今云云……

“喂，博学之士，闭上你的嘴！……不要光顾着讲解，把生意给忽视了。生意……你怎么还以这副苍白的表情讲解酒啊，酒的讲解真是让我们瞠目结舌。‘酒之讲解冗长乏味，鄙人甚感无聊’……仁木弹正[①]何在？仁木弹正在哪里？喂，仁木弹正！”

一个人揪住了伊原的衣服前襟。

“别这样，这不是曾我君吗？”

“哎呀！是伊原兄啊。”那醉汉瞪着令人感到讨厌的色眯眯的眼睛，声音尖细地说道，“不好意思，一不小心没认出你来。”

从清濑眉毛之间掠过的神情以及其他客人默不作声的情形可以推测，他在这里显然是一个不受欢迎的家伙。伊原也顾及这一点，就推开了曾我伸过来的那只传递出病态信息的颤巍巍、黏糊糊的

① 日本歌舞伎《伽罗先代萩》等描写侠客、武士内部派系斗争剧目中的出场人物，是图谋霸占主家家业的恶人，是典型的十恶不赦形象。

手。之后，伊原从成了好友的清濑那里听说，清濑为报答曾我父亲对自己的深厚恩情，不管曾我是月末结账还是拖延酒账，都一概默许，可曾我非但没有收敛，反而更加不知天高地厚，总是这样喝完霸王酒耍酒疯，肆意扰乱酒吧气氛，但生性守旧且胆小怕事的他从来不敢对曾我说一句难听话。但是，在伊原看来，看似谨小慎微、精打细算的清濑，不可能毫无缘由地放任曾我的胡作非为，他大致猜到，清濑暗地里可能有什么把柄被曾我抓到了。

此事暂且不提，曾我一站在伊原面前，便像往常那样突然变得垂头丧气，嘟嘟囔囔地挖苦道："你这个成功人士，有义务给我这个失败者敬杯酒啊！"他这么说着，像演戏一样神经兮兮地转过那可怜而奇特的后背，将伊原带到里面位于角落的一张桌子旁。

曾我用胀得发白且颤巍巍的手指在桌子上写了一个"死"字，伊原无法忍受这种抒情式的悲叹。曾我之所以没有作为小说家获得成功，其原因的确显而易见，此人确实应该从清理耳垢和早晚刷牙这类事情重新做起。

醉汉满不在乎地将手搭在伊原肩膀上，没完没了地说着夸夸其谈的牢骚话。想到将他稳在这里可使其他客人免受其扰，伊原为自己一时献身于"不花钱的牺牲"这一具有绅士风度的快乐而感到心满意足。

——过去……即便现在，"过去"也是以一种淫荡的肉体感觉纠缠着曾我，如娼妓般在他耳边喃喃细语。譬如，十五年前，年仅二十二岁便入选《星期日明日报》期刊的小说有奖征文啦；以须贺五郎这一笔名在某杂志发表侦探小说，曾受到江户川乱步的称赞，等等，这些陈词滥调的往事让伊原感到困惑。未喝酒时，曾我并非唠叨之人。

但是，在伊原的调理之下，曾我终于酒醒了，酒醒时犹如增多的白发那样空虚的情感，让曾我说了些真话。

“你最近好像和后藤伊久子关系不错啊！”

“你为什么这么说呢？”

“你脸上明明写着呢！”

曾我说着，无所顾忌地伸开双手打了个大哈欠，这个凄惨的哈欠使他阴暗的口腔内部一览无余。

“真羡慕能搞出来风流韵事的人，像我这种人……”

“要自杀是吗？”伊原打算残酷地给他个先发制人，对自己不知不觉随之而来的笑声冲动地回荡在耳畔而大为恼火，为自己对这个男人还无意识地怀有一种怜悯而闷闷不乐。

“不错，如你所说，不就在脸上写着嘛！”

伊原以一副骄傲自大、得意忘形的表情说出的这句话，已经超过浅薄这一程度而给对方一种非同小可的印象。在一瞬间，伊原也对这句话不可思议的效果感到惶惶不安。

“荻野五郎过世了啊！”

“嗯。”

对那个小说家的自杀，伊原既没兴趣也不关心。两三天前，这位诗人气质的作家自杀一事在报纸上轰动一时。之所以引起轰动，与其说是由于他已经碌碌无为的名声，毋宁说是他从丸大楼七楼某出版社办公室的窗口跳楼这一喜欢排场的土老帽式死法引起了世人些许关注。伊原从未读过这个作家的作品。

“我喜欢荻五郎的小说，连自己须贺五郎这个笔名也是取自他的名字。他是个彻彻底底的厌世作家……”

“厌世作家？”这在伊原听起来就像自己被称为乐天派事业家那样逆耳，就责问道：“哪有这种人啊！不被认可的作家都是厌世家，得到认可的作家只能将厌世主义作为长寿之秘诀来信奉，所以根本没有值得一提的厌世作家。他们也喜欢橙子，不过是讨厌橙子渣而已。在这一点上，难道存在不是厌世家的人吗？”

曾我以一种嘲笑势利小人的英雄式表情盯着伊原的脸，他那如少年般红润的嘴唇，此刻令伊原就像初次看到一样目瞪口呆。在背景灯故弄玄虚的幽暗之中，那嘴唇像珍贵的红宝石般熠熠生辉。

“你的忠告找错对象了。我也会在近期自杀（届时我会事先通知），不过，这并不是痴迷于厌世主义，只是因为我企望通过采取和荻野五郎相似的死法来得点好处。”

听着曾我得意忘形地大放厥词，伊原发现了这样一个事实，曾我因终于认识到了自己的庸碌无能（竟用了几十年时间才发现自己屁股上没有长尾巴！）而突然变得无聊至极，才决心一死了之。但是，若被视为因才疏学浅绝望而死的话，他会怒火中烧。因此，若采用无原因、无理由、无目的的死亡方式，只需完全效仿别人的自杀即可。这样的话，他的死仅是一种作为模仿者或追随者的死亡，而不会变成为效仿别人而死，或愿意效仿别人而死，应该说这是最轻松、最高明且最富创意的死法。

“我对为死亡加上冠冕堂皇的名义这一点深恶痛绝，忍无可忍，”曾我继续说道，“战争期间，我曾在军队待过一段时间，我对死亡本身并不害怕，但一想到当时死的话会被说成是‘光荣阵亡’，我觉得相当恐怖。因为即便今日像我这种常常不被戴上因生活贫困而自杀，或因极度绝望而自杀等一些冠冕堂皇的名义之花环而真正想死的人，连死也需要手段啊！”

“傻瓜！”伊原看到，在调酒师的身影来回穿梭的镜子之中，香烟烟雾缭绕的夜色已经如潮水般涌了上来，于是他向坐在对面桌子旁的同伴示意后站起身来，“这样的话，你即便等待自然死亡不也一样吗？——再见。”

“那能等吗？”曾我好像故意一般跌跌撞撞地一直追着伊原走到了门口，“我体内携带着胃癌的遗传基因，能等的话也不会很麻烦呢！”如恶魔般无法抑制的大笑，从他红色的唇中喷涌而出，“可是，我能等吗？”

三

但是，曾我的自杀通知根本就没来。在此期间，A 报纸的一隅，刊登了垣见夫人和那个黑市商人私奔的消息。

四五天后，在开始有点冬日寒意的某一天，恒子突然来到已经开业的旅游公司的社长办公室，她摘下粉红色与灰色相间的横向粗条纹披肩，搭在来时被寒风吹得冻成奶酪色的双手上，将同样被冻得有点发黄、看起来比平时多了那么点性感的脸庞，转向已呈现出冬日气息、高楼林立的街道上空。

“垣见夫人最终还是做了啊。”

“垣见夫人私奔了，辻心脏麻痹死了，其他人也很危险呢！”她的脸颊像是突然要浮现出一丝讽刺的微笑，却没有表现出来。

顷刻间，伊原犹如享受日光浴一般陶醉在沉默之中，但是，他应该像滑雪之人享受寒风那样去享受它。总而言之，这种沉默过于漫长了。于是，恒子话锋一转问道：

“你身体还好吧？”

“还是这么康健。你为什么这么问呢？”

“不，也没什么……不过，你一直在和伊久子小姐交往吧？”

"是的。她怎么了?"

恒子非常稳重地朝四周看了看,小声说道:

"她是个吸血鬼。"

"你说什么?"

"是很奇怪啊!她实际上根本没得什么肺病,却到处宣称自己身患肺病,这难道不可疑吗?更诡异的是,和她发生过关系的男人,都渐渐没了血色,接着就会憔悴而死。听说九人当中已死了三个,四个得了重病。家父与伊久子交往期间似乎也迅即骨瘦形销,所以我只好央求父亲强行和她分手。"

这真是极其天真的忠告,伊原似乎理解了伊久子特意将恒子说成是处女的用意。

"谢谢,目前我的身体还没什么问题,明天体检时我让医生仔细检查检查。不过,恒子,像你刚才说的那样的事情是世间常见的呀!"

"常见的事?"

"就是那个吸血鬼……"

"啊,是真的吗?"

这位黄玫瑰般身材高大的处女,惊讶得睁圆了那双如圣女般沉重而贤淑的眼睛。

第二天的体检结果显示一切正常。他相信了实业家身上经常存在的"万事大吉"这一迷信而热衷于各种令人欢欣鼓舞的计划。他开始对伊久子生厌,于是打算借着发现她有其他情人——或许是如今开始走红的男高音歌手——这一难得的机会,重新对恒子展开积极的攻势。在这个关键时刻,他收到了曾我的自杀通知。

本人将于十二月一日下午一点，由你公司大楼楼顶毅然纵身而下跳楼自杀，敬请谅解，遇雨顺延。

本人认为无缘由的自杀，犹如灵魂在空中自由翱翔一般心旷神怡。朝拜圣体[①]业已完成，蕗屋恒子小姐亲自为我主持该仪式。她的确是位现代女性，她说，对那些知晓自己明天将死之人，不仅是我，对任何人她都乐意为其献身。而且，她对朝拜圣体仪式非常得心应手，足以装点我一生的记忆。

十一月＊日　　S生

伊原庆雄先生

……读着读着，伊原的眼神变得非常凶狠，迅即想起这几个月的借贷对照表。他做事毫无破绽，无论肉体上还是物质上，都没有遭受一点损害，魔群只是与他擦身而过。但是，这封信朝着他完美的良心设下了一个圈套，这一最后的考验，弄不好会成为他将自己的灵魂出卖给恶魔的一个开端。

伊原呆呆地张着嘴，站在书房正中思索着，再次涌上心头的一股愤怒，让他下定了决心。他打开电炉，亲手烧掉了曾我的来信，自己从中体验到了宛如罪犯在专心毁灭证据时所感受到的那种不可思议的陶醉，他似乎看到一群魔鬼快步从火焰中穿过，一个个酷似蕗屋、恒子、辻、垣见夫人、伊久子及曾我的小恶魔，沿着逐渐包围了那封信的火焰疾驰而去。它们究竟去了哪里呢？

十二月一日是一个晴朗而温暖的好天气，伊原背对着窗户坐

① 基督教的主要仪式之一，也是一种特殊的崇拜仪典。

在办公桌前，忍受着令人恐怖的时间的流逝。怎么可能会有人上当呢！又有谁会移步楼顶呢！虽然如此，但伊原还是吃不下午饭。“那些家伙”有什么权利威胁伊原呢？伊原越想越觉得不合情理，但他很难将自己看作一个被毫无秩序且没有缘由的暴力所威胁的英雄。面前墙上的挂钟已经过了一点，时间的逼近带着一种犹如人被渐渐勒紧脖子时所感受到的那种快感，令人欣喜的期待逐渐使他心里如释重负。时机到来，一个无所作为的男人，无需他的协助就会像青蛙那样血肉模糊地在马路上断气身亡，想到这一瞬间，伊原欣喜若狂。如果曾我的预告是个大骗局，他一定今天就去拜访他，亲手将他勒死。

一点半——此时，他目不转睛地盯着在墙边宣传海报上的日本阿尔卑斯山脉下方打盹的服务员，因为他觉得服务员未醒期间不会发生任何事情。

呈现出正方形投影的冬日明亮的阳光，如水般洒在伊原的办公桌面上。在透过玻璃板形成的一片绿色之海上，文具、文件宛如停泊在风平浪静的海港里的船只。突然，一个巨大而形状不规则的影子，从四方形冬日阳光的对面，声势浩大地朝这边飞掠而过。

紧接着，出现了犹如耳鸣般的沉默。

整个办公室下一个瞬间充斥着混乱和骚动，一发而不可收。所有的窗户都打开了，职员们从窗框探出大半个身子，人人都发出了呼喊或惊叫，夹在他们耳际的铅笔、钢笔以及女办事员的发卡和梳子等等，向下飞落，有的掉落在下方的马路上，还有的掉在跳楼男子的身上而扎进了肉里。汽车停了下来，警笛在四周的石壁上轰鸣，那跳楼的男子就像处于梦魇中的人一样，嘴里发出呻吟声，身子暧昧地蠕动着。

两三名公司董事，一脸好奇的样子拥进了社长办公室。

“社长，有人跳楼！”

伊原一副泰然自若的样子，因为对这个男人来说，他事先已有足够的时间进行如下唯一的思考，所以这一切似乎都天经地义。董事们听到他那若无其事的言辞，都吃惊地盯着他的脸。

“真是个蠢货！”伊原说，“就算是坐电梯下去，也慢不到哪里去。”

随后，桌上电话响起，他拿起听筒，放在了耳朵上。

花山院[①]

① 指花山天皇（968—1008），日本第六十五代天皇（984—986）。

中古时期的阴阳师，就像欧洲中世纪的炼金术士那样，作为神秘知识的持有者而深受器重。无论上古的咒术卜筮之类，大陆奇妙的道教法术和占星术，还是除此之外的各式各样的魔法知识，他们都样样精通。在这个无法辨别理性和神秘的时代，他们既是学者，同时也是魔法师，通晓过去、现在，并预知未来。因此，人们相信他们掌握着关于人类的所有知识。

当时的阴阳师之中，在宫中最受器重且最有名望的是安倍晴明。这一方面是因为他高贵的出身。晴明乃右大臣①安倍御主人之后，大膳大夫②益村之子，虽说职位并不显赫，但朝中没有人能像他那样获得以天皇为首的达官贵人由衷的敬畏。晴明担任着天文博士和谷仓院别当③两个职务，在斗转星移的政权更替中拥有无法撼动的权力。可以说，博士俯视着这个神秘的世界。相比那个包含着欢笑和哀叹、立身发迹的烦恼、失去爱人的痛哭、获得外戚之位的喜悦等多种情感的白昼世界，即真实的人类世界，这个夜晚的世界占据着更为广阔的版图，有着更为复杂的结构。在这里，人的命运也与蚂蚁、小鸟无异。上臈女房④在深宫伤心流泪的哭泣与藏匿在洞穴里嗷嗷待哺的狼崽没什么两样。晴明心中只有夜晚和星空。星空的运行循规蹈矩，铁面无私，无论人类还是鸟兽，都遵循着这样的秩序，不断地进行着生与死的轮回。

很少有人知道晴明的年龄，有人说他老态龙钟，也有人说他仍年富力强。晴明虽然鬓发全白，脸上布满皱纹，但他那双灵眼，能看透世之万物，犹如春天的大海那样温润。他慈眉善目中带有一丝凄冷，横眉冷对里也带有一份包容。毋宁说他的眼神包容了万物，包容之极致便是不再拯救众生，阴阳师毕竟不是宗教家。

晴明每日三餐只吃少许，不嗜鳟鱼、香鱼之类的生鱼而喜欢吃一点鲭鱼酱、蒸鲍以及四季瓜果和唐果子[⑤]。奇怪的是，晴明冷冷清清的宅邸只有他一人独居，没有家仆，尽管如此，他府上的家具擦得光洁如新，院里的落叶也扫得干干净净，这令来访者甚是讶异。有时在半夜会听到晴明在大声吩咐什么事情，明明没有人，却能听到有人应答并立刻向他靠近。有时在大白天，晴明也会忽然起身，拍手召唤什么东西，而那东西竟按照吩咐打开了吊窗。坊间传言晴明驱使着众多的式神。

从宽和二年的梅雨季节开始，晴明一副郁郁寡欢的表情。这一时期是花山天皇执政，年仅十九岁的天皇让晴明甚为敬重。在当时

---

① 日本平安时期正二位太政官，权限与左大臣相同，位于正一位太政大臣之下。
② 大膳职的长官，负责管理古代日本地方的杂物、菜果、酱肴等的调配、食物的烹饪等。
③ 具有本职工作的人担任其他职务时补任的职务。平安时代以后指院、亲王家、摄关家之类的政务所的长官，也指政务所下属机构文殿、厩司等机构的长官。
④ 宫中身份很高的女官。
⑤ 平安时代由唐朝传到日本，在米粉或小麦粉中加入葛粉，做成水果形状后用油炸的点心。

社会情况下，忠义这一情感就是将自己的女儿献给天皇做妃子而自己也成为国丈的狂热欲望。就其程度来说，它肯定是一种政治热情，但却是一种处心积虑的无情的热情。晴明既非权贵，也无野心，当然不会是此种意义上的忠心。他只是祈祷这位性情温和且玉树临风的年轻天皇能久居至尊之位。

他占卜星宿，星象显示天子之星不久将发生异变。

“现在克此星座的是弘徽殿[①]女御，是那个如今已不在人世的弘徽殿女御之灵。”晴明自言自语道。

此刻，女御生前的模样活灵活现地浮现在他的眼前。

弘徽殿女御的一头青丝浓密柔润、乌黑亮泽，比其身高还要长。为黑发之美而倾倒的人们，看到她桧扇后面露出的容颜，都惊得目瞪口呆。如此花容月貌，如此柔美的秀发，让人觉得若不付出异常的牺牲作为代价，上苍是不允许地上之人拥有的。

天皇和女御度过了幸福美满的一段时光，当年天皇十八岁，女御十七岁。

“在这心情舒畅的美好清晨，臣妾却心惊肉跳。”女御说道。她身上仍有一些非常孩子气的地方，曾经有一次，她说小舍人童[②]带来的猫体型太大，煞是吓人，就躲到布帘后面去了。天皇认为这是她孩子气的自言自语，并未直接回答，而是微笑着，像是要她继续说下去。

---

① 弘徽殿为天皇御所内的后宫七殿五舍之一。其北面正上方为登华殿，南面为清凉殿。东侧上角是常宁殿、下角是承香殿，而西侧下角是飞香舍、上角是凝花舍。由于与天皇所居的清凉殿很近，因此多作为皇后、中宫或有势力的女御所居之宫室。

② 供近卫府中将、少将差遣的少年，以及服务于贵族、武士，做些日常杂务的少年。

“肯定是因为昨晚和女官们玩小筥合游戏[①]玩至很晚才睡的缘故。在如此令人心情愉快的春日清晨，臣妾却感受到一种无常的愁绪，或许就是因为世间可喜之事太多，臣妾内心感到迷茫才这样吧。”

“若快乐之事成为心中不安之源的话，那是因为我们尚未真正体验到快乐。朕希望我们快乐得无暇考虑明日之事。比如，朕某一天会生出华发，而你脸上会长出皱纹这样的事情。”

女御微笑着将手放在脸颊上。十七岁的少女，就好像担心自己脸上真的会长出难看的皱纹似的用手摸了摸脸。

恰在此时，天皇正行幸于外祖父一条摄政[②]的宅邸。在宅邸的长屋檐下，白天也显得阴暗无比，因此，波光潋滟的池水、池中岛上郁郁葱葱的美丽新芽等庭院景色，好似一幅清晰描绘着世外桃源的山水画，别有一番情趣。

忽然，女御发现一只平时很少见的小鸟跳到了庭院中间花木边上的引水沟旁。它的嗓子已不听使唤，叫起来声若游丝。仔细一看，原来是小鸟翅膀受伤了，正扑棱棱地挣扎着。

心地善良的女御顿生怜悯之情。

她命女官用白绢将小鸟包好拿到自己面前，血迹一点点渗透到白绢上。

天皇觉得女御的举动有点不解风情。这是个幸福的早晨，没有一丝阴霾，去管小鸟受伤这样的事情实乃无聊之举。但是，女御仍好奇地睁大双眼，从她那极其浓密的发帘后面仔细观察着在女官手中得到抚慰的小鸟。

---

① 平安时期的宫中游戏。
② 一条摄政指藤原伊尹，其女怀子为冷泉天皇女御，花山天皇之母。

“这可怎么办呢？你觉得翅膀伤成这样还能复原吗？”

女御从小鸟身上转移了视线，用凄然而神秘的声音说道。

“奴婢觉得复原不了了。奴婢很清楚小鸟想回去，也想将它放回到那个地方。”

“它要回的巢在哪里呢？”

“奴婢不知。奴婢觉得自己似乎能够看到小鸟拼命拍打翅膀想要回去的那个地方。您刚才那莫名的不安，或许是已经预感到这一点的缘故吧。”

天皇回过头来，发现小鸟已经在女官捧着的白绢之中闭上眼睛死了。

这个美丽的清晨成了一个凶兆。

宽和元年七月十八日，弘徽殿女御溘然去世。

“这是女御之灵。这一年里，女御的亡魂一直陪伴在天皇身边从未离去。天皇自己也乐此不疲，将之作为生活的寄托。这种情况下，无论旁人说什么大概也是徒劳吧。”

从宽和二年的梅雨季开始，晴明一直郁郁寡欢，这是有缘由的。他感觉到结局渐渐在临近。即便不入宫晋谒，天皇朝夕的烦恼也在晴明的灵眼里历历在目。就这样，花容月貌的弘徽殿女御的一周年祭日就要到了。

天皇对日益加深的绝望感束手无策，就这样度过了阴雨连绵的梅雨季节。女御留下了袅袅的声之余韵和美妙的体香而去，她的存在化作了一缕难以捉摸的芳香。

“自女御离去之后，我若蝉蜕一般。”天皇思忖道，“任何事物都无法给我安慰，任何事物都无法让我振作起来。要说人间确切之物，会是什么呢？是人的每日三餐吗？人间之物仅此而已吗？一看到人们因这种确切性而安心落意我就想笑。女御在世时，一刻也是永恒，因为那是幸福的一刻。现在也有可看作是永恒的一刻，那是不幸的一刻，是索然无味、难以忍受的一刻。这样看来，所谓时间，所谓我们活着的唯一无计可施的理由，都是这样模棱两可、无法指望的东西吧。'时'之流动难道是为了告诉我们活着是一种徒劳？"

梅雨下个不停，离清凉殿最近的弘徽殿的屋顶，还有飞香舍和凝华舍都笼罩在雨水之中。淫雨打湿了皇宫的每个角落，从渡殿[①]走过的人都大步流星，以避开溅起的雨水。紫宸殿和宜阳殿及春兴殿也都被雨水淋湿了。建礼门、建春门、朔平门也被雨浇了个透，庭院引水沟里的水溢了出来，把庭前花草像水草一样冲倒了。

天皇的厌离之心，犹如因这场淫雨而滋生的霉菌那样疯长。

安倍晴明屡遣式神前去打探，得知天皇一年来的所谓贵体抱恙，只是纯粹的心病。在此期间，卦象显示，在六月二十三日这天将会发生异变。但是，晴明缄口不语。因为他知道异变对龙体并无危险，依旧侧耳倾听着那广袤的夜晚和苍茫的星空。

这是宽和二年六月二十三日的事情。

长时间以来，藤原道兼一直向天皇上奏某事，天皇总是寡言少语，微微颔首，到最后，一副情绪低落的神情。

道兼很久以前就开始时不时地劝天皇出家。勾起天皇无常之心的是他，挖空心思让天皇事事想起弘徽殿女御而疏远政事的也是

① 日本寝殿式建筑中从一个殿舍到另一个殿舍的走廊。

他。也就是说，他充分发挥自己做事游刃有余、八面玲珑的秉性，以花言巧语不断将天皇引向己之所图，这是当时宫廷司空见惯的权术之道。父亲兼家只是口头承诺让他将来做摄政，其实从一开始就不看好这一计策，没打算助他一臂之力，道兼对此耿耿于怀。

在此之前，圆融天皇[①]之子怀仁亲王被立为当今天皇的东宫，兼家在春宫即位之际，燃起了要做关白的野心。也就是说，兼家之女诠子乃亲王生母，兼家要对亲王扬外戚之威。他处心积虑地利用次子藤原道兼来敦促天皇退位。道兼用“微臣也随您一同步入佛门”这样的花言巧语欺瞒天皇，其实是父亲已经承诺在自己当上关白之后将摄政之位让给他。

“梅雨季已过，接下来的夏日又会酷暑难耐。即便在同一月份，花山寺的山月，看上去也比宫内更加冰清玉洁。微臣心中一想到那种拂去俗尘、能沉下心来修炼佛道的生活，便感受到一种欢欣雀跃。虽然这种心情和出家不太相配。”

十九岁的天皇目不转睛地盯着道兼那张似乎一心向佛的脸庞，但是，他并非从那里察觉出了什么蛛丝马迹，而是习惯使然。他养成了将心思集中于某物来获得哪怕是一刹那心安的习惯。那张被称为龙颜但还过于年轻的稚气未脱的脸庞，也因长久的郁郁寡欢而渐渐形如枯槁。他嘴唇红润、眼眸清澈，眼睛并非不知世之恶意和谗言，而是展现了一种王者脆弱的高贵，未能识破这些而循规蹈矩地接受所识之人的主意。那是自出生以来从未被人欺骗过的眼神，是不肯接受死亡之手欺骗的眼神。连道兼都认为年纪尚轻的天皇的叹

① 圆融天皇（959—991），日本第六十四代天皇（969—984）。

息，不能仅仅理解为厌离之心，或许天皇真的是相信弘徽殿女御灵魂永生才出家的吧。

“今晚即可，我们这就前去。都准备就绪了吧？”

“陛下所言甚是，微臣随您一同前往。”

“卿之关心，朕万分感激。”

天皇天真无邪的谢词毫无嘲讽之意，令道兼不由得心中暗笑，他甚至一瞬间想站在天皇这边。看着天皇这么容易受骗，他觉得好像和自己没了干系，心里一片坦然。

道兼在清凉殿中的夜御殿[①]谒见天皇，因为二人所处房间位于宫内深处，无法看到外面的情形。从藤壶上御局[②]的小门悄然出来时，天皇才发现今宵月光皎洁如水，那是一种毫无遮掩地普照万物的月明。

天皇一碰到节外生枝之事就会改变主意，他的话令道兼惶恐万分。

“这可要怎么办啊？外面这么亮。”

天皇眉宇之间露出一丝犹豫。在长达一年的悲痛之后，他终于下定决心出家，但若如此优柔寡断，前景可虑。道兼以劝诫的语气急切地说道：

“神灵和宝剑均已交接完毕，事已至此，又能奈何呢？这岂非陛下之决心？若此时收回成命，恐错失良辰。”

天皇置之不理，默默向前走去。

道兼后悔不已，认为自己说了不该说的话冲撞了天皇。因为他

---

① 清凉殿为天皇居所，夜御殿为天皇寝宫，位于清凉殿正中。
② 藤壶上御局为女御、更衣等在清凉殿的等候处，在宫殿北面。

事先已将神器移交给了东宫，如果把天皇的沉默当作愤怒来解释的话，他担心事已败露而惊恐万分。

然而事情并非如此。龙颜并未大怒。天皇有着一颗年轻而纯洁的赤子之心，他在这夏夜的月下漫步之中寻找到一种喜悦。一年之后，他的心中再一次充满了某种天真的快乐。这个因失去恋人而绝望的十九岁少年，一瞬间脱离了如同施加于己身的刑罚那样的痛苦。他凝视着自己清晰的影子向前走着，甚至不知道要去何方，只是冥冥之中感觉到所有的一切就这样在顺从着某事。

恰逢云朵微微遮住了月之表面，四周变得阴暗，此刻，悲伤如大浪般再度袭上天皇心头，令他驻足而立。

“陛下，您怎么了？”

道兼问道。此时，两人渐渐出了内宫，来到了中和院那高高耸立、看上去黑魆魆的房屋阴影之中。

“朕忘了带女御的尺翰。那些是朕平日反复阅读的。朕这就去取，卿在此稍候片刻。”

在此紧要关头，道兼装出一副伤心的样子声泪俱下地挽留道：

“陛下说什么呢？现在回去的话，肯定会有人看到，不知又会出什么差池。陛下即将为弃世之身，为何又说此类话呢。”

最终，天皇还是被这个哭哭啼啼、老奸巨猾的领路人带着，走向了月下的京城大道。

安倍晴明的宅邸位于土御门町，处在此时天皇必经之路上。

碰巧天皇经过晴明家大门口之时，从里面传出晴明啪啪的拍手声，他高声说道：

“发生了预示退位的天变。哎呀，看来已成定局。我要进宫！

快备车！……快点！快点！”

那声音落地有声，像老年人的声音，又像壮年人的声音。家中开始出现一阵骚动，晴明的声音再度叫喊起来：

“一个式神姑且先进宫去！”

此时，肉眼看不见的某个东西打开了门，报告说看到天皇的背影刚刚由此经过。

听了这话，阴阳师出现在射入门内的月光之中，他鬓发尽白、眼睛雪亮，一口年轻的皓齿在月光下更加熠熠生辉。他一直盯着天皇和道兼在月下渐渐远去的背影，喃喃自语道：

“事情到此地步在我意料之中。但是，谁又能阻止得了呢！我废寝忘食多日为圣上祈求万世，却无丝毫之力撼动这一事态。我没有进行于事无补的上奏，如今又如此，形同陌路擦肩而过。这样也罢，对人即便做过多的努力也是枉费心机。

“陛下，您多保重！愿您成为上皇之后，后半生能比前半生更安然自在、怡然自乐！”

星期日

幸男和秀子的办公桌面对面，都位于财务省金融局一个即便白天也有些昏暗的房间的最后面。两人都二十岁，幸男只是中学学历，秀子从女子学校毕业后就在这里上班了。

他俩有诸多相似之处，刚刚提到的年龄相同就是其中一点。其二，两人三千六百九十六元的底薪加上津贴，工资都是四千九百元。其三，两人都是表里如一、辛勤工作的人。

金融局秘书科的科员给他俩起了个外号叫“星期日”，关于这个外号，还有这样一个来历。

去年晚秋的一个星期日，科长为首的整个科室的职员都携家带口去观音崎灯塔郊游。秀子在四五天前听到这个计划之后，明显有点心神不宁。一到星期六，她便说自己头疼决定不去了，幸男也为秀子无法一起去玩而深表遗憾。但是，旅行当天早上，两人都没有出现在约定的集合地点。大家为等他俩错过了一班电车，随后就胡乱猜测着二人可能发生的风流韵事上路了。

星期一早上的上班时间，二人像往常一样看上去有些生分地坐在各自的办公桌前。有工作经历的人，就不难想象二人会被同事如何刨根问底地打趣了。擅讲黄段子的股长吩咐幸男将文件送至秘书科科长室之际，故作正经地来了句“看来你昨天把她照顾得很好，她身体完全恢复了”之类的话。

这绝不是说两人不知羞耻，而是他们性格直爽，遇到这种情况不会发怵。他俩只是像被强光晃了眼那样眨了眨眼，没做任何辩解。

过了两三天，没完没了的打趣总算消停了。偏巧这个时候，幸男的记事本遗落在昏暗的走廊上，被经过此处的一个同事捡到了。

他打开一看，发现这个记事本是某个银行赠送的，一页分为四天，每个星期日那一栏，都用不同颜色的彩色铅笔做了标记。左右两页被分成了八个格，第八个格空了出来留着做笔记。所以，每次翻页，第一个空格中美丽的绿色和蓝色就映入眼帘。其中还有空格为黑色的星期日，也有为浅褐色的星期日。

朋友在好奇心和哥们义气势均力敌的情况下放弃了戏弄他们的打算，没有向全体科员公开这一意味深长的发现。在只有自己和幸男的茶歇间，他将笔记本物归原主，并开玩笑道：“如果不将各种颜色星期日的由来告诉我，我就添油加醋地将这件事抖出去。如果只对我说的话，我保证不会外传。”

幸男笑着说了句：“没什么大不了的。”沉默寡言之人，应该有一些不为人知的秘密，他的解释令人意犹未尽、大失所望。

“这个啊，这是和秀子一起过星期日的约会表。绿色代表山、树林和原野；蓝色代表大海和湖水；浅褐色是运动场泥土的颜色，也就是棒球。”

“黑色呢？”

“你猜猜看。还不明白？黑色代表电影。”

二人总是制订好三月后的计划，并切实地执行着。

“遇到下雨或电车停运的话，你们怎么办？”

“即便下雨或电车停运，黑色还是黑色，绿色还是绿色。我俩都固守成规，下雨天我们也会打着伞在多摩川河堤上走走。”

对于幸男和秀子来说，这样的星期日约会，是他们排除一切困难必须坚守的某种东西。提香的画中有一幅叫《圣母升天》。一五一八年创作的这幅划时代的杰作，将威尼斯一下子推向了文艺复兴的高潮。幸男和秀子都不知道提香这个名字，也没兴趣了解这个人。在那幅画作上，众多安琪儿只是专注于支撑着升天的圣母所踩的耀眼祥云。二人正如那些天使一样，心无杂念、意志坚定地遵守着他们星期日的承诺。

“没成家的人真是潇洒啊！”拖家带口的同事们都这样想，“这样的话，这点工资，肯定四个星期日都用光了。两人应该都不是经济宽裕人家的孩子，最近男孩子、女孩子花钱可真是满不在乎。像我这一成家，即便带老婆看电影，最多也就一个月一次。单身真是好啊！”

同事确实遵守了约定没有外传，但他话里闪烁其词地提到的“星期日”这一绰号用在二人身上名副其实，这个神秘的外号也就一传十十传百传到了其他科室那里。

平日里总是唯命是从的两个年轻人，难道是因为无法随机应变享受难得可以轻松一下的星期日，才模仿服从某人命令一般，制订这样雷打不动的缜密计划，安排如此刻板的约会吗？

事实并非如此，他们之所以恪守着约好的星期日，总之是因为这是他们能够守护，且原则上被允许守护的唯一的东西。

他们就这样维护着绿色星期日、黑色星期日、浅褐色星期日。更具体一点说，他们维护着纳入未来画框中的青翠欲滴的群山、湖泊、田野、云彩、棒球场、当天往返的海边浴场、观看外国船只的港口、河滩宽阔的河流、人山人海的电影院。

其实，同事们都没有猜对。二人用微不足道的极少预算来实现自己的计划，而且，这点也就够了。东京非常方便，来回花上不足一百日元的交通费，就能去海边，去山里，也能去湖边，去河畔。即便同样的地方不打算去第二次，短时间内也不缺玩的地方。他们将游乐场也纳入绿色范围，对游乐场大都烂熟于心，从鹿饲料的价格到租小船的费用均如数家珍，这么丰富而珍贵的知识是只属于二人之间的秘密，真是太遗憾了。

一九五〇年四月十六日是个星期日。十五日这个星期六，秘书科要制作提交给司令部[①]相关部门的文件，忙得不亦乐乎。那个同事一边将幸男折好递过来的文件两页一份用订书机订在一起，一边饶有兴趣地板着脸问道："哎，明天的星期日是什么颜色？"

"蓝色。"

"嗯，希望是个好天气。"

同事的打趣仅此而已，当天每个人都忙得不可开交，没有时间去关注他人的闲事。

星期日的早上，这对同为二十岁的恋人，相约在某车站的月台碰头，时间是七点半。

---

① 指"二战"结束后一九四五至一九五二年设在日本的联合国军最高司令官总司令部，简称GHQ。

天气很难说是晴天，但天气预报说不会下雨。

两人在约定的时间过了不到五分钟后见面了。幸男穿着深蓝色的长裤配咖啡色的毛衣，衬衫是白色的，浆得笔挺。秀子没有长裙，格子短裙配浅蓝色的对襟毛衣，穿着像小孩子那样的大格纹的短袜。两人都肩挎水壶，手提式样简洁的旅行包，脚穿白色运动鞋。

如此赘述，并不是为了凸显两位主人公的衣服特征，而是让人仅仅通过这样的描述，就能自然想象到在春意盎然的星期日早晨，所有年轻人都在某个车站各自等待恋人的情景。也就是说，他们的情形大同小异。

二人一见面，就像初次见面的孩子被各自的母亲强行拉在一块不得不一起玩那样，有点趾高气扬地相视一笑。他们不得不采取一种昂首挺胸的姿势，一个主要原因就是水壶和旅行包有点重。早上的寒暄就在这一笑之中无声地结束了。

嘈杂的人群搅乱了二人斜射在月台上的影子。秀子忽然伸出手，快速正了正幸男一侧歪斜的衬衫领口。

这个麻利的动作让她的话多了起来。

“我昨晚没睡好，一直担心明天会不会下雨，就像远足前一天晚上的小学生一样激动得睡不着。今天早晨，我四点就爬起来准备便当。做了火腿三明治和紫菜饭团，这可是豪华大餐啊。另外，我昨天连巧克力和口香糖都买了。你瞧。”

秀子像水鸟似的单脚站立，在抬起的一条腿上打开了旅行包的拉链，拿出两块美国产的巧克力和两盒口香糖给幸男看。

“太好了！让你破费了。”

“蓝色星期日可是今年第一次啊！我还是喜欢蓝色星期日。”

湖泊真的是蓝色的吗？

二人对没见过的事物满不在乎。因为是湖，所以是蓝色。这种逻辑才是颠扑不破的。

从电车换乘火车，总共花了九十多分钟。幸男和秀子以及座无虚席的一车厢人，是当天第一拨去S湖旅游的游客，他们于九点多抵达湖边车站。

S湖是修建水库而形成的人工湖。湖这个称呼名不副实，这一点不去实地看一看无法明白。

两人从特产店一字排开的车站前街向左拐向了可以一览湖景的道路。湖水混浊、肮脏，就像那些没有食欲的病人喝了三分之一就再也喝不下去的汤一样。而且，已经消退的水位犹如刻度尺一般清晰地出现在一望无余的湖岸那裸露的断层上。尽管环绕湖岸的群山大致已经褪去了春天鲜活的绿色，但湖岸的断层越过了水面，因此就好像刚做好的新裙子下面露出了脏兮兮的贴身内衣边。

郊游的人群和幸男他们一样，对于这个发现泰然处之，继续走在湖边尘土飞扬的道路上。大家唧唧喳喳，大声笑着，声音大得就像是在测试自己的回声一般，没人去欣赏景色了。

幸男和秀子不知不觉朝对面不远处的大吊桥走去，二人进行了如下谈话。

“这样天气稍微有点阴反而比较好。天气太好的话会出汗的。”

“是啊！阿幸，来一块口香糖怎么样？”

“谢谢，真让你破费了。”

“什么呀！一盒也就五十日元而已。”

“我们聊聊现在能用五十日元买到的东西吧。电影票、咖啡、最便宜的领带、袜子……。”

“女孩子的话，顶多就买一个木刻的胸针吧。”

“要再有点钱就好了，至少工资都能当零花钱了。”

“如果现在有一万日元就好了，这样的话我们俩就可以用在出游上了嘛！”

“我要有了钱，天天带你看电影。”

“我可不想每天都看，我的心愿是一件皮衣。”

“一件皮衣多少钱呢？”

“最低也得三四十万日元吧。”

“三四十万，即便工作一辈子也攒不到那个数吧。不过，我就喜欢满不在乎地说‘六七十万’呀，‘一百四五十万’呀。金钱这东西也就是一种称呼吧。有钱人即便带支票簿也不会带现金的。因此，能随心所欲说出金额的，都是些大款啊。”

“哎呀，我可不是你那样的哲学家。”

二人的谈话丝毫没有提到湖。需要注意的是，在经济不景气的时代，谈论金钱是最罗曼蒂克的话题。

不久，银白色的太阳透过稀薄的云层照射下来，放眼望去，湖景在这神秘的日光照射之下，带着些许神秘色彩。距游客高峰尚有一段时间，湖上的游艇寥寥无几，湖水的颜色极其怪异，很难用一句话来形容。可能是因为水浅，水底黏土的色彩映射到湖水表面的缘故吧。环绕湖泊的群山，风景一般，如果没有湖泊的话，没有人会对山感兴趣。山峦板板正正的倒影弥补了山姿的不足，但山容总有些暴发户那种掩盖不住的枯燥乏味。群山守护着仅像峡湾那样深深退下的一角，从映着绿色阴影的阴暗水面耸立开来，呈现出略略不同寻常的尖角。

说到这一侧的湖岸，湖岸维护工程用的石子堆、简易房以及供出租用的游艇上鲜红的旗子，这些东西杂乱无章。旗子无精打采地耷拉着。忽然，一艘发电站的摩托快艇轻快地从二人眼前开过，上面坐着戴眼镜的绅士、太太以及五六个头戴俗气帽子的女孩，他们估计是以视察名义来参观水库的上司家属。

“去哪儿呢？”

“总之，先过那座桥吧。”

“过桥之后，去哪里呢？”

“这个嘛……我不知道啊！”

道路因为地上的灰尘而显得明亮开阔，环望路上，发现周围的人也是信步而行，一副不知何往的表情。总之，这样反而更轻松。

幸男和秀子就这样嚼着口香糖过了桥，来到了指示眺望台方向的告示牌前。二人稍微有些争执，随后便达成一致，走在通往山腰的羊肠小道上。告示牌上立着一个详细的警示牌：在无路之处上山，土石滑落会给山脚住户造成困扰。幸男和秀子都不是那种讨人嫌的冒险家。

两人手拉手走在狭窄的陡坡上。庆幸的是，后面没有人跟上来。小路在长满竹子的坡上东绕西拐，穿过那个位于山腰、被称为观景台的冷清的茶馆，就来到了稍有坡度的空地上，那里残留着树桩，长着荆棘，遍布盛开的棣棠花。再往上，有松树林，山顶好像有一块旱田。幸男在前面走，感觉到自己拉着的秀子的手心渗汗。她的疲惫不堪，通过手像船锚一样沉重地搭在他的手上这一途径传递给他。

空地被杉树林围了半圈。

秀子的身体汗津津的，散发着犹如收成在望的麦田那样的气息。这一气息在微风中飘荡，令幸男停下脚步，情不自禁地亲吻埋在臂弯里的有点调皮的孩子气的秀子，亲吻她的脸庞、脖子和雪白可爱的喉部。坐下的话，会被地上的荆棘扎到。因此，两人就那样嘴对着嘴，在一个大树桩上坐着。估计那些事事依据理论的人会不相信：闭着眼，怎么能模仿得惟妙惟肖呢？一对恋人，犹如习以为常的演员，能够按部就班地在舞台上卿卿我我。

二人身体紧绷，紧紧贴在一起坐着。读者不要误解了，两人只是像被看不见的书立紧紧挤在一起的两本书那样一动不动。过了一会，两人不再亲吻，脸庞凑在一起。这时，他们发现两人之间即两人大腿之间长着一棵美丽的小树苗。

“刚才没发现啊！”

“啊，觉得简直就像刚刚突然长出来的！”

这像是人工仿造，可以说是工笔画中的树木。上午的阳光穿过云层，照射在这片树木砍伐后的空地上，使野蔷薇的嫩叶闪闪发亮，也为幸男和秀子面前那棵小树苗明亮的嫩叶添光加彩，树苗的叶子犹如微型物件。因为尚幼小所以叶脉完全没有污秽，正如秀子所言，只能看作是刚刚长出的嫩叶。两人大为感动，将嫩叶看作是这难得的星期日早晨的好兆头。将腿错开一看，发现那是从树桩上长出的嫩芽。

这时，犹如衣服摩擦的声响惊动了他们，原来是乌鸦。乌鸦扑棱着翅膀飞过林间，那声音听起来如同衣服的摩擦之声。

“真是个不错的星期日！”幸男说。

“真是个不错的星期日呀！”秀子也说道。

在阳光明媚的星期天，这一赞美之辞就像二人约好了似的从各自口中说出。在林间眺望下方的湖面，游艇的数量不知什么时候开始增多了。幸男天真地叹了一口气，气息里洋溢着深深的满足，也充斥着幸福感所带来的不安。他对秀子说道：

“这样的星期日若能一直持续下去该多好啊！”

“是啊，一直到夏天，到秋天，到冬天。”

“不，明年，后年也要啊。”

“结婚以后也要吗？”

“结婚以后也要。我俩的工资加起来如果有两万日元，至少有一万五千的话应该可以结婚。”

“不过，我总觉得这样的星期日约定有点奇怪啊！我们明明不能靠自己的力量决定整个未来，为什么却想着靠自己的力量决定那些微不足道的事情呢？我们的这个约定，对将来又有什么意义呢？将三个月之后的某个星期日定为蓝色星期日，这个决定对我们来说为什么那么重要呢？”

“这个嘛，就像祈祷啊。”

“不，我觉得不是。我们决定的蓝色星期日就必须是蓝色的。用彩色铅笔在你记事本上清晰地涂色时，我经常觉得像是和你一起在策划一个惊天动地的阴谋。”

秀子感觉到自己肩膀上的重量，就把水壶取了下来，立刻将加糖的红茶倒进杯盖递给了幸男，自己也喝了些，水滴顺着脸颊滑到了她洁白的喉部。

“我有一个稀奇古怪的想法，”秀子接着说，“感觉我俩就像支撑着世界秩序的一对精灵情侣。世界之所以还在正常运转，多亏了我俩。不过，难道不是这样吗？三个月之后的某个星期日本应该是蓝色，但若搞错改成绿色的话，我觉得就会有什么大事要发生似的。”

“你的想法真妙！”幸男也神采奕奕地表示赞同，“我们要决定的颜色顺序，或许就像操纵地球是否爆炸的危险的开关一样，一丁点的失误就会酿成大祸。我们毫无差错、安然无恙地操作到今天。这样一想，从今以后，可不能草率地下决定。”

“什么呀，阿幸，你每次都闭着眼将火柴棒弄倒，倒向右是黑色，倒向左是绿色，你不就是这样确定的嘛！”

“不过，我可没有弄错过，很了不起吧？”

“看在地球尚未变成粉末的分上，就算你厉害。”

两人笑了起来，迅速环视了一下周围缺乏安定感的地面。满地都是被雨水打湿、像是上星期日丢下的便当盒残片。幸男天真地想起自己还空着肚子，就提议吃午饭。两人在分不清是早饭还是午饭这一含含糊糊的时间点上刚吃完饭，就听到从山脚下传来一阵娇笑声，原来是郊游的一伙人正在朝半山腰的这个地方走来。

两人对这伙人会以何种姿势攀登自己刚走过的那条羊肠小道兴趣盎然，就躲在了杉树背后。这伙男女唱着低俗的流行歌曲爬了上来，要么也和幸男、秀子一样，男人走在前面拉着后面女人的手，要么女人抓着男人身后横过来的手杖往上爬。一个像是女人的男人，犹如异装了一般，在狭窄的额头上搭了条遮阳的手绢。

“来了，上来好多人呀！”

这群善男信女的出现让秀子产生了恐惧，她摇着幸男的手腕如此说道。幸男一副成年人的样子沉着地说道：“那帮家伙，到底是些什么样的人呢？”

幸男并未认识到那些人也是恋人关系。

他们有的笑着，有的唱着，有的大声叫嚷着，用脏兮兮的手绢不断擦拭着脸上的汗水爬了上来。有一对是五十多岁的男子和二十岁左右的留级女学生，他俩手拉手，男子露出金牙，像是喘气般地大笑着，用画有日本国旗的扇子在胸前扇来扇去，迈着明显的罗圈步走了上来。女学生穿着水兵服，涂着浓艳的口红，指甲染得血红，把汗巾团成一团随便塞在胸前，将高跟鞋后跟钩住树根向上攀登着。三个大学生和三个胖女孩组成一队，大学生们都将上衣搭在手腕上，炫耀着颜色条纹稀奇古怪、只能被人看作是奇装异服的衬衫。而且，仅仅从这里透过草丛就能看到，在稍短的裤子和鞋子之间露出了荒诞不经的鲜红色、绿色、黄色条纹的袜子。那发出耀眼光芒的，是戴在左手手指上的俗不可耐的纯金戒指。他们的恋人们扭着腰，不断嚷着：“好累呀！哎呀，在这里休息一会吧！”但是，那些理想主义者并未停下脚步。胖乎乎的女孩们像是撒气似的，摘下周围棣棠花的花朵抛撒着跟了上来。接下来，有一个将西装背心最后一个纽扣都扣上的青年拉着一个身穿不合身长裙的女孩爬了上来。青年脸上一直浮现着老实本分的自我陶醉式微笑。再过十年，估计这微笑会变成万念俱灰的苦笑吧。之所以这样说，是因为和他一起的女孩显露出一副彪悍的骨相。说起她的长裙，上面带着各种无用的皱褶和装饰，犹如蜡烛垂下的烛泪。每走一步，裙子就成了像风铃店里众多风铃一起摇摆的装置。女孩的眼神透着怒气，故意嘴唇紧闭，像是在指责男孩缺心眼，让她走如此陡峭的山路。他们身后，是一个身材瘦小、情绪低落的青年和一个身材高大且年龄稍长的外国女人挽着胳膊爬了上来。这一组是女的照顾男的，男孩羞怯地低垂着头。就幸男和秀子偷窥看到的情形来说，女孩突然伸出舌头舔了舔了青年的脸颊。她忽地抬起了头，竟是张日本人的脸。那红头发是染的。他们后面是……

因为走在最前面的一对已经到达空地，幸男和幸子便不再观察。五十多岁的男人醉醺醺的，试图调戏秀子，因此，不等幸男发火，同行的女孩就狠狠掐了他一把。

一行人陆陆续续抵达这片空地，幸男和秀子被他们的气势压倒，连话都说不成了，甚至无法判断发生了什么事。他俩曾经想象着这一行人是故意来骚扰这除了清晨小鸟的啼鸣之外寂静无声的二人世界，但不大工夫，他们就认识到完全是自己多想了。那些情侣们各自选了个树桩坐下后，便安分地打开了便当。此时，幸男和秀子感受到一种苦涩的喜悦，宛如谦卑地讪笑着置身于喧闹而松散的野外宴会之中。

正午报时信号响起，到处都响起女人的尖叫声。之所以如此，是因为笛声出人意料地在附近响起，这也是空袭的记忆尚未消除的证据。有一对情侣惊慌失措地将便当收进了手提包，真是可笑至极。报时信号的余音短时间内仍在耳畔回响，迫使大家陷入了沉默。

“他们好像都是些不解星期日风情的人啊！”幸男小声说道。

“也就是说，他们不像我们这么顽固啊。”秀子说。在这点上，两人各自有所期待。幸男和秀子收拾好东西，开始沿着崎岖的山路往下走。不一会儿，他们惊奇地看到有许多人在下面的道路上走着，每个人的影子都如实地投射在灰白色的路面上。这不计其数的人影布满了整个路面，缓慢而慵懒地移动着。不知道他们为什么这样做。从这里望去，因为有一段距离，更是让人看不清目标。

去时门可罗雀的茶馆，下山时却座无虚席，两人为了节省开支没有拐进去。蜿蜒的山路从这里开始至下面的道路变得颇为舒缓。乍一看，简直不知道会让人多灰心。在每个灰尘飞扬，不断有人走过的弯道口，必有一伙人坐在路旁的竹林里吃便当。在那里吃便当会很快沾满灰尘，他们为什么不找个好一点的地方呢？二人对此甚是讶异。当从那些在路边心无旁骛地吃着海苔卷的人们面前经过时，自己反倒觉得不好意思了。这些人能够做到无需寻找环境稍好一点的场所，因此，所谓郊游，原本就是这些人的消遣。

太阳又一次即将被云层遮住，那些勉强透过云层的光线，将数条庄严的光辉洒向湖面。沿湖的道路因为阳光照射不到而显得阴暗，投射在地上的一个个人影也都消失不见。幸男和秀子看到他们的影子消失在灰白的地面之中，看到云层间的光亮如同被收起来的折扇那样逐渐消失。即便如此，那群沉默的人到底是什么人？这些默不作声、疲劳困顿、步履蹒跚的人，从哪里来，又要到哪里去呢？幸男看到他们的脸上浮现出一种无法言说的悲伤神情。

但是，幸男与秀子性格开朗，并未被这群非亲非故的陌生人的表情坏了心境，他俩兴高采烈地沿湖走了一圈，走走停停，时而还唱唱歌。两人毫不避讳地挽着胳膊，在从一群看似艳羡他们的学生面前走过时，大大被嘲笑了一番，令这对二十岁的恋人感到很不自在而陷入沉思。自己是否也和那群人一样是一副疲劳而悲伤的神情呢？虽然他们自我感觉毫无倦意，但切身感受到飞机在阴沉的天空中发出的轰鸣声时，立刻对那种慵懒而沉闷的振动产生共鸣，自然而然心情就变得郁郁寡欢。朝湖面望去，整个湖泊看上去就像一个巨大的消防水桶，游艇东一艘西一艘地点缀在湖面上，看上去非常渺小。

抵达车站时，已是下午四点。车站前面拥挤不堪。不过，两人买的是往返车票，所以就毫不费力地进了站。月台上的混乱更是令人吃惊。临时列车马上就要进站，人群一窝蜂地拥进了狭窄的月台，现在就开始露骨地表现出争先恐后的波动。那肩挨着肩、行李碰着行李的情景和迅速扫向身旁之人的眼神暗示着这一点。幸男和秀子就那样挽着胳膊被挤到了月台的最前方，已经出了安全线，但站务人员不足，无人制止此事。

四点零七分，临时列车驶入站内，刚进入月台就发生了惨案。过早涌动的人群将站在最前面的两个人挤下了月台。因为事故发生在一瞬间，根本无法知道谁是肇事者。不用说，这一行为之中并无恶意。“无恶意”这一点根本不能作为托词，因为“善意”和“无心”也是足以杀人的利器。但是，在这种情况下，还是视为与人的意志无关的事故较为妥当。幸男和秀子虽是一对坚持己见的情侣，但并非意志型的情侣，他们过于相信自己认为应该相信的东西。

因为挽着胳膊，两人中很难保全一人。幸男先跌了下去，从而将秀子也带了下去。在此，某种恩宠起了作用，列车的车轮分毫不差地从并排搭在车轨上的两人的脖子轧了过去。这一幕惊心动魄，车轮往后一退，这对恋人的头部在车轨的石子上整整齐齐地排列着。众人对这一手法叹为观止，甚至想赞美司机魔术般的高超技术。

在新的接任者来之前的时间，他俩的椅子一直空着。即便如此，行政事务依然有条不紊地进行着，太阳从东方升起，星期二过后是星期三，猫没有放弃捕捉老鼠，科长没有推掉宴会应酬。

……不过，同事们每次看到那两把空荡荡的椅子，时不时会小声发出这样的感慨："看吧，星期日死了！"

箱根细工

丹后商会是一家经营照相机的商店，位于银座西七丁目。虽说开在背街小巷，店面也很朴素，却在银座扎根了二十年，这样的老店已不多见。现在的店主是第二代，上一代店主当年打下基业，还在昭和初期经济衰退之时，开拓性地进驻银座。

丹后商会每年组织两次犒劳员工的集体旅游，分别安排在中元和年末。六个店员、一个掌柜再加上店主，清一色八个大老爷们儿一起出游。这项由上一代店主发起的福利活动，始于在银座开张的第五个年头。掌柜吉村是唯一一个从未缺席过活动的人，每次都为了选目的地和联系住宿的事忙得不可开交。

他总倾向于把活动办得风雅一些。可能的话就到京都去，参观寺庙庭院，接受茶道礼仪，再找一家茶膳小馆，开一个俳句会。但是，这个意见遭到了店主及店员们的极力反对。掌柜为人正直又精于待客之道，是店里举足轻重的人物，但大家都受不了他附庸风雅的脾性。他的这种装腔作势，自打今年春天破天荒地定做了一套双排扣西服后，变得愈发不可收拾。有一次他说起十年前安然谢世的老娘含辛茹苦拉扯五个孩子的往事时，竟然用了“我之今日，皆亡故之母……”这样文绉绉的说法，令众人自愧不如。

大家一致决定去箱根。

那是七月月中的事。大伙儿在星期二早上一早启程去往芦湖[①]，在那儿划船、游泳，玩一个下午，傍晚南行抵达强罗，在旅店推杯换盏喧闹一番之后住一晚，赶在早上十一点开门前回到银座店里就行。

启程那天早上，天一亮便显出一整天都会很热的迹象。八个人各自从肩上卸下在店里买的打折相机，乘上了开往沼津方向的列车，由于不是节假日，车里乘客寥寥无几。因为弄丢车票的话会很麻烦，吉村就事先将大家的车票收在一起。收车票的同时，他顺便给每人发了一袋东西。纸袋里装有大甩卖处理的巧克力、奶糖、口香糖、光牌香烟一盒、三宝柑橘一个，都是按照店主吩咐买的。店员们拿到袋子的时候，一个个朝坐在窗边的店主举一下袋子表示感谢。

松原秀夫皮肤黝黑、身材瘦小，是店员里面最不起眼的年轻人，却是儿孙满堂的丹后家打小一手培养的寄宿学徒。虽说年纪不过二十一岁，脸上也稚气未脱，但处事老成、思虑缜密，年长的伙计也都对他另眼相待。新进员工学习业内行话，与其跟不好打交道的掌柜学，倒不如先请教秀夫。因此，这位戴着眼镜的娃娃脸老兵，格外受到器重。

与观看棒球比赛比起来，秀夫更喜欢读小说。他一般的运动项目都能来几下，而且相当有水准，却单单对棒球愤愤不平。那是因

① 位于箱根町伊豆国立公园内，是神奈川面积最大的湖泊，也是能够远望富士山的景点之一。

为中学时他右手小拇指被球戳伤，小指不仅变得不再灵活，甚至还有点变形。虽不显眼，但他每次跟女孩子讲话时都觉得对方看到这一缺陷的话会嫌弃他，总想掩饰一下。这样一来，手势就会别别扭扭，结果反而陷入被对方追问“你的小拇指怎么了”这样的尴尬之中。

他为人仗义，做事沉稳。有关店里的事，一有什么差池，即便对店主，他也不留情面。有天晚上打烊后，喝得醉醺醺的店主把批发商委托张贴在店里的新产品海报当作一幅鲤鱼卷轴拿出来卖弄，结果差点给弄破。秀夫从他手中一把夺过，将海报藏在身后，一本正经地盯着一脸醉相的店主，大声叫着那位自上一代店主起就一直关照本店生意的批发商的名字，带着哭腔说道：

“老板，您这样做对得起川村先生吗？”

他真诚的奉劝令店主醉意全消。几天后，店主就任命秀夫为会计工作的见习学徒，有意把他作为吉村的接班人慢慢培养。

也就是说，秀夫禀赋的健全而诚信的庶民道德让他如此诚实可靠。别看他穿着类似夏威夷T恤衫的浅色衬衫赶新潮，却是个嫉恶如仇的年轻人。从朋友那里借来的书，两三天内必定归还。有次丢了钱包，他不想麻烦别人，就走一里[①]多夜路回到丹后家。他唯一的缺点是喜欢将正义感强加于人，常常因为这个跟街头混混发生不必要的争执。他同情在昏暗的小巷中被流氓调戏的卖花姑娘，就发扬了一把骑士精神与流氓干了一架。这种打斗场景在电影中通常会成为一个浪漫爱情故事的开端，但那个担心受牵连而跑掉的卖花

① 日本长度单位，1里约等于3.927公里。

姑娘并未记清他的长相，所以两三天后即便在街上碰见，也是一副素昧平生的样子擦肩而过。碰巧那姑娘也和秀夫一样是个近视眼，因为不想影响形象就没戴眼镜。秀夫这方面，在打架之前就先把眼镜摘了，眼镜一戴上就判若两人。就这样，眼镜让彼此重归陌路，这也很好地给秀夫一个启示，人生和我们之间经常出现眼镜那样看不见的障碍物。

秀夫两三天前有点感冒，但他隐瞒病情继续履行职责。对他来说，这是一种无法抑制而又纯真无邪的欣慰，值得钦佩而又显得悲怆。他这一点自大战期间的勤劳动员[①]以来即已成癖，这次也不例外。大家一起参加的慰劳之旅，是丹后商会的例行活动，用他的话说就是“应当重视的随大流”，所以，秀夫虽然觉得有点头痛且身体晃晃悠悠的，但今早还是随队出发了。

在小田原站换乘箱根登山电车后，随着离终点强罗越来越近，气温又回到了东京拂晓时分的那种凉爽。沿线山崖上那在风中摇曳的紫阳花，一棵一棵掠过车窗，让这些城里来的游客瞪大了好奇的双眼。紫阳花仿佛火车冒出的一团团白烟，从窗外接二连三地一闪而过。

“紫阳花别名七变化，但像这样啪啪地从窗外闪过的样子，根本没有任何变化啊！”掌柜说道。

“变化？什么变化？”年龄最小的店员问。

“咦？你不知道变化吗？没看过讲谈本[②]吗？”

---

① 指战争期间日本政府号召国民为国家努力工作，全力支持侵略战争的倡议。
② 将评书速记下来的故事书。

“就是妖怪啊！”还没到四十岁就开始秃顶、身穿开襟衬衫的老板爽快地说道，“为了让大家在箱根不会遇到妖怪，妖怪的代表在这儿跟我们打招呼呢！”

除了吉村一人发愣之外，其余六个年轻人都哄堂大笑。“妖怪”是吉村的绰号，这点只有他本人不知道。

不久，一行人到达强罗，坐上一个月前刚刚开通的早云山缆车，在乌纱帽般耸立的早云山山脚的终点站下了车，从那里坐摆渡公交到芦湖。

由于吉村节省开支，芦湖湖畔的午餐只有在银座买的果酱夹心面包便当和煮鸡蛋。在去的车上，吉村一直担心煮鸡蛋是否完好，为防止那些煮鸡蛋碰破，他特意用三张丹后商会的包装纸将其层层包好，放在系得很松的平纹薄毛呢布料的包袱皮里。到达目的地后，他在茶馆的桌子上将包袱皮摊开，看到煮鸡蛋一个个完好无损，大家都拍手称快。吉村先拿了一个磕碎，鸡蛋煮得老，宛如晶莹的石头，在正午湖畔的光照下，光溜溜地泛着乳白色的光泽。

按照原定计划，大家不在芦湖住宿，所以就集体在茶馆的里间脱掉衣服，准备下水游泳。秀夫也不甘落后，跟大家一起行动。不一会儿，当众人全都泡在水中之时，他双脚碰到了水草，那种绿色让他突然感到一股如同预感般的寒气。接近湖岸的地方，有群雅罗鱼在游动。黑色的龙虱在夏天的日光下晒着背，像死了一般浮在那里，划水产生的水波一靠近，它就突然苏醒了过来游向水底。山形完整的富士山倒影在湖面上随波摇曳，宛如假的一般。

秀夫虽然知道彻骨的寒冷和刺痛的高烧快要把自己撕裂了，但还是逞强用力拨水，不甘落于伙伴之后。不大一会儿，他觉得头顶的太阳光像一把把锥子一般刺入头部，终于忍受不了这种疼痛而回到了岸上。他嘴唇已经没了血色，在茶馆正下将棋的老板和掌柜身上的白衬衫在他眼前影影绰绰，产生重影。秀夫踉踉跄跄地一靠近这片白色，就勉强挣扎着走进了里面的榻榻米房间，浑身湿漉漉地躺了下去。老板和掌柜大吃一惊，赶忙站起身来。

秀夫已经烧到近四十度，为了带他去强罗看医生，掌柜用毛毯裹住身着夏衣的秀夫的肩膀，先行一步去了强罗那边事先订好的旅馆。为了不影响难得出来放松身心的旅游兴致，老板打算在湖心游泳的那些伙伴回来之前，先不说这个突发状况，估计大家只会以为秀夫想起了要尽某种平时的无聊人情而回到了岸上。老板看着那五个游泳的伙计没有一丝犹豫或担心，拍着水花越游越远了。

秀夫被诊断为可能得了肺炎，所以就打了一针盘尼西林，在旅馆主楼旁一个安静的偏房里睡下了。但在另一头的房间里，其余七人推杯换盏，持续喧闹着。

关于要不要按计划饮酒作乐一事大伙之间存在着分歧。每个人都很担心秀夫的病，当然，我们相信近年来发明的这种特效药的显著疗效，即便说是肺炎也不至于像以前那样手忙脚乱了。但是，朋友在另一房间里痛苦不堪，而这边的房间里却在花天酒地，说起来并不是件让人舒心的事。

“但是，计划就是计划，”一向迷信的吉村说道，“这是个好惯例，十五年来从未因为有人生病而中断过。诸位，我们还是尽情玩乐吧！我也会为了我们店，泪水往肚子里咽，一时不会离席。照料偏房里病人的工作就交给我们中在战争期间当过卫生兵的八木君，其他人则尽情狂欢。诸位觉得怎么样？”

在他说这些话的过程中，三名温泉艺伎来到了房间，这是吉村事先精心安排的重头戏。年轻的虚荣心即刻将欢快的掌声送给了她们。鸟子、鹿子、小百合三人分坐三边，开始殷勤地为七位客人斟酒。八木显然舍不得离开，所以就把任务先往后拖一拖，喝了一杯。

炭坑小调[①]开始得非常早，因为这里的艺伎会弹的曲目实在有限，一问三不知，甚是扫兴，索性还是由她们提议弹炭坑小调吧。

老板站起身来装作上厕所，其实是打算去探视一下秀夫。鹿子来到走廊上，正和女佣聊着，一看到老板就问道“先生，您要去哪里啊”，天真无邪地从后面跟了过来。

老板转过身来，看到她还在跟着。

“好奇怪啊！茅厕（她居然说茅厕！）和浴池都走过呀。把他们年轻人晾在那儿可太狠心了。好吧，那我就跟在你后面，看你到底要做什么。”

鹿子的头发梳成了夜会式[②]，非常洋气，身体也看上去很柔韧。强罗的夏日傍晚，即便穿着宴会礼服应该也不会觉得热，可她穿着颜色清爽的浅蓝色绉纱看上去毫不凉快，说到底是因为穿衣方法不对。她将衣服紧紧裹在身上，像是要把自己敦实的身体打成小包裹寄出去一般。

---

① 福冈县的民谣，矿工采煤时唱的歌谣。一九三二年后被录制为唱片发行，后作为酒宴和盂兰盆节庆祝活动歌曲广为传唱。

② 明治、大正时期流行的带有西洋风格的女性发型，从头部后面将头发高高盘到头顶的发型，也称“夜会结”。

鹿子绝对说不上漂亮，但长相随和，有着渔家女那样单纯而倔强的脸庞。不化妆的话，她的脸应该看起来很清秀。

她“哎！哎！”地叫着，将手搭在了老板肩上。她手指非常有力，老板打了个趔趄，不由得抓住了她的手。此时，他的手被一个东西扎疼了。

“咦？是戒指啊！”

“是钻戒哦。”

钻戒的话，在别人问之前一直不说的话才能增加它的价值，但鹿子马上就说了出来。这种脱口而出的回答惹人怜爱，它出于一种自卑心理，即自己这种身份即便戴了钻戒也只能被别人认为是玻璃。

“你看啊，”她举起手走到走廊的电灯下面，“很亮吧？连周围都闪闪发光呢！”

“嚯，真是个好物件！”

老板看都没好好看就那样随口附和着。接下来，他将手搭在偏房的纸拉门上说道，“我马上就过去，你先回宴席吧。”

“不要不要，你把我带到这里就不管了，真是个薄情郎！”

她双眼一瞪，瞳孔一片漆黑，仿佛要迸发出一股比性感更为强劲、可以称为活力的东西。

“有病人啊，不信的话你进去看看。”

老板担心她再这么大声闹下去会影响到病人，终于说了实话。

按道理病房里应该有一个女佣，但没看到她，估计是出去办事了。病人正在睡觉，他黝黑的脸上泛出了血色，干巴巴的，看起来比平时小了一圈。

鹿子从老板身后窥见了病人的脸，依然站在原处，两手放在脸颊上，吃惊地叫了一声："哎呀！"

"请大夫看过了吗？"

"看过了。"

鹿子从老板口中了解到，病人无法移动，店里又忙，他们打算明天一早将秀夫留在这里，其他人一起回京。

"但是，要是病情加重的话可怎么办啊？"

"看看明天早上的情况再说吧。"

鹿子终于坐在了榻榻米上，她想事情的时候必须要坐下来。她目不转睛地盯着病人的脸，秀夫那摘了眼镜的睡容有点松弛，看起来比平时还要纯真。鹿子就这样看了一会儿，突然说道：

"后面的事我来做吧。白天没什么生意，照料病人这点事小菜一碟。"

"那实在太过意不去了。"

"没关系，真的不用客气。"

老板试着劝鹿子放弃她的一时之念，但发现毫无办法。他非常诧异，真不知道她对这个小伙计哪里感兴趣。反正病人待个三四天就能坐火车了，照顾这么短的时间也生不出什么是非来。而且，重要的是，对方是个"护士志愿者"，在费用上也能省下不少。所以，老板没和可能会彻底反对的吉村商量直接就接受了鹿子的建议。第二天，鹿子穿着浴衣来到旅馆秀夫房间的时候，已是十点多了，丹后商会一行人两个小时前就已经启程了。

早上来到秀夫枕边的，是他素昧平生的女子。

她将刚洗的头发扎了起来，在浴衣上系了一条带有乡村气息的红腰带。一走到秀夫枕边，她便这样说道：

“我是护士，您的老板拜托我每天过来照顾您，直到您身体康复。要喝茶吗？”

她拿起泡了粗茶的茶杯问道，秀夫摇了摇头。

房间玻璃拉门紧闭，酷热难耐，淡竹的竹影映在竹帘上，但混凝土铸就的岩石巍然耸立，使矫揉造作的庭院通风不畅。那是个像舞台布景一样中看不中用的院子。

秀夫想起了芦湖那死一般清澈的水，他的高烧渴望那种水。

他对候在自己身旁的女子并不了解，想到今天一早出发的伙伴们，那个时候之后的事情，他已经记不清楚了。

鉴于职业需要，鹿子也经常讲讲笑话，但她总的说来是个不苟言笑的艺伎。她那单纯而认真的眼神，充满了对自己想出的“护理病人”这一无私奉献行为的好奇。

秀夫突然感到一只冰凉的手出其不意地伸进了他的胸口，不觉讶然一惊。退烧药开始起效了，他的胸口微微有些冒汗。

“哎哟！”鹿子突然一声怪叫，像一个忘了将要洗的东西收起来的女人，“出了不少汗啊，不擦干的话对身体不好！”

她让女佣把替换的浴衣和毛巾拿过来后，就帮秀夫脱了浴衣。她脱衣服的手法非常老练，像经常为客人宽衣解带那样轻车熟路。不过，只是从旁边看过去像这样而已，鹿子自身认为护士们必须采取那种有点粗鲁的脱衣方式。

为秀夫擦了汗后，鹿子这样说道：

“你稍微休息一下吧，我会一直在这儿陪你。”

“你，到底是谁？”

“是谁都无所谓。你快休息吧。”

“我一点都不困。”

“那我就陪你聊聊天，说说我的恋爱悲剧。”鹿子大大咧咧地用了“恋爱悲剧”这个词。

素昧平生的女子在病榻前突然向自己倾诉衷肠，这令秀夫瞠目结舌。这个爱情悲剧故事直到男人服毒自杀为止，才花了一个小时。

“他从我后面追上来，求我无论如何要和他结婚。但是，我说我离家出走后成了这个样子，结婚什么的已经不可能了。我告诉他，离家出走虽然也有不得已的状况，但你的态度一直不明朗也是一部分原因。那个人一直默默听着，说了句‘是吗’，回东京就服毒自杀了。他还是个学生。都上报了，大概就占这么大版面。”

她用指尖比划着报纸最下方的新闻报道的版面，好像只有一块方糖大小。

“什么是‘成了这个样子’？”病人追问道。

“就是现在这个样子啊！我其实是一名艺伎，叫鹿子，请多关照。”女子说。

鹿子一直尽心尽力地照料病人直到傍晚，因为到了出席宴会的时间，就回去换衣服了。夏季期间，全强罗所有旅馆的宴会都排得满满的，车站后面那两三家店的专职艺伎根本忙不过来。总而言之，艺伎们都同样受欢迎，大都一连好几天陪夜。她们都不乘车快速前往散布在山上各处的旅馆，那样太奢侈了，而是乘缆车上下往返，接下来走一段。上行缆车和下行缆车在山腰没有停靠点的地方会交错而过。黄昏时分，跟着客人去了芦湖，游玩结束而回程的艺伎和接下来要到山腰旅馆陪侍的艺伎，有时会在下行和上行的过程中擦肩而过。如果互相都坐在窗边的话，就会从窗子探出头来尖叫着打招呼。

“姐姐，今天玩开心点！”

“什么呀，哪会有那么开心啊。”

“哪个不开心啊？”

“亏你还是个女人，扯着个嗓子喊，真不像话！”

这些对话瞬间完成。但是，声音立刻被吞没了。从上行缆车的车窗喊叫的艺伎，眼看着对面下行缆车的灯，不知不觉变成了暮霭中的一个亮点，目送着它不久便没入了下面车站和特产店那因雾气笼罩而虚无缥缈的众多灯火之中。

晚上十一点左右，鹿子闯进秀夫的房间。一进来，她便四肢趴在了榻榻米上。女佣过来劝阻，但她撒娇说“我付房钱”，令女佣非常头疼。

“发烧好了吗？”鹿子问道，她的眼神毫无醉意。

秀夫一整天都躺在床上责怪自己，所以对鹿子的关心漠然置之。他听了老板要自己好好静养后再回店里的口信，却没想到照顾自己的竟然是个艺伎。和早上看到的鹿子相比，此时的她穿着出席酒宴的礼服，头发和脸上还化了妆。秀夫觉得此时的鹿子非常漂亮，但是他仍有一丝不快，甚至想拒绝她。因为他不喜欢女人碰自己。

“烧退了。”

秀夫就这么敷衍了一下便将头转了过去。他虽然背过脸去，但内心还有一种期待，想着鹿子会强行将他的脸转过来。

鹿子好像在他身后趴了下来，就那样轻轻晃着身子说：“我喝点水。”

于是，她拿起水壶往枕边吃药用的杯子里倒了些凉开水喝了起来。

她喝水的声音很猛，秀夫都不敢往那边看。

“今晚本来有要我陪宿的客人，我是偷偷溜出来的。”

她这么说道。醉意似乎像鞭子一样正在抽打她的身体，她醉得犹如从外侧被推了一把那样身体不停摇晃着。她那急促的喘气声让病人觉得反倒有义务去照料她。女子说了句“让我睡会儿”，腰带都没解就直接钻进了秀夫的被窝，两个人的头在枕头上撞在了一起。从侧面看她的眼睛，眼泪从紧闭着的眼角一直流到太阳穴的鬓角，犹如一条拉紧的线。另一条泪痕已干，闪着亮光。

秀夫想让她看上去痛苦万分的胸口舒畅一些，就将手伸向她腰间的宽带，带子那种像木材一样冰冷坚硬的质地让他警醒。他用指甲轻轻挠了挠腰带，又轻轻敲了敲，只听到非常现实感的声音，女子依然纹丝不动。一停下来，女子像死了一样无声无息，那种静默令人不安，于是秀夫又用指尖弄出如同老鼠啃噬东西的声响。

过了一会儿，鹿子闭着眼睛伸手把灯笼形状的台灯关掉了。秀夫感觉到女子用腿夹住了他的腿。“真像是一个锚啊！”秀夫心里想着，觉得自己的腿就像被系在了锚上无法脱身。

第二天，鹿子要带刚刚退烧但感冒还没好彻底的秀夫出去散步，秀夫很积极地响应了这个提议，因为与其说是他感受到了不可思议的病情好转所带来的神清气爽，倒不如说他浑身感受到了那种有点孤独不安且极为明确的身体康复。

女子登上铺了石板的陡坡朝强罗公园走去，她拉着秀夫的手催促他往前走，但走到陡坡中段，听到小伙子上气不接下气的声音便停了下来。秀夫陶醉在一种绵软无力的愉悦之中，这种感觉他还是头一次拥有，但他并不认为这是生病的缘故。

平日里早晨的温泉乡生意冷清，只有蝉在嘶鸣。坡路上一家家旅馆的玄关，楼梯刚刚擦过，竞相发出宁静的光泽。旅馆的挂钟慢了约二十分钟，现在才敲响上午十点的钟声，那报时的闷响，从柜上的格子门传了过来。

艺伎和店员手拉手爬到坡顶，走进被强罗公园阴暗的杉木林围着的大门。石阶穿过树林，一直朝高处延伸着，其正对面就是像绿色神灵一般耸立的早云山。

秀夫对有生以来的第一次恋爱感到欢欣雀跃，有点忘乎所以。他心里胡思乱想，其中最荒诞无稽的莫过于鹿子会不会还是处女这个问题。稍微上了年纪的男人会在这一问题上感到自我满足而沾沾自喜，但秀夫正处于心甘情愿地相信这世上一切不合理之事的精神状态中，况且鹿子身上的肌肉紧实而富有弹性，充满了处女那尚未成熟的韧性。

两人听到了朝向晨空喷水的喷泉声和树上婉转的鸟鸣声。坡顶上圆形的平地被一个带有草坪边缘的圆形池子占据，池中央的岩石上建有烛台形状的喷泉，水沫从那里高高腾空飞起。喷泉下方石头上生长的茂密的夏草，不断被水沫打湿，显得青翠欲滴，极其醒目。

公园所有的长椅上没有一个人影，两人为坐哪条凳子而犹豫不决。关猴子的铁笼子是游客百看不厌的一个景点。这个景点还有一段曲折的轶事，说是此前有个宅心仁厚的外国军人觉得冬季猴子冻得太可怜，就命令镇长给笼子装暖气，镇长以没有足够的钱为由而向对方道歉。此时，老猴待在窝里不出来，小猴坐在笼中的树梢上老练地吃着脆饼。

在两人百无聊赖地观看猴子的过程中，鹿子突发奇想从和服袖兜里取出一块口香糖去喂那只小猴。猴子大惑不解地咬了咬，最后将手伸进嘴里，手臂全部拉开，将口香糖扯得老长，让二人忍俊不禁。

正直而富有道德心的小伙子从淡蓝色夏威夷衬衫的胸前口袋掏出少许纸币，认真地数了数，朝坐在喷泉对面那把长椅边上的鹿子转过身来，他百无聊赖地摘下眼镜，用一只手的手指摆弄着，怯生生地开口说道：

“鹿子小姐，谢谢你给我这么多关照。我今天下午就要回东京了。真的是托你的福，病也好了……”他按店里送客时说“承蒙每次惠顾”的语气顿首致谢，“百忙之中给您添麻烦，实在抱歉。”

其实他也拿不准到底该不该将手头的钱全都给她。食宿费老板应该都替自己付过了，这些零钱全都给她的话，回去的车费就没有了。话虽如此，但从数好的钱中抽出二百元车费收起来的话就会被对方认为很吝啬吧。索性把实际情况告诉她，再从全部给她的钱里只要二百元做车费吧。

他笨手笨脚地把纸币塞给她。

“哎，请用这点钱买点点心吃吧。”

这种台词，是他从某本低俗小说里看到的。

她瞥了一眼那钱，举起双手打了个大大的哈欠。

“钱的话这点能管什么用！啊……好困呀！”

“对不起，我让你不开心了。但是，万一你生了我的孩子……”他心怀愧疚地用眼睛数着手中的钞票。

“我怎么可能会生小孩，不要说那么吓人的话。不过，我曾经堕过两次胎，绝没有比那个更痛苦的事了，我甚至觉得，那样的话倒不如把孩子生下来更轻松。那可是在用一个银色的像小匙那样的东西搅动着往外掏啊，这样就会取出一些非常细小的肉。我那时候是一块、两块……对了是五块。第二天肚子痛，上厕所时又出来一块。那个留在体内的话往往会出大事的，还挺吓人的。”

她悠然自得地说着这些，仿佛在说别人的事。她那犹如痴人作画般大言不惭的说话语气，并无丝毫淫秽之感。

“那么，你不是把我当一般客人对待，而是对我有了感情才那样对我的吧。”

“是啊！”

鹿子好像在用浴衣袖子擦脸，她望着喷泉水雾对面那看上去湿润的树丛影子，好像丢了什么东西一样，一颗豆大的眼泪滚落下来。秀夫注意到了她的反应，用感动得微微颤抖的声音说道：

“那么，作为一个男人，我要对你负责，绝对要负起责任来。跟我结婚吧！回到东京我会向老板好好解释，获得他的理解。”

听着这些话，鹿子的表情难以形容，刚开始像是要哭的样子，接着，她五官分明的脸上露出了带着绝望和嘲笑的那种奇怪而迟钝的种种神情。

“这可不行，”她噘着嘴又说了一遍，“这可不行，因为我还背着五万元的欠款。”

“五万元！这可怎么办，我拿不出那么多钱。”

"所以就不要说那种话。不过，仔细想想还是有办法的，但是如果那样做，我就无法做人了，就会变成猪狗不如的薄情寡义之人。啊，世事不随人意啊。"

因为秀夫问起了她所说的办法，鹿子就将迄今为止秀夫一直没有注意到，她自己引以为傲的那个钻戒特意取下来给他看，并如此这般向秀夫交代了钻戒的由来。

鹿子很早之前就有那么一位愿意为她付清五万元的客人，他是小田原的一个鱼糕老店的老板。因为付还是不付全看鹿子的意思，所以，对方说只要鹿子想安定下来，就可以随时找他。而且，为了证明这话不仅仅是口头约定，还送给鹿子这枚镶有小钻、时值六七万元的戒指作为礼物。因此，钻戒可以说就是给她了，怎样处理完全是她的自由。话虽如此，如果卖掉这个还了自己的欠款，又跟人家说分手的话，也就只能被人骂作无情无义之徒了。如果卖戒指，就必须是那位客人同意接受另外五万元的时候。因此，鹿子说，自己虽然手上一直闪着价值五万元的戒指，身体的自由却被另一个五万元束缚着。

这个充满正义感的年轻人听了鹿子这番话，对她更是心倾神驰。鹿子没有选择捷径而使自己成为见利忘义之人，这一点深受秀夫尊敬。他认为人必须如此，从而对近乎放荡的温泉乡艺伎那颗耿耿赤心感动不已。

秀夫深受感动，他突然觉得寂寞，自己并未置身于这段美谈之外，这段美谈的发展不知不觉中使他陷入不利的境遇。

"听了这些话，我觉得自己好像真的喜欢上鹿子了。但是，这样一来，令人头疼的是，除了不顾情义卖掉戒指之外，我俩无法结合。

但是，如果鹿子因为太爱我而卖掉戒指的话，恐怕我会嫌弃她吧。”

他突然感到夏威夷衬衫袖子有一丝寒意，明明日悬中天、蝉声渐噪，但唯有他一人莫名其妙地感到身体发冷。

一只蜻蜓突然停在空中，好像在比较二人额头似的一直盯着他俩。

秀夫催促鹿子站起身来，此时，他对又一次袭向自己脊背的寒意感到欣慰，因为他认为这个样子肯定会发烧，就不必今天下午回东京了。

这时，一阵歌声渐渐逼近，如同手掌拍击水面发出的啪叽啪叽声，这是小学低年级学生在郊游。他们有时踉踉跄跄，有时会摔一跤；有的走在队伍前面，有的落在队伍后面；时而走岔路，时而捡起路边的废纸屑，一队人就这样散漫地朝喷泉走了过来。

“哇！喷泉！”

他们大叫起来，兴高采烈地将叠整齐后挂在自己胸前的那带有名字的手绢抛向空中，万分惊奇地抬头仰望着水花飞溅的喷泉。它犹如一只巨大而透明的天鹅，由于被缠住了脚而不断挣扎着。

那天下午，秀夫又发烧卧病在床，东京方面打来电话询问，他便如实告知了当时的体温。他感觉敷着冰袋的额头渐渐失去知觉，望眼欲穿地期待着在强罗车站前刚刚分别的鹿子会再次过来看他。

鹿子没有来。在噩梦中，秀夫梦到自己从店里的保险柜偷拿五万元的当儿被老板发现，吓得叫出了声。此时，他寻求着可以握住自己手的鹿子的手，但即便打发女仆去问，结果也无非是鹿子去参加宴会了，无法知道具体去了哪里。

次日早上，仍然是十点多的时候，鹿子过来看他，她身穿麻叶花纹的浴衣，手持一把印着药店广告什么的看起来廉价的团扇。

“你昨晚去哪了？”

“参加宴会呀，是和你说过的那个客人举办的。前天我爽约了，所以昨晚只好去了。不过，他真的很讨厌。那个老色鬼，骨子里都是鱼糕的腥臭味，那种色狼味儿倒是被遮住了。我今天早上看了医生就立刻过来了。”

“去干什么？”

“干什么？当然是去清洗了。清洗时很爽，我很喜欢。因为多次感觉到自己变回处女了。”

秀夫醋海翻波，快要疯了，他想到鹿子浴衣下面那在胸部晃荡着的肮脏的乳房，此刻，那种肮脏，对他来说，正如口干舌燥之人对水的渴望那样。

鹿子像往常一样，事无巨细地说起昨晚的云雨之事。但是，病人在听她说这些的过程中已经失去了理智，吐出了言不由衷的一句话：

“你等我一周，我一定弄五万元给你看，一定拿着五万元来接你！”

鹿子似睡非睡，了无兴趣地听着这些。过了一会儿，她这样说道：

“那么，你打算从哪里筹钱呢？”

“我刚刚突然想起来，我有一个亲戚很有钱。”

“只是偶然想起的亲戚，好像不会太有钱吧。行了，你拿来五万元后，我们结婚，两个人去某个地方淘金去。我喜欢上了最近看的美国电影里西部开发的片子。”

当天晚上，鹿子留宿在秀夫那里，但是，即便到了第二天，秀夫的烧还是没怎么退。这样又过了两三天，这次干脆连散步也不去了，半真半假地卧病在床，频繁地与鹿子幽会。这时，掌柜突然从东京过来探视。

“你现在还无法行动吗？住宿费这样一直花着可不得了啊。这点发烧还不至于走不动路吧。”

没有眼色的女服务员正好走过来，接着掌柜的话说道：“两三天前还出去散步呢！身体没问题。”听了这话，吉村心里窝了一肚子火，把秀夫骂了个狗血喷头。

“我一直认为年轻人中你还算很正派的，哎呀！战后的年轻人可都怎么了！”

“是。”

“总之，今晚跟我回去，我还得向店主汇报呢！看今天下午发烧的情形，还是回东京静养好得更快！”

“是。”

秀夫诚惶诚恐地将穿着浴衣的腿部并拢，正襟危坐在蒲团之上。这个年轻人的心中游走着千奇百怪的意念，甚至突起邪念，想杀掉眼前的掌柜。

“那样的话，这家伙临终咽气时肯定也会东施效颦，来一首仿冒别人的辞世俳句吧。说到这个风流老鬼的冥顽不化，可真是没治。”

他这样想着，但这并没有带给他任何安慰。他的心因这一不道德的想法而忐忑不安。秀夫甚至想到由于自己那次散步和昨天、今天装病的事，老板已经颜面全无，仅凭这一点他就完全可以破罐子破摔，所以心里动辄就往从保险柜偷拿计划好的五万元这件事上想。

总之，今晚回东京的事，是这个附庸风雅的掌柜基于经济预算做出的铁令，所以，秀夫为了见到鹿子，急急忙忙托女服务员给鹿子出席宴会的地方打电话，鹿子回话说举办宴会的旅馆正好和公园毗邻，可以抽身到公园和他短短见上一面。

这个老实的年轻人，向掌柜请了半个小时的假，一出旅馆，他就像身体完全恢复了一般精神饱满，健步如飞地跑上了陡坡，被美军接管的强罗酒店后窗透出的光亮照在一路狂奔的他的身上。在大城市里，夏天入夜时分出来乘凉的客人大都会聚集在公园里，但箱根的夜晚十分凉爽，即便在室内也不觉得热，所以没有一个人会去公园。

夜蝉在郁郁葱葱的杉树林里此起彼伏地嘶鸣着，秀夫听着那吱吱呀呀的声音突然变得婉转，那细小而断断续续的声音与白天不同，感觉与其说是鸣叫，倒不如说像是还没习惯鸣叫的小鸟的啼啭。他快步跑上石阶，来到喷泉所在的台地。上面杳无人影，路灯照耀下的喷泉活像一个伫立着的白色幽灵。

他靠着长椅等待着，感到树林深处地面隆隆作响，像是缆车从远处驶了过来。

鹿子卷起宴会礼服的下摆，像玩跳房子一般从侧面的石阶上走了下来。她一走近秀夫就发现她果然是醉了。

“你说要回去？我不要你走。”

她带着酒气，使劲咬了一下秀夫的耳垂。接下来，她趴在这个坐在长椅上的男人的膝盖上开始哇哇大哭，一般情形都是如此。

秀夫刚开始不清楚鹿子在说着什么，此时，他明白了鹿子扭动着身体一直不断在说的是“对不起”。

“对不起！对不起！对不起！”

“对不起什么？”

“因为我心里瞒着你最后做了决定。”

“什么？做什么决定了？”

“这是我的预感啊。我怎么也没有想到今晚你会被带走，就在刚才答应了那个人。”

秀夫在没问鹿子之前就已经预感到了悲惨的结局，他边哭边晃着鹿子的身体。

“你给我说说，你刚才答应了什么。”

“我先问你一句，你说要拿来五万元，是想偷店里的钱逃走吧。”

“怎么会呢！……”

“不，肯定是这样。我凭直觉敏锐地察觉了这一点。你大概是从昨天开始真心打算这样做的吧。”

“我爱的女人直觉实在敏锐啊！的确如此，我是个坏人。”

“因为我知道了，所以我不会让你去犯罪的。我今天下定决心了，就刚刚答应那位客人了，我现在属于他了。”

秀夫已经很难再对鹿子这种自我牺牲式的爱情奉陪到底，所以，他接下来就开始声色俱厉地数落鹿子的虚伪和背叛，谴责她因浅薄的自我陶醉而背叛了自己不惜冒着犯罪危险来维持的爱情。

在公园上方，七月末的天空星光闪烁，非常美丽。喷泉的水滴飘浮在空中，喷泉的水柱伫立着，猫头鹰在四处的树梢上啼鸣。那些哭哭闹闹的欢喜冤家每每会做出一个利己的正确选择，冷静的恋人却往往会犯一些客观性错误，二者形成了鲜明的对比。鹿子最终接受了秀夫的要求，将还那位客人借款的事往后推一推。另一方面，秀夫也不得不发誓绝不会做出让自己堕入万劫不复境地的举动。这样一来，二人最终达成了一个不仁不义的共识，即只能卖掉那枚钻戒。

“我就权当钻戒丢了……另外，如果在箱根卖的话，流言很快就会传到那位客人的耳朵里……你一回东京就马上卖掉，即刻带钱过来。我可真的交给你了，丢了就麻烦了，好吗？秀夫。”

鹿子装模作样地取下手上的戒指，依依不舍地对着星空给秀夫看。“怎么样？很亮吧，和星星一样呢！”

回到东京的秀夫，第二天早上立刻就带着戒指去了银座的金店。鉴定用了不到五分钟，结论是玻璃做的假钻石，时价三百元左右。

再把戒指寄回去之前，他先写了一封快信询问仍相信此物为真的鹿子的想法，向她请示卖戒指的事，询问她要不要三百元卖了。但是，他迟迟未收到回信。一周过去了，他有点焦虑不安。两周过去了，他稍稍心平气和了一点，又回到了以前那个谨慎正直的老店员身份。一个月过去了，他几乎快要忘记这件事了，只剩下那个玻璃做的钻戒静静地留在他的手上。

鹿子到底知不知道那个钻戒是假的呢？

秀夫最近每天若无其事地在店里工作，只是与以前不同的是，他右手的小拇指上戴着一个女式的仿真钻戒。女人是戴在中指上的，但青年只能勉强戴在小拇指上。这个戒指不只是他的朋友，就连老客户也常常拿来当作笑料，秀夫面红耳赤，默默无语，不做任何解释，只是蜷着小指，试图将戒指隐藏起来。那样做的一个好处就是因为要隐藏戒指，遮盖那令他感到羞耻的手指戳伤痕迹就容易多了。

秀夫唯一厌烦的是，多少了解这件事的直性子的老板，一旦有人向他问起秀夫手上戒指的时候，他便从远处扫一眼秀夫的手指，意味深长地回答道："那是箱根的工艺品。"

伟大的姐妹

昔日伟大之人，
如今踪迹难寻。

——埃斯库罗斯《被缚的普罗米修斯》

一

昭和二十四年（一九四九年）一月十一日是唐泽秀子的第十三个忌日。秀子于昭和十二年一月十一日辞世，享年八十四岁，比丈夫去世晚了二十年。

法事在目黑的桓山寺举行，那里安放着她丈夫的半身像。日俄战争中立下赫赫战功的唐泽将军，在故乡九州久留米市立有一座大铜像，这座铜像在战争中因被征用而了无踪迹。与之相比，桓山寺的这座由于不太引人注目，战后也没有被拆除。这座半身像加上底座还不足六尺，立在草坪枯萎的斜坡上的两棵山茶树之间，雕像那宛如两把短剑一样上扬的八字胡，与脸呈直角左右分开。以现在的眼光来看，让人怀疑这几乎全是雕刻家的夸张手法所致。黄铜材质的胡子映着山茶树叶的反光，第一印象就是一身正气，庄严肃穆且威风凛凛。但是，在观看的过程中，会突然变成难以抑制的滑稽感。观看之人想要保持刚开始的那种严肃、紧张的印象，但感情只能维持一段时间。所以，从某个瞬间开始，观看者的紧张感爆发之后便烟消云散。也就是说，那种笑是在做瞪眼游戏时先眨眼一方的狡黠的笑。

桓山寺的庭院中种了许多山茶树，从寺院住持的居室眺望正殿后面的假山，可清楚地看到山茶树夹杂在各种常青树、松树、八角金盘、黄杨等树木之间，散布在各个地方。因为山茶树叶很容易反射太阳光，像昨天下雪，今早大雪初霁这样的晴天里，日光像被缠住了一般唯独凝聚在山茶树上，所以可以立刻从众多树中分辨出这种树。

在居室的大厅等候法事的客人大约有三十人。铺有榻榻米的走廊一角贴着大大的海报，供这些人消磨时间。老人们戴着眼镜，仔细读着细小而又密密麻麻的字。

第三十回《时间之宣言》

道元禅师[①]曰：

佛与众生皆为时，

海山皆为时，

世间万物皆为时。

亲鸾上人[②]曰：

思明日之心，

如无常之樱花，

怎可知夜半风雨。

传教大师[③]曰：

世间唯一日，

---

① 道元禅师（1200—1253），日本佛教曹洞宗创始人。
② 亲鸾上人（1173—1263），日本佛教净土真宗开山鼻祖。
③ 传教大师（767—822），日本佛教天台宗开山鼻祖最澄的谥号。

昨日已去，

明日不可知。

东京品川 xx 会

“‘海山皆为时’这句话说得真好啊！”一位脸上布满茶色老年斑、身穿双排扣长礼服的小个子老人说道。没有人回应他的话，此时，这位前拓殖银行总裁为了说明自己不是在跟某人说话，而是自言自语这一点，又在嘴里嘀咕了一遍：“‘海山皆为时’这句话说得真好啊！”

海山确实是时间。映入人眼帘的世之万象，一被投入记忆的世界，就只能是被编入时间秩序的存在。在此存在的事物，只能是时间之海和时间之山。波浪已不是涌到海边的蓝色海水，在被时间之水充满的大海中，时间之潮仅仅掀起无尽的波浪。此时，大海反而将它的本质——流转的本质完全暴露了出来。

人亦具有时间之形。唯有这点才是人类值得信赖的大致确切的外形。

法事在下午两点进行，距开始还有十几分钟。一群人紧紧围在火炉旁，有几个人待在那张海报周围，有一个人一直凝视着壁龛上的挂轴。空气冷飕飕的，飘荡着阴郁、低沉的说话声。

在此聚集的，总的来说都是些“伟大”的落魄之人。唐泽一族不是凭财力，而是凭借智力成就了伟大。唐泽将军出身于享有双份俸禄的武士之家，儿子和侄子在官场和金融界都有一定的地位，唐泽一族描绘了“伟大”之盛景，之后全都一蹶不振。

唐泽正弘曾是海军造船中将，现在靠关系成了轮船公司的特聘人员；唐泽正继以前是拓殖银行的总裁，现在销售镰仓漆雕，靠这个挣一些小钱；唐泽正显之前是大学教授，现在管理一个二流的新制高中；唐泽正文之前是关西某个垄断企业的代表，现在制作法国人偶；唐泽正威以前是五井财阀重工业部门的总经理，现在做出租广告牌的工作——这是被开除公职的实业家将多年的脸面用作敲门砖，靠礼金混碗饭吃的新职业；唐泽正隆之前是农林次官，现在出版官方农业杂志。坦率地说，即便在过去，他们也不能说是伟大的，每个人都功亏一篑，最终都放弃成就“伟大”。

唐泽家的男人身上都有某种幼稚消极的气质，这一点让女人们很抓狂。在唐泽家族，与伟大之名相符的毋宁说是女人们。这一属性与其说是唐泽家的，倒不如说来自唐泽秀子的娘家福永家。秀子作为贤内助德高望重，年轻的武官都将这位将军之妻视为母亲一般敬爱有加。

唐泽家的男人大多身材矮小，然而女人大多是高个子。秀子直到八十四岁还保持着魁梧的身材，这一点一成不变地被一对双胞胎女儿继承。嫁到三崎家的浅子和嫁到栗岛家的槙子，长大之后呈现出母亲的遗传特征，在相继失去丈夫后，变得越来越胖。

浅子的丈夫三崎圭造生前是藤仓造纸公司的常务董事，槙子的丈夫栗岛研一当上了北支军总司令，在赴任的途中因飞机失事殉职。就差一步之遥，她们又错过了丈夫的伟大。

浅子和槙子二人都是六十八岁，按照双胞胎的惯例，先出生的浅子叫后出生的槙子姐姐。浅子二十贯[①]，槙子二十二贯。

① 贯，日本传统计量单位。自明治时代起，规定1贯等于3.75千克。

姐妹俩穿着刺绣花纹的丧服，但头上梳的切下发[①]发型与丧服极不相称。二人之所以看上去像女相扑选手，就是这个原因。槙子的长相比较周正，但相应地嘴唇稍薄，眼神有点冷峻。二人都遗传了母亲的富士额[②]，脸上富有光泽，这种光泽为面色红润的老人所特有，是一种非生物性的无机质那样的光泽。二人衣服胸口动辄就会松开，和服下摆部分也不合身。一到夏天，浅子经常往大腿上涂些痱子粉以防大腿内侧摩擦引起疼痛。浅子的儿媳妇第一次帮她涂痱子粉时，对婆婆丰满而雪白的大腿惊诧不已。

浅子和槙子并排坐在离门口很近的朝阳的坐垫上，一家人动不动就看向这对上了年纪而又身形巨大的双胞胎姐妹。而且事实上，唐泽一族的伟大之痕迹只存在于这两个巨人身上，其他地方根本找不到。

“小兴造今天没来啊！”槙子说。

“从上课时间来看，兴造也并不是来不了。不过，恐怕他不来了。”

“为什么？”

“他就是这样的孩子啊！不想来就不来，男孩子就得这样。这孩子肯定会有大出息。”

浅子的孙子兴造今年十七岁。三个孙子中，浅子对兴造期望值最高。这个少年身材矮小、反应敏捷、性格叛逆，偏离了唐泽家族共同的勤勉踏实的作风。他还有一个不能漏掉的优点。兴造和其他没有礼貌的孙子不同，他不会缠着浅子要零花钱。兴造经常对浅子

---

① 寡妇或出家的女性的发型，头发长度大约垂下来在脖根那里剪齐。
② 指像富士山形状的前额发髻，发际线呈现出八字的形状，犹如富士山一般。

冷嘲热讽，但浅子这边也不会有物质损失。

“姐姐现在经济上还过得去吧？”浅子问。

“不瞒你说……”

“两千元够吗？我近来手头有点紧。”

“哎呀，每次都给你添麻烦，真是不好意思。”姐姐对着妹妹郑重地颔首行礼，“明明要来这里，可我连束花都没能带来。”

“那你就跟我说嘛，姐姐真是太见外了！”

浅子从和服腰带间取出结草虫工艺[①]的钱包，从里面掏出两张一千日元的纸币，迅速塞到了槙子的坐垫下边。槙子很快若无其事地环顾了一下四周，将两张纸币塞进了袖兜，恭敬地接受了。姐妹俩的一举一动都很夸张，在昭和时期东京的家庭，这样的做作给生活增添了一些生趣，为情感添加了像节庆活动那样带有乡愁色彩的热闹。而且，槙子还用那个装钱的袖子擦了擦眼角。

通知法事开始进行的铜锣响了，大家一同前往正殿。那里只是宽敞，却没有情趣，在像百货商店里的柱子那样涂了白垩的大圆柱上，悬挂着底色为黑色，画着飞龙的锦幡。在水缸那么大的花瓶里，插着蘑菇状的金银色巨大莲花，给人一种梦幻之感。僧侣敲着钲，身穿紫色袈裟的住持走在前面，一行十五人出现在正殿里。

施主是唐泽正威。长子正弘由于穷困潦倒，施主之位就让给了弟弟正威。

僧侣队列以率先坐在朱红色椅子上的住持为中心坐了下来，诵读着带有咏叹性长诗那样的训诫经文。过了一会儿，住持站起身

① 将结草虫蓑袋展开制作的工艺品，也指结草虫蓑袋图案的工艺品。

来，把红色的如意[1]放在一只手上点上了香。巡回诵经仪式开始了，十五名僧人双手合十，像念珠一样绕圈行走，同时嘴里念念有词。僧人苍白而冷淡的面容直接朝与会者冲过来后突然右转，这时，又一个像鱼头那样的脑袋诵着经文走了过来。寒气将他们口中呼出来的气息变成了白色的哈气，飘荡在正殿午后的暮光之中。也不知道这死气沉沉的轮回之舞何时才能结束。

与会者并排坐在灰色的地毯上，席间不断传出清嗓子的声音，那是带有牢骚的咳嗽声。并排而坐的老人们喉咙里的浓痰，用粗鲁的声音彼此呼唤着："这儿也有。""这儿也有。""这儿也有。"……这是栖息在每个人喉咙里的"老年"这只鸟那讨人嫌的鸣叫声。

上香一开始，姐妹俩就互相贴着身子靠向手炉，等着自己上香的时刻。在此之前，落魄的哥哥们依次站起来上香的样子看着就令人生厌。二人都将没有靠近手炉的那只手的袖子像翅膀一样伸开，原封不动地再现了明治时期女性拍照时摆的姿势。

正弘站了起来，条纹西裤的膝盖部位皱巴巴地鼓了出来。他那张被年轻的技术军官称作"慈颜"的红脸膛，就像开始老化的红砖一样。这种肤色在人生得意之时增添了一丝威严，但同样的肤色在今天只能彰显生活的落魄罢了。他大步径直走了过去，在香案前坐定，双手合十。他的动作看上去不像是祭拜，倒像是在忏悔。上香完毕站起来时，他知道腰部发力，找一个支点将自己的一把老骨头抬起来。他终于站起来了，这下他心里踏实了，看上去多少有点引以为傲，临回座位的时候，他的嘴角无意中浮现出孩童般轻浮的微笑。

---

① 可用作佛具，柄端作"心"形，用竹、骨、铜或玉制作。法师讲经时，常手持如意一柄，记经文于上，以备遗忘。

“弘哥上年纪了啊！”浅子说。

“弘哥真是可怜啊！”槙子说。

正继站起身来。他要表现出自己比正弘年轻这一点，故意像走在银行那庄重、宽阔的走廊上一样斜侧着身子走，遗憾的是，只穿袜子走的话，脚下有点飘。他想起了像草丛那样可以悠闲地踩来踩去的总裁办公室地毯，如果能光脚在上面走走该多好啊！他这样想着，又联想到穿着漆皮鞋用力踩过的地毯。现在，他那双只穿了袜子的光脚，走在破旧不堪的灰色地毯上。不仅仅如此，他必须跪下来，跪在什么前面呢？这个理性的男人根本不相信会有灵魂之类的……如果时空穿越，他现在跪在总裁办公室的地毯上的话该有多好啊！权威的丧失，孩子般无忧无虑的梦……他曾想过将总裁纯金的徽章别在胸前的扣眼上，就那样在地毯上玩弹珠游戏。孩提时代，正继像个女孩子，他喜欢船、苹果、水鸟、星星和勾玉形状的弹珠。他捏了三次香放进火里，香的烟雾充满了迷惑，是一种带着芳香的徒劳。正继再次双手合十，他清醒地意识到，干燥的手掌相互接触时有一种像纸一样的无力感。

正显那颇具教授风范、如冷静致辞一般程式化的上香，正文那滑稽可笑、毛手毛脚的上香，正威怒视佛像、目空一切的上香，正隆那以官僚式拿起文件的动作捏起一小撮、枯燥无味的上香……从每个人的上香方式中，姐妹俩发现了自己那干涸的心灵已无法再次得到滋润。浅子对这一帮老官僚目不忍视，就稍稍转动了一下自己那肥嘟嘟的膝盖，眼睛顿时熠熠生辉，因为她发现兴造也在场。

无论什么样的老人都无法像这位少年一样一直保持着冷漠的表情。从学校回来的兴造把上学用的帆布大书包横放在盘腿的膝盖上，摆弄着带扣上的皮带。在书包中间不易发现的地方，用制图用的墨水画着一个大大的一箭穿心图。兴造微微上翘鼻子向祖母浅子那边扬了扬，随即以一种不屑的表情侧过脸去，这就是兴造向人打招呼的方式。

“小兴造还是来了呀。是我让他来他才来的，因为他是个绝对不会听父母话的孩子。”

浅子那样说着。这时，轮到她俩上香了。姐姐先起身膝行，妹妹在斜后方膝行。这对身着丧服的伟大姐妹，像两艘军舰那样前行着，场面甚是壮观。烧完三次香，姐妹俩双手合十流下了热泪。她们急忙拿出手帕抹泪。手帕在她们巨大的手掌中，被蹂躏得面目全非。

姐妹俩回到座位上后仍哭哭啼啼，等着某人过来安慰。她俩并不是因想起十二年前母亲的离世才哭的。而是浅子和槙子都非常喜欢法事，法事排在二人最大嗜好看戏之后列第二位的缘故。但是，今天她们哭是因为死亡从某处即将走近她们自己。

她们仰望着位于正殿高高的门楣上方天窗里的天空，那是玻璃般透明的天空，是在下雪天的翌日结晶了的苍穹。屋顶的雪花透过方形天空偶尔落下晶莹的水滴，那是明亮的雨……上了年纪的姐妹俩感觉到死亡就在那高高的天窗窗口拍打着翅膀。

此时，轮到兴造了。从浅子身旁经过时，他用力踩了一下祖母那穿着二趾袜的脚掌。在做这个恶作剧时，他已预料到祖母在众人面前有所顾忌，不会叫出声来。走在地毯上，兴造有些害羞，两手交替着不断扯着上衣边。即便来到香案前他也不坐下，用那双总是沾满泥土的脏手，像捉跳蚤一般，捏起少许香，一撮，两撮，三撮，一直不停手。

在此过程中，兴造的嘴边清晰浮现出一丝偏执而恍惚的微笑，这是他热衷于某事时经常露出的笑靥。他的手指不停地拿香，第六次，第七次，香堆在一起烧不起来，几乎快要灭了。

与会者席位上传来笑声，这样一来，肆无忌惮的少年朝着回应自己的观众笑了笑，浅子也笑了。旁边的兴造父亲脸色苍白，朝这边怒视着。兴造停止上香，做出了连他自己都没有想到的大胆而果断的举动，他将屁股朝向佛像，用大幅度的动作拍打着屁股。

兴造的母亲胜子横眉竖眼地站了起来，兴造跑回自己的位置，抱起书包朝通往住持居室的走廊逃去，母亲顾及亲眷不可能追打他。席间一片哗然，咳嗽的声音越发厉害，浅子忘了脚掌的疼痛，以溢于言表的感动神情对槙子说道：

“小兴造果然有与众不同之处，这孩子肯定会有出息的，是吧，姐姐？”

浅子和他儿子——藤仓造纸公司的人事课长三崎良造及其妻子胜子，老实而品学兼优的大孙子源造一起坐公司的车回家。如果源造坐副驾驶座位的话，预计还可以再坐两人，但因浅子膝盖部位粗壮，无法推出加座。浅子将脸贴在窗户上，细声细气地与槙子告别。

“姐姐多保重，要注意自己的心脏。”

“浅子你也要多保重，注意自己的血压。”

车要开动的时候，讲究礼数的姐姐想起了自己忘了表示感谢，因此，她朝贴在窗玻璃上的妹妹那张脸的正中间拍了拍，说了句

"刚才谢谢你了"。

声音听不到了，车已经开动。浅子在心里重新描绘槙子的形象。槙子那庞大的身躯矗立在众多身材矮小、穿着长礼服的老年男人中间，在桓山寺山门的阴影下，看上去像座黑色的古老铜像。在这座身着丧服的铜像那没有合拢的衣服底襟上，飘动着白色长衬衣的衣边，只有这一幕可以清晰地从汽车后窗远远看到。浅子伸手扯着自己的衣服底襟，对儿媳妇这样说道：

"姐姐再稍微温和点儿就好了。任何时候都将自己当成军人的妻子，所以非常古板，真的很麻烦。如果再善解人意一点的话，应该能找到再婚的机会。"

儿子和儿媳妇因为兴造的事闷闷不乐，没有理会老太太的这种胡思乱想。

这个世上有两个种族，一种是能够忘记自我形态的人，一种是无法忘记的人。浅子恐怕属于前者。总是梦想"伟大"的浅子忘记了自己"伟大"的身体。但是，良造和胜子与她不同。他们去裁缝店，在被问到自己的尺寸时绝不可能愚蠢地回答说忘了，他们将热情、想象力，可笑的是甚至将理性都按自己的尺寸匆匆忙忙裁掉了。他们的聪明不允许聪明关乎他们自身的愚昧。如果浅子想象力的肌肉是不随意肌[1]的话，那么良造和胜子的想象力肌肉就是随意肌。他们有的是——那种犹如到终点必须停的电车那样的理性，那种能够淡定地从人身上轧过去的理性，那种能够理直气壮地宣称被轧的人存在过失的强大厉害的机械性理性。

① 指不受意志控制的肌肉，如心肌。

兴造没有认识到自己的形态，这是父母对他训斥的主要根据。但是，谁又知道这个喜欢恶作剧的坏小子属于哪种类型呢？

“威兄真是抠门！”浅子像唱歌一样说着正威的坏话，“以前做法事，回去时施主都会招待所有客人，是吧胜子？而且，去星冈茶寮也是法事结束回去时的惯例。威兄因为弘兄将施主之位强行推给他，满腔怒火才做出这种失礼的事情。哎呀，我肚子饿了，怎么办呢？”

“请把车开到银座。”良造不耐烦地说道。

二

一天，浅子吃过午饭，在老人房的暖炉桌上打了个盹，醒来时发现自己的额头暴露在明亮的阳光之下。

老太太面带羞涩，因为她觉得似乎有人偷看了她睡觉的样子。

冬日的阳光照在伞状的松树树梢上，使树梢看上去像是从里面点了灯一般亮了起来。乍一看，正屋那一排关着的玻璃拉门，静静地映照着庭院冷清的景色，毛茸茸的苔藓、萧瑟荒凉的庭院树木这些景物悄然无声地在玻璃门内阴暗的室内占有一席之地。两个灰色的院子以玻璃拉门为界，犹如两位百无聊赖、迎面而坐的老人，不言不语，彼此沉默着。

良造上班去了，胜子去哪儿了呢？

浅子站起来，用袖子捂住嘴，轻轻打了个哈欠。嘴巴全部张开的话，身体也会相应地舒展开，但她绝不会做这种不雅动作。暖炉桌上放着一个有木贼①图案的茶碗，她拿起来喝了一口里面剩的冰冷的绿茶，嘴里嘟囔着：“哎呀，太凉了，可真难喝！”

犹如用没装假牙的牙龈一直嚼东西一般，下午对老人来说，就像在咀嚼漫长的时间。下午这段时间，老人知道自己已不存在，她完全化作了时间而切切实实地在活着。也就是说，不再超越时间，不再追赶时间，而是完全与时间同行。

浅子将这个老人房称作禁闭室，她并不知道是时间将自己关了起来，而是想象着把自己当作囚犯来对待的某种无形的恶意，这就是浅子的人生价值。如果这个世上存在着如她所想的那种恶意的话，她的自负会在很大程度上获得满足。但是，事实上根本不存在与她作对的那种恶意，找不到那种棋逢对手的恶意这一点加深了她的猜疑。

浅子拿起刻有四君子[②]花纹的细长银质烟管和烟袋去起居室抽烟。在六张榻榻米大小的昏暗起居室内，回荡着挂钟摆动的沉闷声响。室内有一个巨大的青瓷火盆，兴造双腿跨在火盆上吃着乌冬面。他面前的茶几上摊着杂志，他一边浏览杂志，一边吃着面。

“这么早就从学校回来啦？”浅子问。

“因为啊，”兴造眼睛不离杂志回答道，“昨晚上鸡飞狗跳的，让我很烦。我说去上学，其实去看了场电影就回来了。回来后妈妈不在家，我又不喜欢午饭吃冷便当，就给荞麦面面馆打电话订了份乌冬面。”

“昨晚挨了一顿狠批，真可怜啊！”浅子说。

“那个臭老头，早点儿死了才好呢！”兴造说道。

浅子不像世上道德感很强的祖母那样去严厉批评这种对父亲大逆不道的言辞，她眼睛眯成一条线，像是在听悦耳的音乐。听着这个捣蛋鬼灵活的舌头像一根潮湿的鞭子一样猛地抽打父亲的声

---

① 木贼，又名笔头草、笔筒草、接骨草，多年生常绿草本植物，表面灰绿色或黄绿色。

② 指梅、兰、竹、菊四种植物。

音，她心里十分惬意……昨晚夜里九点左右，兴造不知从什么地方回来，父母不给他开门，他就敲着门，大声哭着道歉。考虑到会吵到邻居，良造只好让他进屋了。接下来便是唠唠叨叨的训斥，以及“你没教育好孩子”“你将孩子推给我，不管孩子才是错”这样的夫妻吵架时的陈词滥调。兴造趴在草席上哭个没完没了。浅子正想出来劝架，夫妻俩异口同声地嚷道：“妈，您不要出来！”但是，在她打开隔扇的一刹那，就看见兴造偷偷从嘴里吐出口香糖，心无旁骛地塞进了榻榻米的缝里，这可是用抹布根本擦不掉的。

这个少年额头突出，眼神阴郁而冷漠。他的双耳与脸朝向同一方向，如同小鹿受惊时竖起的耳朵……而且，耳朵里满是耳垢，眼里往往从早到晚带着眼屎。从这些情形中，浅子看到了在某种厌恶的唆使下带有徒劳反抗的灵魂。这种厌恶新鲜而精力充沛，仿佛一点点渗透出来，它就是少年时代男孩厌恶自己身体的外在表现。

在浅子出生的明治二十年代[①]，几乎就是一个反抗结出果实、野心开始收获的时期。总而言之，那个时代所有类型的精力都具有功效，精力被平均分配在当官、发财、享乐、暗杀、选举、战争等所有事情上。明治二十年，东京电灯公司第一次点亮电灯，在保安条例公布的这一年，奠定了浅子所说的“伟大”。

新的秩序终于确立，许多修正被看作是正确的。在这样一个时代，战争、暗杀、出人头地，所有东西都是正义。青年梦想着世界，正如儿童梦想着早日长大成人、出席持续到深夜的盛宴那样。确实，那时世界的某处仍在举行着规模宏大的盛宴，孩子们急不可

① 指自一八八八到一八九八年这十年间。

耐，渴望自己能在这没日没夜持续着的盛宴结束之前长大成人。同时，透过已经熄灯的儿童房的窗户，他们一直屏住呼吸，盯着夜晚那在远处光彩夺目的城堡里的宴会灯光。

在浅子的记忆里，那时候男人们都是刚愎自用的浪子，女人们都是倔强执拗的烈女。实际上，唐泽将军夫妇也是如此。将军喜欢女色这点广为人知，唐泽秀子的贤淑也是远近闻名。那是一种没有痛苦的贤淑，是从容豁达的贤淑，是犹如旧家具一般摸着舒服，充满亲切感的贤淑。虽然秀子从未说出口，但在她眼里，丈夫的风流肯定是类似儿戏一样的行为。

浅子对明治天皇怀着眷恋之情，因为这个美髯皇帝一向爱慕美好的事物。据说每次出行，他都要透过凤辇缝隙物色美女。虽然这只是街头巷尾的传闻，但也促进了女人的化妆水平和服饰品味。

浅子记得，明治三十八年是天皇统治最后的辉煌，那年在横滨海面上举行的凯旋观舰式盛况空前。夜幕降临，军舰张灯结彩，礼花不断地在秋夜的星空中绽放。那是浅子少女时代的最后一个秋天。从宿舍的露台望去，港口的景色一览无余。宴会结束后，回到宿舍的将军迟迟不脱军装，每次礼花升起，他便推着那时尚不像母亲那样肥胖、长相还不算难看的女儿的太鼓结[①]走向露台。个头很低的将军带着微微醉意将脸贴近女儿之时，上翘的八字胡触到了她的额头。浅子感到发痒，就缩紧了脖子。礼花升起，浅子看见将军胸部挂着的诸多勋章那七宝烧[②]和金质的部分，由于礼花而变得五

---

① 女式和服代表性的打结方式。
② 日语中对金属珐琅器的称谓。因其烧制工艺源于中国的景泰蓝，故又有“日本景泰蓝”之称。

彩缤纷。

浅子从这些场景中获得的，总的说来就是“伟大”的画面。多么伟大的时代，多么伟大的父母啊！女人不适合分析一个印在自己脑海中的观念，这一特点比任何东西都利于这种观念的培养。最好试着让一个歇斯底里的女性抱有嫉妒，这一观念在孵化之后立刻就会增殖数百万。

不久，对浅子来说，“伟大”这一观念成了现在已经失去的所有东西的总称。它犹如一件令搬入小房子的一家人头疼的巨大家具，又如我们生活中敲个不停，令我们无所适从、强颜欢笑的挂钟。众多存在消沉于时间的彼岸，而浅子成了他们内心暗自持有的那种不满的代言人。

虽然浅子的灵魂如此衰老，但她绝不与悟道之心产生共鸣而仅对不满之情心有戚戚。大概人类伟大的程度是用她所持有不满的程度来衡量的。她曾经从儿子那里听闻左翼的劳工运动，按道理，她那拥护帝制的感性化的政治思想对这样的运动应该反对才是，然而，她意外地对这一点有自己独到的结论而理解了。

“啊，是吗？这么说来，怪不得这些人对当今社会不满。他们真伟大啊！这些人早晚会飞黄腾达，会当大臣、社长吧。”

一上汽车，她总是立刻坐到靠窗的位子，喜欢像孩子一样将脸贴在玻璃上眺望窗外的景色。有时候，老太太还会发表一番非常现代的感想，让同行的家人刮目相看。

“看，那个建筑，它旁边杵着的那个像发簪一样的东西是什么呀？”

“那个啊，那是战争中因建筑限制而未完成的烂尾楼，现在还是这个样子。”

那是某工科大学附属研究所的建筑，左侧有配楼，但右侧就缺了。右侧相当于配楼的地方，泛白的钢筋混凝土台座延伸出来。一群孩子在这个凹凸不平的地方玩耍。虽然是阳光明媚的小阳春天气，但五层高的茶褐色建筑矗立在模模糊糊的云影之下，这情形使风景中荡漾起一种伤感的情绪，这是因为应该与配楼连接的灰色断面裸露出来的缘故。这个宽阔且高峻的断面宛如被剥下的脸皮，虽然厚重的交响乐般的结构遍及整个建筑整体，但倾斜着沐浴在太阳下的裸露的断面，犹如正在演奏的交响乐突然中断了一般力图表现那种令人窒息的不祥的沉默。而且，顶端弯曲的十几根钢筋与地面平行伸了出来，像是伸向那种沉默之痛苦的许多只手（浅子将其看作发簪）。

浅子此刻所感受到的，是自己对已故丈夫的不满呢，还是寄托在丈夫身上的希望受到挫折的联想呢，这一点无从得知，总之，她这样说道：

“哦，那个建筑对自己没有建成很不满呢！一副不肯就此罢休的样子，这正是我欣赏的。”

浅子偷偷瞄了一眼兴造摊在茶几上的那本印刷模糊的杂志，只见卷首插图上画着一个胸部暴露的女人，正在反抗一个挑逗她的身穿和服式棉袍的中年男子。兴造快速地把杂志倒扣在桌上，浅子并没有看到其他部分。

兴造吃完乌冬面，把汤也喝光了。他把大碗放在杂志上当镇石，随后舔了一下筷子，把两根筷子分别插在祖母耳旁的头发里，插完时说了句“这样一弄，奶奶看起来像个鬼婆婆”。

浅子没有生气，她拔出“两只角”放在碗盖上，拿出插在头上的小梳子理了理头发。她那富有女性魅力的丰满身体，之所以看上去总觉得令人讨厌，完全是因为这头漆黑的浓发。奇怪的是，浅子的头发不会变白。

浅子之所以放纵孙子是因为她觉得幸福。即便在孙辈中，也是长孙比较女性化，索然无味，但是和小孙子在一起的话，不知为什么就会心情舒畅。

“小兴造，你也有一个不好的父亲啊。”浅子终于这样说了。

“可是，他不是你亲生的吗？”

“我可没想生那样的儿子！首先，良造明明正当壮年却不懂女色，而你妈应该也不是个能拴住男人心的女中豪杰，这样的话，说明他太没魄力了。他没有出息，而且极其神经质，总插手家里那些鸡毛蒜皮的小事，那样根本做不成大事。前些日子的一个周日，我看到他按你母亲的吩咐在钉厨房的吊柜，那时我心想，他还算个男人吗？我大失所望。以前的人，从小就教育儿子不能进厨房。即便是我，良造小时候一进厨房，我也会狠揍他屁股。从来没有一个想进厨房的男人会成为大人物。你看吧，你父亲最多从人事课长升到营销部长，不管活多大年纪都不可能当上专务董事。而且你看，你父亲连个跑腿的都没有，到了这个年纪，还没有一个为他卖命的年轻人，这说明他很无能。不行，绝对不行！兴造，你可不能成为他那样的人。即便被你父亲训斥，你也没必要认真听他讲！”

不难想象，从饱谙世故的人口中说出的这番权威性的诽谤之语，将会在教育上产生何种效果。

因为大腿烤热了，兴造便坐在茶几上，将穿着袜子的脚尖伸到火上取暖。在祖母面前，无论怎么放肆都不会被训斥。他之所以不向祖母要零花钱，是因为他知道哥哥经常这样做，他可不想学哥哥，这也是一种偏执的表现。实际上，还有一个深层次的原因，那就是他知道哥哥瞒着父母交了个女友，才不得不向祖母摇尾乞怜。而且，他知道哥哥还没有和女友上床——这是最重要的原因，就因为这一点，他更加鄙视哥哥了。

这世上存在着各种形式的关系，但是，这位老太太和孙子间的亲密关系到底是哪种类型呢？浅子认同了兴造那无法估量，如油田大火般熊熊燃烧的不满的价值，兴造对此心存感激。

兴造为了给自己的野心一个名头而痛苦万分。比如，说到财富，他脑海里只能浮现出学校门前那家规模不大的点心店。那个店老板有个装模作样的漂亮女儿，所谓有钱，就是能将店里的鹿子饼[①]、樱饼、蒸糕、水羊羹、牛皮糖，连同继承房产的女儿一并收购过来。他也会考虑名声，但他考虑的只是自己声音很棒，可以当歌手出唱片这一程度的事情……一想到当唱片歌手会有这样那样麻烦的职业训练，他的志向就此萎靡不振。

赋予这个少年血气方刚外表的，是他的慵懒。在他那突出的额头里，总是有一些桀骜不驯的想法在打转儿，但这些想法最终不可能成为乐曲或诗歌的构思。如同鄙视其他所有事物一般，他轻视体育锻炼、练习、修行等内容。有一天，他默默独自出门，决定一个人征服富士山，给家人一个惊喜。但是，到了车站，一看到火车售票窗口排了五六个人，突然觉得很麻烦，便打道回府了。

① 以豆馅为芯，外面撒上糖蜜红小豆的一种点心。

十七岁的兴造已经不再是个童男，他虽然有一个“林肯”的绰号，但这并不是品格正直的代名词，而是他参加的淫乱团伙将年纪最小的他冠以组织的名称。鉴于战后青少年对性生活非常无知，现在这种情况仍然很严重且具有普遍性，必须在此加以特别说明。这个淫乱团伙并非不良组织，毋宁说是科学性的小组。成员共五人。其中三人是勤奋好学的医学专业大学生，一人专业是外科，一人专业是妇产科。此外便是兴造和同年级的松永。也就是说，两名新制高中一年级学生被招聘为实验的助手。女人大多是从舞厅、明星照片专卖店、年糕小豆汤馆中钓到的。妇产科专业的学生事先对她们进行体检，对落选的女人中那些难以割舍之人，免费提供特效药注射，注射针是在学校附属医院中早先打过交道的女护士免费提供的。

兴造每月参加三次这样的“卫生聚会”，他甚至认为女人的肉体不值得去花费吹灰之力。不能认为这个少年灵活的想象力被这种场面麻痹了，过早的厌恶感和缺乏刺激反而将他逼到了想象的快感上。

原子弹是他长期以来想象的形式，实际上，他期待着世界的覆灭，他的记事本上每隔一页就会按顺序一个假名一个假名地书写“大”“家”“去”[①]……用手指翻看记事本的话，就能读到“大家去死，都见鬼吧，彻底成为宇宙的尘埃”这种充满暴力的箴言。

兴造之所以对现实行动的大部分内容感到不满，是因为行动引起的结果过于迟缓以及结果的那种无聊的妥当性，像商品交换这一

① 日文原文为假名みんなく，与后文みんなくたばれ（大家去死）呼应。

点就是现实行动的代表性内容。他对在学校教室里流行的黑市交易、黄金或其他违禁品的交换也毫不动心，那种通过多次反复才能熟练的行动，没有一样是他擅长的。

如前所述，关于财富和名声，他的想象力非常平庸。那种认为自己对现实无能为力的意识必然削弱了他的这种想象力。总有地方会有自己的用武之地，总有地方存在着适合自己的行动，而自己不得不袖手旁观等待这一切，这就是兴造所有的不满。在此之前，他不学习，不运动，不读书，只能通过恶作剧来维系这种想象力。

兴造有一张经常满怀憧憬眺望的照片，那是时事电影中有时会出现的轮船下水典礼的场景。一个贵妇身穿肩膀裸露、裙摆拖地的礼服，嘴边露出高贵的微笑，在红白镂空花绳装饰的台座就座。她要做的只是用金色剪刀剪断细细的丝带，或者用黄金小锤敲一下小型开关。在此过程中，她也必须笑容满面。但是，要从事这种几乎不需要集中注意力的单纯行动，就没有停止微笑的理由。幔帐随海风飘扬，镶嵌着宝石的露肩衣服冰凉的布料也在颤动着。恰如其分的风也是庆典必不可少的，而且风速也必须遵循这种微妙而繁琐的章法，不能超过这种强度，能将浆洗得平整的桌布微微掀动，且又不至于吹翻桌上易碎的细长酒杯。……贵妇人额头的头发像做恶作剧似的碰到了眼睫毛，然而她依然没有停止微笑，纤纤细手微微发力，锤子随之敲下。这力量转瞬间增大了几万倍，将巨轮从系留锁上放开，船头上的彩球破了，一群和平鸽如巨大的白色叹息一般庄严地飞上了天空……

兴造所梦想的，就是带着微笑，轻盈地敲下黄金小锤那样的行动，这一行动建立在万事俱备、只需等待增加一丝力量的那种悲剧性的盈余之上。

“我有一个请求。”兴造说道。他从火盆上下来盘腿坐下，用脏兮兮的手不断抠鼻子、挠屁股，同时翻着眼珠看着祖母，他在观察祖母的反应。

浅子以为兴造是想要零花钱，神情凄然地凝望着他。只有这个孩子没有惦记亡夫留给她的那点财产。考虑到这一点，浅子认为兴造会有出息，但现在……浅子略带伤感地这样说道：

“如果要零花钱的话你就尽管说。迄今为止，你还没有向我要过钱，我将这一点看作是你男子气概的表现而非常欣慰。虽然只是一点点财产，但如果我死了，我打算将它全部留给你一个人。”

在说到“如果我死了”这句话时，浅子不由得老泪纵横，“如果我死了……”老太太养成了用这最后一招安慰自己的习惯。说这句话的时候，她幻想着自己死后化作一个体重二十贯、留着切下发发型的笑容满面的美丽天使，死后也会守护着全家的幸福。浅子的血压动不动就会超过一百九，所以，她每次都把脑溢血描绘成一种悲壮的自我牺牲。

兴造脸上浮现出讪笑的酒窝，倾听老太太的感慨。事实上，这是他意料之中的反应，这样一来就能将这位年龄和他相差半个世纪的老太太玩弄于股掌之间，这使他感受到一种滑稽的满足感。尚未听她说完，兴造便笑出了声。这个少年大笑的时候，他那瘦小的身躯整个看起来像是正在表演需要力气的技艺。

“哇！真是莫名其妙，你终于露出吝啬鬼的本性了。我可不是打算要钱才那么说的，我不需要零花钱。我想要你借给我家里之前的那把短刀。”兴造说。

“真讨厌！你要那东西作甚？”

“要用作历史课教具。老师说了，家里有的要带到学校。”

“真伤脑筋啊！我嫁到三崎家时带过来的那把，不知道现在丢哪儿了。唐泽家有那种刻有抱茗荷纹[①]的短刀。啊，姐姐肯定有，她是军官太太，随时都准备自杀，之所以现在还活着，是因为没有自杀的机会。真可怜！下次我给你借过来。要得急吗？”

兴造满怀感激地回答说越早越好。哥哥从学校回来了，他是个二十一岁的大学生。这个皮肤白皙的优等生，烟酒不沾，认为凭着礼节和表面上的尊敬就能在社会上混，这是被这一看法蒙蔽的双亲的过错。他点头对祖母说了声“我回来了”，看到弟弟在场，便说道：“不要向奶奶要零花钱。”

坏小子的正义感受到了刺激，他阴阳怪气地吐了吐舌头，这样说道：

“信子，我好喜欢你呀！我给你买个包包吧！”

源造脸色煞白，转身走向二楼的书房。随后浅子说了一句话，博得了兴造的敬意。她说：“咦？他这种孩子也会有女人？他能交上什么好女孩！”事实上，在弟弟的眼中，信子确实是一个他无论如何都无法接受的女大学生。她戴着一副眼镜，每周出席一次讨论会，再没有比女人与思想的结合更令人扫兴的事情了，这就像把生鱼片盛在咖啡碗里端上来一样败兴。哥哥刻意隐瞒这段恋情，难道不是因为这个女生长相太丑了吗？难道不是他进而想掩饰自己对这

---

① 茗荷又称蘘荷、阳荷、莲花姜，抱茗荷纹为茗荷纹之一，茗荷的花序左右对称，呈圆形的纹样。

样的丑女孩爱得魂不守舍这一事实吗？……尤其是后一推断令兴造怒不可遏。这种依然凭借别人的判断来观察自己的爱，将来也只不过是为将自己的爱出卖给他人的判断创造条件而已。这种丑恶难道不才是哥哥应该隐藏的吗？兴造和哥哥一样，都不相信无法隐藏的丑恶。这个少年有他自己的做派，不承认自己绰号背后的丑恶行径，认为只是因为羞耻心而隐藏了这一点而已。

三

第二天，浅子请槙子一起看戏，提着布制提包去东京剧场。她并不厌烦走路，时间还早，她便在有乐町站下车前往筑地。因为天气暖和，午后三点这个时间点上，行人比平时要多很多。

看到不留胡子的男人，浅子觉得自己气不打一处来。亡夫鼻子下面留的小胡子，早先让浅子怀疑丈夫的审美观，但是有总比没有好。走在银座一带的男人，不管老少都没有胡子。偶尔出现一个留胡子的男人，接下来发现留的是所谓的考尔曼式[①]修剪整齐的胡子，穿着奇怪的淡蓝色衣服，浅子认为那是女人和服内裙的颜色。

“年轻人没胡子那也是没办法，”老太太退一步想，“现在的女孩都喜欢那种没有胡子的奶油小生。不过，年过四十岁再留一脸密匝匝的胡子也不会自惭形秽吧。鼻子下方没毛的男人，在我看来简直就是阉牛一头。”

很长时间没逛过街的浅子惊奇地发现，一种奇怪的流行风气正在支配着男人们，他们好像被某种恶疾缠身而神志不清。有的男人将以前只作盖膝毯用、上有深蓝格子的绛紫色毛毯做成短大衣穿着，下面露出的与其说像是运货人穿的（颜色比过去的深蓝色浅，浅子认为一定是上一辈人穿旧的）细长而廉价的裤子，倒不如说是紧身秋裤。

有的年轻人围着黄色围巾，有的年轻人戴着绿色帽子。她还看到一个穿着长裤、将红狐围巾缠在黑色大衣领子上的女人，但绕到正面一看，却发现那是一个留着下级军官那样的胡子、戴着眼镜、皮肤黝黑的中年男人。这样的话，好不容易蓄的胡子就没有任何意义了。

——到了东京剧场，与先到的槙子一起落座后，浅子立刻告诉她自己看到的情景，但槙子只是按顺序应和着她的话。“是啊！”“真的啊！”“啊，真是讨厌！”“啊，是吗？”“咦？……是这样啊！”即便当着妹妹的面，槙子也遵守着被邀请的礼节。

歌舞伎剧目的第一出，是《近江源氏先阵馆》选段《盛纲阵屋》[②]，中场是《茨木》[③]，第二出是《新版歌祭文》选段《野崎村》[④]，压轴戏是《鞘当》[⑤]。

这时响起两声梆子的声音，浅子不说话了。槙子看戏的时候，姿势基本不变，但浅子静不下心，不断扭动着身子。她有时体贴地拿出两个橘子，将一个放在姐姐硕大的手心里。每次一动，椅子就会吱吱作响，旁边的人甚至不满地咂起了嘴。而且，浅子滚圆的膝

---

① 罗纳德·考尔曼（Ronald Colman，1891—1958），英裔美国演员。主演的电影有《鸳梦重温》《双城记》《环游世界八十天》等。

② 以大阪冬之阵为题材，将历史背景换成镰仓时代之后改编而成的歌舞伎《近江源氏先阵馆》的第八段。描写的是佐佐木盛纲和佐佐木高纲这对身处敌对阵营的兄弟刀戈相向的悲剧。

③ 讲述平安时代中期武将渡边源次纲、阴阳师安倍晴明和小鬼茨木童子之间的故事。

④ 讲述了大阪当铺油屋之女阿染与小伙计久松恋爱悲剧的歌舞伎剧目。

⑤ 歌舞伎《浮世柄比翼稻妻》中的一个桥段，讲述不破伴左卫门和名古屋山三郎围绕吉原花魁葛城争斗的故事。

盖上放着个大手提袋，无论再放什么都已承受不住了。橘子滚落下来，她在弯腰去捡的当儿，节目单又滑落了。将手伸向地面是一件非常费力的事情，当她终于用圆嘟嘟的手指将节目表夹起来的时候，手提袋又滑了下来，里面水煮蛋的蛋壳破了。槙子接受浅子的邀请一起看戏之后，就没有吃过满意的熟鸡蛋。

在微妙①悲情讲述“三恶道”这一节，姐妹俩感同身受，泪如雨下。浅子经常胡乱放手绢，眼泪一流出来，就慌慌张张在和服的两只袖兜里找，了解她这个毛病的姐姐就塞给她一条手绢。槙子倒是用叠得整齐的手绢紧贴在鼻子上，目不转睛地盯着舞台，鼻尖一颤一颤地哭着，偶尔将手绢像吸墨纸那样贴在眼睛下面。

她们欣赏的《盛纲阵屋》里的主人公没有胡子，这真是个奇怪的悖论。但是，演茨木和野崎的年轻演员让她们大失所望，在这些戏中出场的任何一名演员都没有那种“伟大的面孔”，那可是连明治时代的名演角儿都好不容易才能保留下来的。

歌舞伎演员的脸必须是伟大的。大首物②中的演员画像均描绘那些人具有奇异伟大之处的脸部。那种伟大之中，存在着不均衡和多余之处。那些脸部轮廓，包含着被放大的感情和被夸张的悲哀，并为保持均衡而挑战着这种或悲哀或欢喜的内容。这种伟大作为传达美的力量而受到重视，如歌舞伎所主张的那样是美的必然形式。在那里，美和伟大的结合非常自然。美是一个牺牲的观念，伟大是一个宗教性观念。由此，这一结合得以成立。大首物中的彩色木板浮世绘上的面孔，是被伟大所侵蚀的美所呈现出来的病态。

---

① 《盛纲阵屋》中盛纲之母。
② 江户时代浮世绘的一种形式，也指描写演员、妓女等人半身像或胸像的浮世绘版画。

压轴戏开场了。因为没有临时花道，名古屋山三从舞台右侧出现在以江户仲町夜樱为背景的舞台上，不破伴作从花道上场，二人头戴斗笠。名古屋站在舞台一端，不破站在花道的七三处[1]，开始了程式化的对白。这两个美男子的容貌，一个涂了砥石粉显得刚毅勇猛，一个涂了白粉显得温文尔雅。二人上了中心舞台，同时脱下了斗笠。此刻，他们首次在观众面前完成了华丽亮相，这一瞬间，舞台正对面站席上的观众发出了欢呼声。好像与这些欢呼声作对似的，姐妹俩悲哀地叹了一口气。

“不行！不行！这扮相上不了羽子板[2]。”

“那两个都是摩登的圆脸，这样的话，就像是西红柿和棒球的组合。演员的脸必须得更长、更大一点。”

“真的啊，即便我们再活下去也没意思了。因为这个世上能演这种歌舞伎的演员已经没有了。啊，都是小个子，舞台上高大的演员都死绝了。”

“这样说来，上一代的幸四郎和宗十郎演的《鞘当》，比这可强多了。”

“姐姐没有看过吗？中车和雁治郎也演过《鞘当》，他们演得好极了。”

“很遗憾，我没有看过，要是看了就好了。那是我丈夫担任广岛联队长的时候，我肯定不在东京。”

---

① 离舞台三分，离花道出入口处七分的地方，演员可以在此说台词，做动作。

② 原指日本在过年时玩球类游戏时使用一种长方形带柄的板。后多指用来摆设的羽子板吉祥物。其表面用鲜艳的色彩绘上各种人像，除传统的歌舞伎演员外，还有知名艺人、相扑选手等。

“现在想来，实在应该打电报到广岛请你回来一起看。”

“真是太可惜了。”

“太遗憾了，姐姐。”

“好可惜呀，浅子。”

“他们演得很棒，我现在还能想起来。”

“我真惨，没看过什么好戏。”

她们的声音逐渐提高，夹杂着不合时宜的呜咽声。因此，邻座那位不苟言笑的绅士多次为要不要阻止二人而犹豫着，他带着一脸的气急败坏一次又一次怒目瞪向她俩。但是不久，梆子声响起，为两个男人调解的女人从花道跑上台来，绅士的注意力又被吸引了过去。姐妹俩低着头对着黑暗的椅背哭泣，根本没看那个女人婀娜多姿的身影。

散场之后，二人去了银座后面的小豆汤馆，在加了一份栗子豆汤后，觉得还没喝够，又要了第三碗。女服务员忍不住笑了。看到她表情的浅子情绪非常激动，大声说道：“有什么好笑的！没教养！”

女服务员面容失色，慌忙走开了。旁边的同伴被热豆汤呛到了，槙子以一副安慰的表情说道：“现在的女人真是没素质！”

“顺便问一下，姐姐，当年你出嫁时带的那把短刀还在吗？”

“在啊，已经派不上用场了。”

浅子提到了兴造借刀的事情，槙子爽快地答应了。当天晚上，槙子劝浅子在她家过夜，于是浅子就往家里打了个电话说明情况，把兴造叫过来听电话后她这样说道：

“你昨天说的短刀，明天我就借来给你带回去，放心吧！”

豆汤馆里安静的客人们将脸埋在碗中那颜色很深且浑浊不堪的甜豆汤散发的蒸气之中津津有味地吃着，这时都爱管闲事似的抬起了鼻子，齐刷刷看向打电话的浅子，好像她那天真无邪的庞大身躯使人很安心，客人们忘掉了刚才那些闪现在他们脑海中的危险字眼，再次专注于工作、爱情、生活艰辛、经济不景气等豆汤馆经常谈论的话题上。

“让您久等了，姐姐。”浅子结完账后回到座位上说道。

“谢谢款待。”

姐姐深深鞠了一躬，站起来的时候，看着浅子肥厚的双下巴，她从容地从袖兜取出被泪水打湿的手帕，默默为妹妹擦了擦下巴。

“怎么了？姐姐。”

“你下巴沾上豆馅儿了，所以刚才打电话的时候大家都朝你那儿看。”

槙子想象不到人们听到“短刀”这样司空见惯的字眼会吃惊，她也是这样的人。

四

兴造就读的私立新制高中在目白。战前，那是一所以教授德文和法文为特色的中学。

在广阔的地基上，在火灾中幸免于难的三层别馆，像建筑模型一样端正地矗立在那里。周围的木结构建筑烧毁后的废墟，在修整之后变成了运动场和网球场，所以，尤其是在外面没有人影的上课时间和放学之后，从这个平坦的台地上拔地而起的白色三层建筑，在它投射到运动场上的几何投影的映衬之下，在很大程度上呈现出有半截沾染着灰尘的建筑模型那样的形态。

兴造所在的班级已经放学，课桌沐浴着夕阳，冷冷清清地摆在那里。活动桌板背面那精巧的刀刻画，生动地体现了每个人的下流个性，与毫无个性的光滑桌面形成了意味深长的对照。兴造把父亲用过的灰色旧围巾随便围在脖子上，这个脏兮兮的少年完全与时尚无缘，他喜欢把课桌盖板粗暴地开开合合，总是先从教室一头班长的桌子开始做起。去年之前班长还是兴造的学弟，因为兴造留了一级，他才成为不可一世的班长。去年兴造还可以扔这个少年的桌子，但是现在已经不能这样做了。在这种情况下，兴造这个不走运的少年就对班长产生了一种仇视心理。他将课桌盖板高高拉起，发现盖板背面刻着令人讨厌的英诗，就啐了口唾沫，狠命地推了下去，巨响回荡在空荡荡的教室天花板上。他掀开了前面桌子的盖板，又推了下去，接下来是另一张桌子……同学松永正坐在讲台教师的椅子上想事情，对兴造无休无止的反复动作发出了不耐烦的叫喊。

“不要太过分了，林肯！”

松永是之前提到的那个“卫生聚会”的一员，是个爱打扮的人。虽然家境比三崎家还穷，但他穿着做工精细的制服，留着长头发。自从他知道“花心男人重仪表”这一点后，经常把指甲剪得很短，磨得很光滑。他的青春痘比兴造稍多，右嘴边长了口疮，他称之为梅毒初期症状而四处显摆。他接着这样说道：

“不要吊人胃口了，快让我看看你带的东西！”

兴造爱答不理地慢吞吞回到自己的课桌旁，从书包里取出了短刀。刀刚从刀鞘中拔出一点点，夕阳的余晖就像射中了这一点一般在刀身上燃烧起来。兴造爱惜地舔着刀刃，薄薄的刀刃轻轻触碰舌头的感觉，令他心旷神怡。

“不要做危险动作，快点给我！”

松永从讲台上走了下来，鞋子发出“啪”的响声，他靠近兴造，看到这把刻有家徽的短刀，眼睛一下子闪闪发光。那是一把配有红色刀鞘的优雅的凶器，是一件适合烈妇自杀时刺向自己雪白胸脯的凶器。

一些人可能不熟悉少年时期某种难以解释的清规戒律，在此必须加以及时解释。他们之所以对这样的凶器感到一种新鲜的魅力，无非是因为平常没有携带过这样的凶器。他们根据没有持刀在身这一自以为是的特征将自己与不良少年区别开来。一旦需要凶器，二人都不知该怎么办。松永是官员之子，家里只有菜刀、水果刀、铅笔刀，他并不是没有勇气去刀铺购买，而是不愿为此花零用钱。于是，他就求助于兴造。

松永对门前点心店店主的女儿有意思，已多次约她看电影，有时还散散步，拉拉手什么的。消息灵通的兴造像老鼠嗅到诱饵一般知道了此事，松永为此万分烦恼。

那个“卫生聚会”，不只有科学准则，也有任何组织都有的道德准则。会员在与认识的女子发生关系之前，有义务供其他会员共同享用，违反者将被开除。鉴于松永年纪尚轻就成为会员这一荣誉感以及对自己勾引女人手段的不自信，他对组织非常留恋，这也是一种功利性的权宜之计。但是，爱上点心店老板的女儿后，他就徘徊在爱情与组织规定的冷酷处女权之间。被兴造察觉之后，松永害怕他去告密，便提出妥协和秘密约定。松永恳请兴造向其他会员保守秘密，看在同学的交情上，他答应可以只与兴造一人共享这个女人。

但是，林肯冷静而又彻底地拒绝了他，这个桀骜不驯的少年不允许将女人当人看待的朋友的懦弱背叛。既然将聚会的名称作为自己的绰号，即便以绰号的名义也是不允许的。松永起的这个绰号，除了他俩之外无人知道由来。同学只是尊重惯例，天真无邪地叫他林肯。

兴造无论发生什么事情都能找出解决方案，这是他的长处。在谈判的关键时刻，他脸上突然浮现出清晰的酒窝，这样说道：

“那行，我替你保密。条件是我想尝试一下强暴这一行径，行吗？你就让我做一次吧。”

“什么话！强奸还不是你想干就干的。”

“那怎么行！没有你给我好好牵线可不成。反正你要让我做一次，她的事情我一定保密。”

兴造的提议把松永置于不利的地位。在松永将女孩提供给兴造之前，自己搭个桥这点事还是可以答应的，但是，接下来自己只要介入兴造的性事，就不得不背上“窝囊废骑士”这一污名。

他们设定的步骤是这样的：松永带着对此事一无所知的点心店老板的女儿经过兴造埋伏的地方，这时兴造出现，松永用藏在身上的短刀进行反击。二人打斗过程中，短刀被兴造夺走，兴造拿凶器赶走松永之后扑向女孩，女孩轻易就被强暴了，松永在女孩被强暴之前已落荒而逃。为防止女孩逃跑，凶器的争夺必须在一瞬间完成，必须要选一个即便女孩大声喊叫也无大碍的场所。兴造之所以一开始没带凶器，是因为设计成松永手上凶器被夺而惊慌失措这一点更能成为松永逃走的借口。

松永半是好奇、半是虚荣地赞成了这个计划，没有比被别人说自己对女人太好更痛苦的了，他也要逞强好胜，就这样说道：

“这主意真不赖，那个妞一失身，必定能切身体会到男人的可怕。林肯，你脑子可真好使。”

二人都热衷于这个计划，今天兴造就将短刀带到了学校。

场所的选定需要谨慎，考虑到女孩会大声叫喊，必须在没人的野外进行。但是，冬天黄昏的野外非常煞风景。两人犹豫了很久，最后还是无奈地定在广阔校园中的一个树林里。可以说，绝对没有人在冬天的黄昏去那里散步。

“如果在外面的话，等到夏天最好。”松永哀求道。兴造冷冷地回绝了他。

虽然松永内心祈祷着“兴造今天也没带来就好了”，却装出一副迫不及待想看刀的样子，他这是在虚张声势。

“今晚行吗？”

兴造将刀刃侧面紧紧贴在松永的面颊上问道。

“今晚不行！”松永夸张地瞪着眼睛，默默推开了兴造的手。

浅子将从槙子那里借来的短刀交给兴造之后，数日过去了，一周过去了，兴造一直保持沉默。松永对兴造的沉默感到害怕，说了句多余的遁词：再等两三天。

上学的每一天都令人敏锐地感受到早春的气息，春天像是发低烧，由寒冬产生的慵懒气息，与其说令人想到季节的更迭，倒不如说一种觉察不到的轻微的热病在逐渐侵袭季节。

兴造依然不学习，但也不做坏事。课堂上，他热衷于把橡皮切成细丝，转眼之间就做成精巧的雕刻。他觉得外语课尤其无聊，有一次，被老师叫起来翻译，他说了句“翻译成日语后就变得更不好理解了”，令老师大发雷霆。

兴造每天多次叫住松永，不怀好意地催促他：“还没决定啊？”并以此为乐。在兴造尚未和松永女友发生肉体关系的这段时间，松永按道理没有义务将她提供出来，因此，他的催促对松永出于伤感的拖延行为具有严厉讽刺之效。兴造一边明里暗里伤害松永的自尊心，一边等待这头受伤的牛跑出来。当浅子知道自己的爱孙人小鬼大地玩这种成人游戏时，她那大惊失色的样子也实在令兴造担忧。

每次被问起“还没决定啊”时，松永看着朋友的笑靥，都快被气晕了，再没有比这种嘲笑更明显的讽刺了。有一天，松永的自尊心之痛转变为无法忍受的剧痛，他立刻将憎恨指向自己深爱的那位少女，而不是朋友。松永提出就在今天傍晚按计划行事，他觉得第一次能够在兴造面前抬起头来，第一次能够和兴造平起平坐，握手言欢。虽然不可思议，但二人玩弄女人的经验并非天壤之别，只是看上去精力旺盛的兴造那不可撼动的慵懒让对方有一种压迫感。

成长是一条多么曲折的路啊！两个少年为了想早一点成为男子汉，将抵抗的精力全部倾注在成年男子感觉不到任何抵触感的事情上，认为这是一条捷径。但是，这一方法，和老人为了返老还童时用的方法是一样的。唯一不同的是，少年是靠纯洁，老人是靠狡猾来完成的。

学校的树林从网球场尽头开始，围着台地周边几乎绕学校半周。空袭之火以及开垦土地时的采伐都没有毁灭树林。夏日，树木郁郁葱葱，遮蔽天日。冬天树叶落尽，随处可以透过树枝间隙真真切切地看到美丽的天空。但是，要藏身的话，从秋天到早春这段落叶遍布的时节毋宁说更好，因为在利用色彩打掩护这一点上得天独厚。

树林中有许多巨树，其中，有一棵古老的橡树被大家称为“巨人树”，兴造按原计划埋伏在这棵树后。这棵树周围三尺左右的地面被浓密的桧叶金藓所覆盖，也适合冬天躺在上面。而且，这里三面被竹丛包围，一条散步小路绕过这里，很容易找到藏身之所。兴造按约定的时间去了那里，刚在苔藓上坐下来，就发现远处高架桥上来回穿行的汽车的喇叭声甚至在此也能听到，傍晚城市的声响像雾一样凝滞不畅。

兴造依旧是平时那副漠然的表情，但心跳加速了，犹如受到了心律不齐的威胁。他反复将手套摘下又戴上，然后在手套戴到一半的时候将手指部分像门帘那样掀动着在自己脸上蹭来蹭去。他非常在意自己那张皴裂的红脸看起来太孩子气，但即便想缓解一下这份担忧手边也没有镜子。

二十分钟过去了，松永和那个女孩还没有出现。松永应该和女孩一起从后面篱笆的破洞进来，沿着散步小路朝这边走过来。散步小路在巨人树前方三十米处有一条岔道通往后门。在岔道对面，这条小路要经过一块种有许多三叶草的地段，那是之前用来喂养绵羊的一片草地。从散步小路来看，因为视野被竹丛挡着，乍一看，这枯草遍布的平坦地面宛如被藻类覆盖的沼泽。

兴造的直觉告诉他计划有变，他穿着运动鞋蹑手蹑脚地走过傍晚时分迂回的小路来到了草地上。这时，他不由得想起孩提时代那令人脸红的冒险欲望。对于这个少年来说，性欲仍然只是通往外界的媒介，即便在成就“林肯”这一绰号的行动之中，这一疑问也没有从他自己的脑海中消失。

暮色之中，他听到像是鸟儿快速拍打翅膀的声音，所以就俯下身来，随即便听到了激动而尖细的叫声。声音所在的地方浮现出模糊的脸庞，是松永。松永前面的草丛里，用外套下摆裹着膝盖的点心店老板的女儿侧坐在那里。她看起来很坦然，但实际上并非如此。她朝这边看过来时，兴造在那东张西望、极度悲伤的眼神中看出了略带青涩的润泽的反射，在女孩的咽喉处有东西像水那样泛着光。兴造迷惑不解，仔细一看，松永竟将那把短刀抵在了女孩的咽喉处，松永已陷入兴造自己不久就要陷入的对女孩实施强奸这一窘境之中，兴造清楚地体会到了也会将自己置于窘境的行为那不可救药的滑稽感。

同时，兴造从松永身上感受到一种难以言表的友情。之所以这样说，是因为从这个女孩的情形来看，可以察觉到她还未对松永以身相许，松永因为虚荣对兴造撒了谎。进而来到这个地方后，松永的虚荣心越发强烈，所以一定要侵犯她。很难说他是老老实实遵照自己的性欲行事，这就需要借助短刀了，强奸——变成了必须依赖孩子般的低俗趣味来进行的事情。

松永用更加滑稽、夸张的动作把短刀扔到了一边，碰巧落在了兴造面前。女孩将看上去白皙柔软的下巴埋在胸前，垂着头，即便松永将手搭在她的肩上，她也一动不动。因为松永将刀扔了，女子才答应了他的要求。

松永脱了外套，铺在微明的枯草地上。他的头像狗一样忙不迭地来回摆动。暮霭逐渐围拢，从树木之间可以看到远处工业区朦胧的灯光。不久，眼前的草丛中传来了此起彼伏的温柔喘息声。

这样的场景兴造在“卫生聚会”上早已领教过。他认为，身临此种情境波澜不惊才是风流之人。他曾在一百烛光[1]的电灯下见识过松永的样子，尽管如此，眼前的情形似乎完全不同。虽然不能轻

① 光度单位，1烛约等于1坎德拉，一九六一年废止。

率地说那就是爱，但在此存在着更加平庸的融洽，而不是他和松永拼命依赖的那种反抗。兴造感到松永已长大成人，超越了自己。遗憾和难以名状的真切的喜悦，使这个坏小子流下了热泪，他忘记了胳膊抵在小石子上的那种疼痛，也不介意外套沾满霜土，一直泪眼婆娑地盯着那开始模糊的草丛。

二人将身体分开，随后又更加用力地紧紧抱在一起。兴造闭上眼睛，听到了二人整理衣服时草地上发出的沙沙声。好像起风了，他这样一想，就抬起头来，发现一个高个子男人不知什么时候站到了二人面前，眼镜反射着白光。他是学监麻生教授。

“是松永啊，学校里不允许干这样的事！现在这样子也不好说，你把这姑娘送回家，我明天再慢慢听你解释。好了好了，放心吧，我不会说那种难听的话。”

松永慌慌张张地想说些什么进行解释，这点不难理解，但是女孩哭了，他就失去了辩解的立场。麻生教授又重复了一遍：快回去吧！二人拨开竹丛，羞愧万分地哽咽着从里面默默走了出来。可以想象，二人都想如疾风一般快点逃走。但是，他俩从兴造身边经过时，并没有注意到他，沿着散步小路朝后门方向走了。

麻生是英语老师，好像是因为他具有能够神出鬼没地出现在事件现场的天赋才被提拔为学监，他那薄薄的嘴唇上总是带着“标准的”发音和冷酷、猥琐的表情。

他能够把握自己出现的最佳时机这一点激怒了兴造。卑鄙！下流！仅为了满足一己之欲而巧妙计算时机。他确实是从刚才开始就藏在某个地方偷窥。……对抗这种下作的神机妙算，也有上乘之策。兴造要是同时出现的话就好了。兴造对自己没有勇气站出来，眼睁睁看着机会溜走而自愧不已。

兴造站了起来，此时此刻，他的出现显得非常尴尬。

“啊，你也在啊，这不是山崎同学吗？”

麻生双手背后，低下头在草地上寻找着什么，一看到旁边的兴造，他镇定自若地这样说道：

“你也帮我找一下刀吧，刀鞘找到了，是那家伙落下的东西，里面那危险的玩意儿跑到哪儿去了呢？”

他在掌心把玩着漂亮的红色刀鞘，刀鞘上螺钿的散菊花瓣如萤火虫般闪闪发光。

“在那儿。”

“哎呀，你视力可真好！”

教师从草丛中捡起刀身，掏出手帕专心擦拭着，动作非常老练。他一只手拿着刀，朝通往配楼值班室的长石阶方向走去。因为兴造一声不吭地跟在他身后，麻生或许多少有点羞愧，这样说道：

“你看到了，我也看到了。我们同罪。是吧。”他那种教师对优等生所表现出的带有策略性、近似谄媚的殷勤，兴造从未体验过。他以充满这样一种殷勤的谄笑嘱咐他：“对了，咱俩都看了这出好戏，就互相不要再追究了吧。”

两人终于走进了石阶旁边室外灯的圆形光圈之中。此时，兴造怒形于色。教师之所以没有注意到，是因为这个男人没有仔细观察学生表情的习惯。

“老师，刚才那把刀是我的，请还给我。”兴造说。

“这个吗？”

麻生将信将疑，不动声色地将红色刀鞘的短刀递了过去。

兴造将自己此刻的行为看作是一种易如反掌的轻松行为，这是基于什么样的理由呢？他的举动不需要行动所需的能量，就是闭着眼也能做到。

也就是说，兴造拔出刀身，走到室外灯下检验。教师想看清刀上的铭文，就凑过脸去，少年突然扬起刀刃，刀刃划开了他那没有弹性的脸颊皮肤。

五

为了不让此事见报，三崎良造付出了巨大的努力，甚至让人觉得他就是父爱的化身。庆幸的是，这个事件仅仅停留在二流小报无足轻重的报道这一程度上。

浅子对儿子惊人的活动能力不屑一顾，兴造只说了一句解释的话，她就了然于心。以下是祖孙俩的对话。

“小兴造，你为什么做那样的事情？”

“为朋友的名誉。”

“好的，我知道了。”

浅子把槙子叫出来，准备瞒着良造去学校请愿。“这真是个好主意，阿浅。”槙子说。

两人穿着带有家徽的和服礼服，在目白车站碰面。出门的时候，浅子给家人说去参加老朋友的歌谣清唱会。一天到晚偏头疼的胜子根本没有闲心留意婆婆的去向。

“哎呀，姐姐，谢谢你能来。”

“别客气，何况是你叫我来的。对了，和服后面的绑带有点不舒服。太紧了难受，太松了就会滑落。”

“我来调一下吧。”浅子把手伸进去一看，发现绑带确实太松了。

“太松了啊，我给你紧一下。”

浅子臂力不亚于槙子，很有力。槙子叫了一声，脸色煞白。

“怎么啦？姐姐，你脸色很苍白。”

槙子感到疼痛来自自己肥大的心脏。可以认为，勒住她心脏的不是和服绑带，而是一种无形的束缚。

浅子非常担心姐姐的身体，就在车站的长椅上休息了两三分钟，槙子的脸色恢复了生气。没有生气的槙子的脸，就像长了绿霉的上供用的年糕。浅子由此联想到自己死后的遗容，觉得不寒而栗。

狂风大作，那是早春让人睁不开眼的大风。浅子向槙子讲述了事情的原委，在讲述过程中她不断地抱怨天气：“哎呀，好冷！”“哦！好大的风！”“真受不了了！”事件按照她们的想象力所能达到的程度改变了原来的形态，浅子和槙子现在的任务，只能是伟大的任务。

二人一进入校门，那些赤口毒舌的学生们从旁边经过时，当着她们的面大声扯着嗓子叫着：“看哪，相扑力士登场喽！”她们走的是顺风方向。放学回家的学生中有人为防止沙尘吹到脸上而倒着走了过来，有一个人撞到了浅子，遭到了同学的嘲笑和嘘声。校园里的银杏树离发芽尚早，柔美的枯树枝在风中悠然自得地摇曳着。别人笑我们，仅仅只是因为外表呢，还是笑我们外表与内在的高雅不相称呢？姐妹俩各自想着心事朝前走着。这是相信心情能够原封不动地传达给他人的那种人共通的乐观的不安。

校长室的门因为沾了灰而发出咯吱咯吱讨厌的声响。校长不在，一位长相寒碜、下颌前突的副校长出现在接待室。在寒暄之前，他用手指在桌上的玻璃板上划了一下，一看到手指上沾满了灰尘，就皱起了眉头。他决定除捐款的客人外，不给别人好脸色看。那张苦瓜脸，即便保持几十年他也不会觉得厌烦。

浅子和槙子争先恐后地把椅子靠近桌子。她们一看副校长的表情，就觉得击败这个男人的鄙俗绝非易事。那一瞬间，浅子想到自己那面对世间一切鄙俗的使命。

“我为孙子的事前来打扰，”浅子一板一眼、字正腔圆地说道，“请您给予宽大处理。快！姐姐也跟我一起求情。”

浅子的深鞠躬中包含着一种过分自大的庄重，因此，副校长以寒冰一样的谦卑来武装自己，这是他面对傲慢的人时最有效的灵丹妙药。当一个暴发户想起过去的武器之时，他就成为所向披靡的存在。他决定除了“您说的也有道理，我知道了”。这句之外，不做任何答复。

浅子终于等得不耐烦了，这样说道：

“您为什么不给我具体的答复呢？我真心地认为我孙子的所作所为是非常有魄力的。如果让自己不喜欢的老师受伤这样的事情都没有魄力做，将来就成不了大器。”

在姐妹俩一路走来的历史道路旁，各个时代都有背负着被惩戒命运的学生在发牢骚。此时，在浅子内心酝酿并从其口中说出的想法，与学生们这种牢骚话是相同的。呆若木鸡的副校长用事关重大的口气闪烁其词地说到那个色情组织的事情，但一点都没有镇住这姐妹俩。因为不把女人当女人的男人才是她们认为的男性典范。

二人回去后，副校长向刚才佯称不在的校长汇报说："那个老太婆的信念令我大吃一惊。""她天生缺乏道德观念。"——同一时刻，出了校门的姐妹俩想到副校长没有胡子，笑得前仰后合。

过了一天，浅子就开始反省自己的行为是否有点轻率。这次，她强迫自己适应那种极其低级趣味的想法，热衷于"贿赂""美人计"这样的理念。一发现这种恶俗的念头像薄荷一样消除了昨天胸口的闷气，接受过坚振[①]的女人又慌慌张张打消了念头。兴造在家无所事事，在等学校的处理结果，浅子不动声色地问了问他，得知学校正需要大额捐款。

在一个零零星星飘着春雪的早上，浅子换上带有家徽的礼服正要出门，她这种瞎忙活的行为到底还是给大家一种怪异的感觉。胜子带着慰问金到学监家看望，被铁面无私的英雄退了回来。自那以后，由于屈辱而莫名其妙地发烧了，一直卧病在床。被父亲禁止外出的兴造整天躺在床上看色情小说，他沉醉于放火的妄想之中。这个少年对自己没有引起别人关注而气恼。在拔出短刀时，"行为"确实属于他。但是，"行为"立刻脱开他的手，弃他于不顾而飞走了。如果说存在着"罪"这个东西的话，那只不过是"罪"之"行为"飞离后留下的纯白的空白，恐怕不存在比"罪"更纯洁的观念吧。……是退学处分还是停学处分，校方好像出现了分歧。兴造发誓下次要在自己家和麻生家纵火，但当他用火柴去烧床单一角的时候，那小小的焦痕立刻将他拉向一种莫名的恐惧之中。兴造对自己

① 又称坚振圣事或坚振礼、坚信礼、按手礼，是基督宗教的礼仪，象征人通过洗礼与上主建立的关系获得巩固。耶稣建立七件圣事之一，是圣洗圣事的补充和加强，亦即基督徒的成人礼。

不能再做恶作剧而心惊肉跳，犹如像是窥视着没有尽头的走廊深处那样看到了自己不明朗、阴郁而乏味的一生，他为之颤栗，因为他是被“我今后将一生与行为无缘”这一没有缘由的预感所震动才这么想的。

他将祖母看作自己黑暗灵魂的正片[①]那样的存在，但户外的阳光令他头晕目眩，他那少年期的瞳孔，只想将自己的内心看成是漆黑一团。兴造毫不费力就把祖母从老人房这一监狱里拉了出来。他还记得，自己用大言不惭的果断语气说出“为朋友的名誉”时，祖母眼里熠熠生辉的情景。他暗中察觉到，虽然不知祖母会用什么手段，但这次祖母正费尽心思想要将他从牢里解救出来。父母和哥哥对她高大身体的那么大动静居然一无所知，可见他们只忙于自己的事情。兴造仅凭祖母走在走廊、檐廊上啪嗒啪嗒的脚步声，就能大致明白祖母心中所想。

哥哥走进房间，用一种奇怪而又温柔的语气说道：

“奶奶穿着礼服又要出去，她这是要去哪里啊？”

“这个，我也不知道啊。”兴造仰卧在床上，一根根地掰着一只脚的脚趾这样答道，他的手仍然和平时一样脏兮兮的。

“你没有托她做什么事吧？”

“即便拜托那个胖气球，她又能干什么！”

哥哥转换了话题，说了句“你应该偶尔去看看电影”之类的话。哥哥平时可不会这么温柔，估计是有什么企图，才不惜动用巴结女孩子时惯用的那种温柔。兴造每次看到哥哥雪白的皮肤和黑黑

---

① 一种经过反转冲洗后直接得到透明正像的胶片，可以用幻灯机直接将影像投射到屏幕上观摩。

的牙齿，就觉得哥哥病态的精神恋爱实在是污秽不堪。

“你没有对奶奶提什么捐赠的事吗？”

“说了呀！”兴造立刻认真地回答道。哥哥又转换了话题，说了些“只看色情杂志的话就会变成性无能”之类的愚蠢的话。哥哥想挑一个弟弟感兴趣的话题，这个话题体现了他精神上想讨好弟弟的一面，却不合时宜而适得其反。弟弟大喊：“闭嘴！一边去！”温顺的哥哥默默将剩下的半截烟抽完，仔细地将烟头按灭在烟灰缸里下楼了。兴造对着哥哥按得变形的烟蒂痛快地啐了一口唾沫，继续一个人用所能想到的污言秽语怒骂着。在此过程中，他渐渐累了，头落到枕头上。

楼下，去见校长的良造回来了，对着浅子暴跳如雷。他所抱怨的，就是自己的努力因浅子的干涉而化为泡影这一点。浅子撇着嘴，绷着脸一言不发地听着。不难想象，这张大脸一板，连润泽的脸颊肌肉都会不开心地聚在一起。而且，浅子看着儿子那小家子气的激动表情，为自己那冷静且看透一切的精神气而沾沾自喜。不管怎么说，作为母亲，她的精神气终于让这个男人兴奋了起来。源造在父亲耳边嘀咕了几句，祖母看见他那女人气的动作，用轻蔑的语气这样说道：

“真讨厌，咬耳朵还鬼模鬼样的。”

浅子回到偏房一看，良造正盘腿坐在那儿，清点着她事先放在被炉桌上、出门时要带的银行存折。

“你干什么？那是我的财产。”

“噢，还有二十万呢！您不会打算为了兴造把钱捐到学校吧？”

浅子顾不上考虑后果大声嚷道：

“对！我不知道家里是出了俄国间谍还是德国间谍，正如间谍向你告密的那样，我要将二十万全部捐了帮助兴造。你这做父亲的，能有什么用！”

“总感觉妈妈就像一个小孩子，真让我吃不消。您能那样操心兴造的事令人高兴。即便是我，也很欣慰。但是，捐二十万也太荒唐了吧。”

“那是我的钱，别人管不着！”

“您可真是站着说话不腰疼！那么，请把父亲去世后，我抚养您的费用扣下来吧！二十万连一半都不够，您应该再赚一点来补贴！”

浅子的眼里闪着泪花，她在心里祈祷：现在就让我得脑溢血，但是，脑溢血不会适当其时地发作，她一言不发地将存折递给了儿子。良造心里清楚，这是制止母亲浪费的唯一机会，因此，他避开母亲宽厚的下眼皮中不断积聚的泪水，只说了一句“今后由我保管”便收下了存折。

浅子对存折有点依依不舍，她以一种惹人怜爱的声音问道：

“偶尔给我姐姐一点零用钱可以吗？”

“一年一次两次的话还行，但您有点小看这点钱了！”

在一旁察看二人表情的源造，并没有猜中这一结果。他一时百无聊赖地将修长的手指骨头拽得咯咯作响，不久用轻蔑的眼神目不转睛地盯着肥胖的祖母，接着飞奔到浴室的镜子前，欣赏自己那昨天被女友夸奖过的“清秀而敏锐的额头”。

六

数日之后，浅子和槙子经过事先商量一起离家出走了。姐妹俩离家当天的着装相同——同样都是下切发，带有家徽的黑色礼服和茧绸棉衣。槙子没有留下遗书，而是带走了红色刀鞘的短刀。浅子的遗书是写给兴造的，是一张匆匆写就且意思含糊的字条。她没有带值钱的东西，女仆看到她走之前将四个煮鸡蛋放进了布包，这是她邀请槙子去戏院看戏时的习惯。家人给东京剧场和新桥演舞场打了电话。一说特征的话，这两个人立刻就会被认出来。但是，二人那天没有出现在这两个地方。

浅子给兴造的留言是这样的：

小兴造，奶奶暂时离开一段时间，但我一定会守护着你的将来，你要努力成为有出息的人，不能成为像你爸爸那样的小人物。

奶奶

槙子最近被频频发作的心动过速困扰，屡屡说到死亡。栗岛家一贫如洗，三个孙子都出来打工挣钱补贴家用。每次浅子邀请她去看戏，槙子出门前总是一个劲儿地向孙子们道歉。

浅子如果有死的心思，那只能是因为同情姐姐，此外无法找到她寻死的诱因。良造说完“二十万连一半都不够”的时候，突然看见母亲眼里饱含泪水，认为这泪水只是老年人守财的一种病态表现，无法理解她为什么哭。

其实，二人并不是想寻死才计划离家出走的。

浅子和槙子来到了上野，在这个可以感受到春之气息的好天气里，二人在动物园消磨了一个多小时。从南方国度运来的大象英迪拉很受欢迎，她们默默地看了很长时间。大象那肮脏不堪、身不由己、柔和温顺且不容置疑的“伟大”身躯给二人极大的安慰。

二人去了上野公园内的弁天堂[①]，拿出了“点心”——煮鸡蛋。今天浅子紧紧抓着装蛋的手提袋，所以蛋壳没有破。

二人不由得想起年幼时听到的与上野彰义队[②]全军覆没相关的各种传闻。姐妹俩回忆着这些轶事，你一言我一语地讲着。在此过程中，公园暮色笼罩。干涸的不忍池目不忍睹。早春的雾霭渐渐掩盖了这些赤裸的残骸，远远望去，还能够看到东京大学安田讲堂的钟楼。浅子陪着槙子在池畔的小饭店小酌了一杯，槙子心跳加速，二人就在那里休息了将近一小时。

槙子一恢复平静，就拿出短刀感慨万千地说道：“与其让自己

---

① 祭祀弁财天的庙堂，位于上野公园不忍池的池中央。弁财天又称“天女”，是七福神中唯一的女性，精通音乐、善于雄辩。

② 一八六八年以保护幕府将军德川庆喜为目的，由涩泽成一郎和天野八郎领导的一支与新政府对抗的武装部队。一八六八年七月四日，被大村益次郎指挥的政府军包围在上野宽永寺一带，全军覆没。

的病体拖累贫穷的儿子，还不如现在死了的好。”“既然那样，姐姐就用短刀刺一下肚子吧。”浅子将手按在刀上轻轻戳了一下槙子的肚子，槙子一下子跳了起来，大声叫痛，震得小饭店的屋子都发出了响动。

两人走出小吃店后，开始谈论乃木大将军[①]宅邸榻榻米上的血迹。在闲聊的过程中，寒气加重，浅子有点想回家。她们在去上野车站的途中，从崖边看到下面发出无数条亮光的铁轨和来来回回行驶的火车和电车，槙子又一次心跳急剧加速，突然将身子探出栏杆，企图自杀。浅子伸手想保护她，却反而使她失去了重心，槙子那巨大的身躯跌落在离山崖大约有十米的下方铁轨上。

浅子就此消失了踪影。

几天后，一位曾经参与处理槙子尸体的车站工作人员在神保町一带，看到了和死者长相一模一样、身材伟岸的老太婆，顿时毛骨悚然。那老太婆光润的面颊上洋溢着落落大方的微笑，夹杂在熙熙攘攘的人群中走了一会儿，很快便消失不见了。

---

① 指乃木希典（1849—1912），日本陆军大将，因日俄战争攻克旅顺口成名。在一九一二年九月十三日的明治天皇殡葬之日，乃木和妻子在自己家里双双为天皇殉死。

牵牛花

我的妹妹在战争结束那年的十一月死于伤寒，年仅十七岁。战后，疏散时候的行李很快运回了学校，妹妹的工作就是用两轮拖车搬运这些行李。在此期间，她暴晒在初秋那仍然火辣辣的阳光下，觉得口渴，就喝了火灾废墟的铅制水管中流出来的水。据朋友说，那水可能就是感染途径。

我非常爱我的妹妹，所以她的死对我打击很大。从少年时代起，我就有分一部分零花钱给妹妹买东西的习惯，但是妹妹总是一副闷闷不乐的样子。我带她去看电影、看戏，她好像每次都是硬着头皮随我去看似的，特别是到了青春期之后，这种情况更加严重。我很喜欢自己一味地疼爱妹妹这一点。

妹妹平时把我这个做哥哥的人说的话当耳旁风，吵架之后，就在我房间的墙上用铅笔搞一些“哥哥笨蛋”这样的小动作。我还记得，在她去世的前一天，已经丧失意识的妹妹好像说梦话似的说了句“哥哥，谢谢你”。她是不是已经知道，护士人手不够的时候，母亲和我彻夜轮流照顾她呢？

妹妹身上有种惹人怜爱的气质，我对她的感情应该说是怜爱之情。妹妹好像抵抗着在自己身上某处渐渐萌生出的不安因素，不断处于焦躁之中。我本以为那是青春期的焦躁，但是在妹妹身上萌芽并茁壮生长的或许并不是生命之树，而是死亡之树。

妹妹从小时候起就有喜欢“持家”的一面，(直到上女校之前她都将“持家”称为“管家”。)她喜欢收集发票放在空巧克力盒里且乐此不疲。我对妹妹这一穷酸趣味嗤之以鼻，经常对女佣说：“哎，这个月的煤气发票还没拿到吗？寄存在美津子那儿最保险了。”

妹妹死后，我多次梦见她。随着时间的流逝，对死者的记忆应该不断模糊，但我养成了做梦的习惯，迄今仍然很有规律地持续着。

我对死者的灵魂总是寄予同情，觉得灵魂是寂寞、悲伤而可怜的存在。这与我们儿时对动物世界持有的感伤情怀相似。我理解了未开化的民族相信动物是一个个死去之人的灵魂表现的原因。我们的怜悯之情是通往某些未知事物、无法理解之物的桥梁，我们通过憧憬或怜悯来与之连结。所谓憧憬和怜悯，则是人类面对无法理解之物时像儿童那样的温和情感的两面。孩提时的我在被窝中侧耳倾听遥远森林中猫头鹰的叫声，就会同时感觉到自己对动物界那种自由的童话般的憧憬，以及对在黑暗森林深处的树洞中睁圆双眼不断歌唱的小生命的同情。

如果不赋予灵魂生之形态的话，或许我们就无法张开想象的翅膀。生命之中有谜一样的事物、无法理解的事物，以及会在深夜飞来飞去、此起彼伏鸣叫的小鸟一样的事物。如果不借助这些事物进行思考的话，或许我们就无法描绘出灵魂的形态。

这么说来，我的妹妹生前就是这样一种表情，一种像谜一样温和的小动物陷入沉思的表情。

梦中，妹妹一定还活着。有时，被医生放弃治疗的病体却突然奇迹般地好了，妹妹重新出现在家人团聚之中。

“太好了，身体痊愈真是太好了！”

我嘴上这么说着，却无法消除自己心头的一丝不安——这或许是一场梦吧……我无法拂去内心的疑虑。

我结束了一次漫长的旅行回到家。这是一个深夜，好像有什么急事不得不刚进家门又再次离家。好像是非常重要而又十万火急的事。因为有行李，我就从车站叫了辆汽车送我到家，到家后先让车在门口等着。

我向屋里望去，家里鸦雀无声，家人好像都不在。

过了一会儿，妹妹在玄关出现了。

“美津子，就你一个人在家吗？”

“是啊，我在看家。”

对于妹妹在家我丝毫没有感到奇怪。走进家里，发现里面餐厅的灯泡发着幽暗的光，亮度有五烛左右。平时这个房间可远比现在亮，我也不知道为何现在用这种灯泡，可能之前的那个灯丝断了吧。

光线很暗，看不清妹妹的脸部表情，也看不清楚她衣服上的图案，只看到她穿着小孩子那样的浴衣，系着黄色的兵儿带[①]。

---

① 和服带子之一，和半巾带一样宽，使用丝绸等较柔软的面料经过加工而成，供儿童使用。

“你衣服上是什么花纹，让哥哥看看。”我说。

妹妹默默站在灯光下，伸开衣袖让我看。上面染的是花形硕大、色彩艳丽的紫色牵牛花，是妹妹五六岁时穿的浴衣。

“真是一件有年头的衣服呢！”我说。

“是啊。”妹妹答道。虽然光线昏暗看不清她的脸，但我感觉她好像在低头微笑。接下来，她若有所思地将手指插入和服的开腋处。我说想喝茶，妹妹便走进昏暗的厨房，在那里叮叮当当做着什么，她平时不为我做那些事。

“给你茶。”

她就那样站着将陶壶递了过来。在我倒茶之时，她坐在房间一角，变得悄无声息。在我喝茶期间，觉得妹妹好像离开了一般。我用手指抚摸着茶碗，手感温热，又奇妙地润滑。我想着是不是弄湿了，发现却不是。

“你还在吗？”我问道。

妹妹没有应声，但是我感觉到她在动，知道她还在。

“你要那样做多久？”

我又问道，她没有回答。过了一会儿，我听到她说了句“啊，好累啊”，气若游丝。

“你的病确实治好了吗？”

“嗯，好了。”

这一次，她清楚地回答道。妹妹膝行靠了过来，静静地将身体支在桌子上。

“不过，还是很累。”

“真是可怜。”

我伸手抚摸了一下她的头发，那头发干涩、浓密。妹妹突然又起身向厨房走去，厨房里传来了水声和盘子碰撞的声音。

“怎么这么忙啊！”

微弱的声音夹杂在水声之中发出了回响：“怎么这么忙啊！”

我看了看手表，已经到了非走不可的时候了。我走到玄关推开了门，发现妹妹不知什么时候出现在了我的身后。

“路上小心。”

“我今天可能要晚点回来，大家回来后你转告一声。”

“嗯。”

“那我走了。”

“路上小心。”

妹妹用木屐的尖部轻轻踢着水泥地，看起来有点焦躁。

我坐上在外面等候的汽车，汽车在各个街道之间穿行了一会儿，街上的灯早已熄了，也无人在路上走。迷迷糊糊之中，我想起一件事，就醒了，我意识到，刚才见到的原来是个幽灵。

这样一想，突然感到胸口像是被铁一样冰冷的东西勒住了一般透不过气来。我探出身子，将双手伸向驾驶座的后背，对司机这样说道：

“怎么办？我刚才见到一个幽灵！”

我本想大声喊叫，却连声音也发不出，我清楚地知道自己无法用语言告诉对方。司机没有反应，于是，我将手放在他的背上摇晃着。

司机突然松开方向盘，回过头来这样说道：“是啊，我是幽灵！”

那张脸阴森可怖，影影绰绰。他忽地伸手抓住了我的手腕。实际上，抓我手腕的并不是手，一只爪子掐进我的肉里，将我的身体拉向了他那边。

旅行的墓志铭

菊田次郎自环游世界各国回来后，大约快一年了。在长达数月的繁琐工作结束之后，为了放松身心，他又出来旅行。在旅馆庭院干枯的草坪上散步时，次郎发现夹着雪花的细雨零零星星地飘落在向阳处，对此甚是惊奇，抬头看了看天空，如果是雪的话，那应该称作“风花”[①]吧！

细雨似乎是借着风势从远方飘过来的。头顶的天空呈淡蓝色，太阳时而被薄云遮蔽，但连这些阴云也是具有银色轮廓的轻盈的云片。海湾另一侧的海角上空堆积着乌云。除此之外，无法找到这细雨的源头。

此刻，一种宛如音乐般飘渺不定，被溶解、深埋于内心深处而失去常态的情感，像反胃一般袭向次郎。这种情感可以认为是在探索某种手段，那种手段不具备任何可以看到的形态，和现实的任何表现都毫不相似，犹如音乐第一次进入我们心扉时那样。这种手段为了赋予肉体的所有组织一种不协调感，重新将这些组织组合到其他透明的秩序之中，暂且将它们彻底分解。这便是一年前次郎旅行的记忆。

这家酒店位于A市这个低级温泉乡的宁静一角，离市中心稍有一段距离。

次郎于昨夜抵达酒店，房间里暖气十足，他泡完澡，便深深倚靠在一张安乐椅上看起书来。夜晚的庭院中，猫发情求偶的叫声此起彼伏，令他十分厌烦。隔壁房间打电话的声音传了过来，那是和新潟人的长途通话。他听到隔壁房间的客人说了句“哎呀，竟有六尺深呀”，好像是对电话那头的人告知的积雪深度甚为吃惊。

这个声音，唤醒了次郎心中难于言表的同时性幻觉。新潟确实有积雪，但眼前一览无余的庭院根本没有下雪的样子。而且，仅隔一块玻璃，这边是异常温暖的室内，那边确是天寒地冻的户外。再者，隔壁住着素不相识的陌生人，这里住着次郎，而且，次郎体表有皮肤和毛发，内部有鲜血淋淋的五脏六腑，他跳动的心脏和新潟的雪同时存在。这种关联是怎么回事呢？

刚到目的地，这次小旅行便以各种细微的启示慰藉了次郎。翌日清晨，睡醒之前那似梦非梦的分界线上，他身在巴黎的旅馆之中，收到了阿根廷朋友发来的电报。去阿根廷的签证办理手续繁琐，他觉得自己必须得起床了，就打了个激灵睁开了眼睛。因为领事馆受理签证申请通常仅限上午。

次郎发现自己在日本旅馆的一个房间睁开了双眼，感到有些异样。他走下床，趿拉着拖鞋，去拉开厚厚的缎子帐幔。已经日上三竿，冬日的暖阳一泻而入。庭院尽头是大海和岛影，而眼底则是一片枯萎的草坪。

---

① 晴天飘落的小雪片，也指初冬时节的雨夹雪。

窗下有两三棵樱花树，次郎看到那些枝丫竟挂着褐色的嫩叶，对此煞是惊奇。A市的一月非常暖和，樱花树整日沐浴在阳光下，无一例外全部绽放。

……次郎抬起头，看到了光芒闪耀的云朵之间那淡蓝色的天空，此时，从那吸引人的蓝色天井之中，他切实地听到了音乐声，这种感动不可思议地沉闷而模糊，促使他不由自主地向前方走去。

他沿着那个徐徐向海边倾斜的枯草地斜坡慢慢走了下去。

“远方新潟的雪和A市没有雪的夜晚同时存在……”他喃喃自语，内心沉浸在寻找这一谜题答案的思考之中，“梦中的巴黎与日本重叠，冬季与开花的樱花树重叠，晴空与雨夹雪重叠……”

北风呼啸，冰冷的细雨下个不停，旅馆庭院里除了次郎之外别无他人。

草坪斜坡很快到了尽头，变成了弯弯曲曲的石阶一直延伸至海边。石阶左右两旁被茂密的树木遮蔽，透过树与树之间的间隙可以看到右边杳无人影的篮球场。石阶下到尽头，可以看到网球场、亭子以及水已排干的游泳池。

处处都有被海滨松[1]遮挡的篱笆，这些篱笆从波涛汹涌、白色浪尖啃噬的海岸开始，将一丈左右高的山崖边缘围了起来。次郎坐在亭子里的长椅上，悠闲地眺望着远方模糊的水平线。

此时，亭子后面的树丛中，传来了隐隐约约的剪刀声，继而是将树枝捆起来时树叶相互摩擦发出的沙沙声。

① 被海风吹摇、树干和树枝向地面倾斜的松树。

庭院里除次郎之外似乎还有他人。他回过头来，瞥见一个人蹲在那里，此人头发半白，穿着背上印有店号的短褂。原来是上了年纪的园丁在修整春天将至的庭院。

“这个园丁熟练的技能……”次郎心想，“他的一生是掌握了熟练技能的一生，是透明而单纯的日常生活重叠的一生……思至此，与我旅行时在各个国外城市结交的那些特别投缘的朋友相比，我一定会想起那些与我无缘、重复着这种单调生活的人。地球每个地方都有时差，一个地方的白天在另一个地方就是黑夜。南半球的夏天就是北半球的冬天。但是，比如说……”

只要不被解雇，巴黎格兰德酒店客房部的老婆婆，在与今天相同日期的上午，必定在打扫次郎住过的那个房间，更换毛巾，将散乱的杂志和地图等整理好放在梳妆台上。她肯定会打开装有橄榄油的小瓶子的盖子，偷偷取出少许橄榄油擦在自己头发上。而且，如果巴黎今天温暖如春的话，酒店楼下的德拉贝咖啡馆里，那位脸颊上长着黑痣的年轻侍者，肯定身着上有刺绣的土耳其风格灯笼裤，单手托着咖啡壶，麻利地游走在客人之间，忙不迭地将咖啡倒入客人杯中。另外，与今天相同日期的早上，在里约热内卢的科帕卡巴纳宫廷酒店，那个肥胖而傲慢的中年男服务生，一定推着餐车往次郎住过的房间送刚做好的早餐。犹如恰在此时的这片草木丛中，老花匠专心致志于自己的工作一样。

这几乎可以说是确切的事情，但是我们有什么理由相信这是确切的呢？

“为什么我们没有确认就放心了呢？为什么在大致确切这一程度上就放心了呢？”

次郎万分惊讶地这样想着。

他拜访住在纽约格林尼治村的朋友时，一张剥落的剧院广告宣传页落在了朋友居住的古老宅邸前面，那个宣传页怎么样了呢?

在迈阿密的麦卡利斯特酒店，他不小心将墨水洒在了绿色的地毯上，那片污渍现在怎么样了呢?

次郎切切实实地将那些事物、那些人、那些生活仔仔细细整理过一次。那种认为仅凭游历世界就能拥有世界的乐天派真是幸福啊！除了幼年时失去的玩具和小小的七宝烧奖牌之类的成为记忆之外，世界之旅也以记忆告终。现在，他觉得失去了许多东西。也就是说，出发之前的世界，对他来说是一种观念。但是，旅行归来的次郎，以他的“不在”将世界填满。

事物、旁人的生活走近我们，又离我们远去。从一开始它们就具有像记忆那样从忘却之中突然浮现而又消失的形态。它们和“记忆”相似并非毫无理由，因为与那些平时我们司空见惯，只能感知为“具体之物”的事物相比，它们更加深入地扎根于我们的内心深处。

次郎在南美的美丽城市里约热内卢逗留期间，走过道路两旁的椰子树树荫，走过被过去殖民地时期的建筑围起来的某条小路，走过能看到众多小岛的海边散步小路，走过铺着绘有怪鱼、马以及玫瑰图案的马赛克道路，走过许多海员使用元音丰富的语言在高谈阔论的落日下的海港，走过船桅边的人声鼎沸，走过被海风侵蚀的古老的船头雕像，还在狂欢节当夜看到一对情侣靠着公园里榕树垂下的郁郁葱葱的气根，男子扮演波斯奴隶，女子扮成戴着黄金耳环的吉卜赛女郎，互相倾诉衷肠。此时此景，次郎内心被一种情感填满，这种情感与临终之人对自己死后世界依然存在这一点所感受到的那种无法形容的不合理性极其相似。次郎离开这风景旖旎的异国城市已迫在眉睫。

我们确信死后仍是太阳每天早晨从东方升起，照耀着我们熟知的这个世界，这种确信是幸福的，但是，我们又有什么理由相信这一点是真真切切的呢？

次郎惊讶地环顾四周，没有一只船影的大海、右边的海湾、远方模糊的海角，在他尚未看到这些风景的时候，谁又能断言它们不会改变呢？

那些舒适地坐在认识之中的人们，总是凭借认识来拥有世界，相信世界，但艺术家必须观察世界，他只能用观察代替认识。一旦观察了世界，他就会被世界的不确定性包围。

“从这种不确定性，从这些不安当中，”次郎进一步思索道，“某个时候，艺术家的恩宠就像音乐一般熠熠生辉。这是新潟的雪夜和A市夜晚的重叠，巴黎早晨和A市早晨的重叠，晴天和雨夹雪天气的重叠，冬天和樱花的重叠，是奇妙的同时存在的幻影，不是凭借认知，而仅仅凭借存在——那种以更加显露，比赤身裸体还要暴露的状态而存在这一点来与世界发生关联。我感受到这一关联时，自己也和吹进纽约陋巷的纸屑、迈阿密酒店的地毯、巴黎咖啡馆的侍者等以相同的方式存在着，我化身为这些事物。在这一瞬间，观察者和被观察者之间的差别消失，全都具有了同等的价值而并存于和谐之中，我的存在与所有事物之间的那种关联，如今填补了已将世界充满的我的‘缺席’。这种无法抵达世界深处的精神，怎么可能化身为作品这样切实（像纸屑、地毯那样切实）

的物体呢！”

菊田次郎来信告诉我，他的短期旅行结束了。

我和次郎久别相聚的地方，是一家喧闹的酒吧。他依旧一边兴致勃勃地讲着庸俗的笑话，一边喝着有股药味的加拿大产廉价威士忌，摆出一副绝不会陷入自我厌恶的架势。

他只有二十八岁，被看作是“装腔作势”的男人，他自身也摆出助长这一看法的态度。过去，年轻是他的弱点。如今，他以处理所有弱点的惯常做派到处招摇过市，添油加醋地炫耀自己的年轻。许多年轻人对年龄视而不见，生活在青年特有的观念性的青春期中。但是，即便过了这一时期，由于自己年纪尚轻，接下来尽力客观地度过自己的青春，其结果便是对自己故意采取放任自流的态度，总是装出像是生活在他人人生中的样子。为达到这一目的，他写的作品发挥着重要作用。

“你看上去很无聊啊！”我经常嘲笑他，因为我知道这样一说他会很生气。

菊田次郎非常鄙视“无聊”这个带有十九世纪特征的字眼，他用一种斩钉截铁的语气一本正经地回应了我的讥讽。

“胡说八道！我出生以来从没觉得无聊过，仅这一点我就荣幸至极了。”

他厌烦了自己的生活，时常脑子一热就出去旅行，回来后又陷入对生活的万念俱灰之中。他那长达半年的海外旅行，也不过是比往常稍长一点的精神冲动罢了。

关于菊田次郎的风采容貌，估计很多人都知道。很容易让人注意到的，是他那张苍白的脸。在十九世纪浪漫主义时代，苍白的皮肤是爱打扮的人夸耀的资本。我很快注意到，次郎讨厌浪漫主义是因为憎恨自己那苍白的脸色，而不是相反。不仅如此，他还对自己看上去很“知性”这一点深恶痛绝。

像海底生物那样的肤色，像是在诉说幼年时被绑上重石沉入海底的那种人的经历。他那一直憧憬海面亮光的性格用“向日性”一词即可淋漓尽致地表达出来。他首先要像越狱者那样弄到一把锉刀，然后砍断与重石相连的锁链。砍断锁链需要花费很长时间，他一味地相信砍断锁链就可以露出海面，这是荒谬可笑的。由于砍断的锁链只是将一根更粗的锁链对折后绑在一起的东西，其结果就是远离海底的距离仅仅是之前的两倍而已。而且，他计算错误，自以为离海面的距离缩短了一半，就这样对人吹嘘。为了获得与此相应的文体，次郎仅仅将文体的明晰性作为目标，但我不喜欢这种伪装的明晰。

菊田次郎的固定观念是“表面”或者“外面”。他经常夜晚在地下酒吧一边喝酒，一边当着我的面歌颂那种阳光之下裸露的“外面”。

“你的恋人仍然是希腊吗？”我试着套他的话。

“和希腊相比，我更喜欢干燥的亚热带。”他说道，“在那样的太阳底下，精神蒸发出来到了表面。希腊就像盐田，多亏了太阳，情绪、感伤（这个字眼说出口之前，次郎就像要朝即将说出的字眼背后吐口吐沫一般）这样的东西出现在表面，转眼就挥发掉了，只有精神纯粹的部分，像盐一样亮晶晶地留在了表面。”

他好像在等待自身的大海枯竭。

……突然，次郎从口袋里抽出一叠原稿，在我面前展开。

“你能帮我看看吗？这是我在这次旅行中写的。”

我开始阅读它……

“菊田次郎自环游世界各国回来后，大约快一年了。在长达数月的繁琐工作结束之后……”

我逐页读下去，读到“一种宛如音乐般飘渺不定……”这些他使用音乐这一比喻的地方，我便眉头紧锁窥探他的表情。因为在我们耳边，响起了街头乐师那严重跑调、不堪入耳的弹奏。但是次郎镇定自若，仿佛音乐不存在一般。

“啊哈，写‘音乐’这个词时，这家伙原本打算表述为‘内心的音乐’吧。”

我这样想着，带着苦笑继续往下读。

“……怎么可能化身为作品这样切实（像纸屑、地毯那样切实）的物体呢！”

原稿以这句洋洋自得的话结束了全篇。我默默将原稿递到他手中，他也默默接过来放到原来的衣袋里。

“这就是你所说的‘表面’吧？”我问道。

“嗯，也就是说，使用外面来表达内面。”

每每聊起自己的作品，他总是会采取一些手段以避免自己陷入常规性的羞涩，这些都逃不过我的眼睛。

“为什么将作品人物冠以自己的名字？”

"因为自己的名字也是别人的所有物。"

"语言是别人的所有物，那么，即便是'我'这个词，难道不也是这样吗？"

"的确，语言是所有人的共有物，但你不认为'我'这个词是更加虚构的共有物吗？谁都不会用'喂，我！'来叫自己，对于绝对不会被那样叫的安心导致了'我'的自大，最后变成了一种权利。"

我有些不高兴，反唇相讥道：

"也就是说，你用菊田次郎这个名字，为你的自我赋予了一个切实的外表对吧？"

"没错。"

"那好吧。但是，你描写了思考的结构，谁能保证那就是你的思考呢？"

"我的思考、我的思想，那样的东西不可能存在。通过语言表达出来的东西，严格地说已经不属于我了。因为在那个瞬间，我和别人共同拥有了那个思想。"

"那么，也就是说，只有表达之前的你是属于你自己的。"

"这就是在堕落的社会所说的那种个性，说到这个程度你应该明白了吧，换句话说，个性这东西是绝对不存在的。"

"但是，环游世界之时，你不能说没有和肉体同行吧？"

"当然，因为身体比个性重要百倍，即便旅行时我忘了带旅行包，也不会忘记身体啊！"

"肉体没有个性吗？"

"肉体只有类型。神如此看重肉体，就没有赋予它应被赋予的自由，而将自由这东西给了精神。这东西是精神钟爱的合适的玩具。……肉体经常占据一定的位置。在世界之旅中，经常令我诧异的就是这一位置的不可思议性，我忘不了肉体占据着这一位置。比如，我站在梦寐以求的希腊废墟上，那时，我的肉体占据着切切实实的‘我’的空间，这是我的精神从未占据过的。”

“也就是说，精神并没有形态对吧？”

“是啊，所以精神应该努力去拥有形态。”

“如此说来，你稿子中所描写的，就是从精神角度观察到的存在之不确定性吧。”

“的确如此，因为精神在任何地方只能看到精神。把环游世界仅仅当作走过一条异常蜿蜒曲折、镶有镜子的长廊的话，就没有什么意思了。”

“但是，最终你好像没有观察人，一直在观察物质。”

“你想想看，地球背面有一个城市，那里存在着人们各式各样的生活。无言的人类生活，是犹如物质一样谦虚的东西，我认识到了这一点。”

“你没有接触生命吗？”

“你是想说用手指触摸生命吧，真是龌龊！生命是不能用手指触碰的东西。生命是用生命来接触的，正像物质与物质接触一样，怎么可能会有超越这种程度的接触呢？……即便如此，旅行的回忆与恋爱的回忆非常相似。事前欲望已无法追溯，由于这种欲望发生了微妙的属性变化且就在眼前，回忆这一行为给人一种宛如可以追溯事前欲望的错觉。”

“你的事前欲望是什么？”

“希望在我去的国家爆发战争或革命，我作为自愿参加的一个人被卷入其中！”

“哈哈，又是你那个‘想成为他人’的欲望啊！”

次郎没有回答，一个劲地傻笑着。我非常了解他总是被那种难以控制的小孩子似的欲望所驱使，突发奇想要当船员啦，戍边的士兵啦，探险家等诸如此类的工作。

我们厌倦了争论，互相都觉得为这些向他人羞于启齿的观念上的问题在白白浪费时间。调酒师忙得不可开交，没有时间过来擦拭桌台，所以我们一边谈话一边将酒杯移来移去，杯底在纹理可见的洁净桌面上留下了许多水痕。此时，即便我想起让·科克托[①]《致雅克·马利丹的信》的前言，应该也没有什么奇怪的。

……罗马、一九一七年、复活节。

十五天来，我和毕加索一直全神贯注于叙事诗的工作，无暇游山玩水，今天，我们一起出去散步。

毕加索：我们进这个寺院看看吧。（但是，寺院中尽是信徒、烛台和祈祷的音乐，人满为患，无法进去。）

我：去其他寺院看看吧。（去了一看，那里也是如此。二人长时间一言不发地走着。）

毕加索：我们像狗一样生活着。……

菊田次郎脸上写满了疲倦，他表情冷淡，犹如我并不存在一

① 让·科克托（Jean Cocteau，1889—1963），法国诗人、小说家、电影导演、画家、戏剧家、音乐评论家。

般，对他这种不怀好意的态度我已习以为常。我对他无所不知，这和我对他一无所知是一样的。次郎的口头禅就是：人无论如何都无法理解对方，这是连接人与人关系的唯一桥梁。

我和次郎相识之时，正值他刚刚战战兢兢地踏入青春期。他总是一副憔悴的面容，逢人便宣扬自己无忧无虑。而且，他内心的自负如棘刺一般，总是扎得自己生疼，令他坐卧不宁。实际上，他追求的是像王者那样宽容的自负。他认为战后一段时期的社会混乱只是心理上的现象，开始持有一种荒谬的盲信，相信能够通过规范内心世界来赋予外界以秩序。他开始着手扼杀自己感性的工作，因为他的感性就像恶龙，他必须全神贯注地击败它。如果以某种形式感受到外界的话，他便以失败告终。作为大获全胜的权宜之计，次郎甚至打算自己暂时变身为外界，但这并不像看上去那么简单，也不是一蹴而就的工作。次郎直到如今还只是在谈论“外面”，他的行为很好地说明了这一问题。

春天的时候，他来我家玩，我们一起在武藏野那留有昔日痕迹的树林里散步。春树萌芽，黄莺对鸣。但是，我们脚下的草地，发出的仍然是枯草那干涩的声音。

“已经是春天了啊！”我说。

“我最厌烦春天了！”他说。我没有理会他的话。“春天真是一副故弄玄虚的样子，你若不去感受它就不知道它已经来了。空气犹如温吞吞的浓汤，形态这种东西根本没有。你看那片模糊、丑陋的云彩，云还是夏天的最好啊。”

他在巴黎时恰逢巴黎四月的春光。回来后，他立刻告诉了我。

巴黎之春和日本的春天不同，日本的春天像素描那样必须经过多次修改才能最终成为真品，巴黎之春却像拜伦勋爵[①]的名声一样在某个早上突如其来。

“一个早上，我一起床，就觉得浑身发痒。”次郎拉着脸说道，“我一开始以为是跳蚤，后来才发现那就是‘巴黎之春’。”

那天下午两点，菊田次郎在香榭丽舍的咖啡馆露台上，等候和报社的人见面。

从地铁站出来时，他因外面强烈的光线而感到头晕目眩。遮住地铁出口的那棵七叶树的嫩叶，如同阳光瀑布一般。阳光从树冠照了进来，在透过枝条上树叶的叶尖之后变成了淡绿色的光，如灌顶之水般洒在行人头上。行人全都脱掉了外套，摘下了帽子。一个像是美国人的性急的青年，只穿一件花哨的运动T恤在路上走着。

咖啡馆的露台大都坐满了客人。一群身着金黄色、红色、深蓝色和白色华丽制服的士官学校学生在喝茶。洒落大理石桌面的酒渍，反射着灿烂的光芒。身穿黑色套装的女士们在眼前的人行道上此来彼往。这种黑色在淡绿的七叶树衬托下显得格外醒目。

次郎终于找到一个空位，就叫来侍者，要了杯乐堡啤酒。

这春天里的巴黎、七叶树、红色军帽、女士们、小鸟、露台的椅子、云朵……

这并非是自然的春天，而是许多人聚在一起生产出来的春天。无论是七叶树，还是女士们，巴黎外面的一个个事物都象征着抽象的意义。女士们在成为成熟的“女士”之前，只是“巴黎女郎”。所谓精神打造的都市，便是如此。在次郎眼前的人行道上，游荡着

① 乔治·戈登·拜伦（George Gordon Byron, 1788—1824），英国浪漫主义诗人，代表作有《恰尔德·哈洛尔德游记》《唐璜》等。

情欲、吝啬、青春、财力和政治。而且，在它们行走的光鲜的街道下面，巴黎下水道里漂浮着昨夜扔掉的不计其数的避孕套、三个月大的胎儿。它们的头顶上还有太阳，发出宜人的柔和之光，呈现着一副简直可以称作理性之光的表情。“这才是巴黎之春。”次郎想。“原来如此！其结构如此考究，真是百闻不如一见。这个自身毫无感觉，却让人无端陶醉的患了性冷淡症的春天！这个让人安静地细细品味鉴赏的幸福的春天！这个利用众人多愁善感的精明的春天！这美丽的古都，在淋漓尽致地利用她自身的这种自恋。说起这种淋漓尽致，真是……”

巴黎之春只适合有少量存款的老年夫妇。次郎看到来自新兴国家美国的那些朝气蓬勃的青年男女都陶醉其中，不由得惊奇万分。所谓真正的年轻人，他们自身就是春天，按道理应该对季节之春天无动于衷才是。

“我想起在南美看到的那种神奇的花，”次郎说，“那是缠绕在藤萝架上的蔓生植物。我去时正值盛夏，在那能将皮肤晒得火辣辣生疼的日光下，这种植物开着鲜红色的花。正值夏季，而这种花的名字却叫普莉玛维拉（春天）。”

被置于盛夏之中的“春天”从容不迫，没有因缺水枯萎，也没有被晒蔫，终日睁大眼睛，忍受着亚热带直射的阳光。我看到夜晚降临时分的普莉玛维拉，太阳在咖啡园的远处落下，晚饭前农夫们在殖民地风格的建筑里弹着吉他，拉车的马结束了一天的工作回到了马厩，无精打采地踢着墙壁。殖民地风格的建筑和马厩的屋顶带上了一抹拖长的金色余晖，令人觉得沉闷。普莉玛维拉在暮色即将来临的黑暗中一如既往地睁着眼睛。星光下，颜色看上去像微微发黑的血滴。没有一丝风，夜晚的热气从松软的红土地面升了上来，普莉玛维拉的花朵纹丝不动，好像在黎明那冰冷白皙的手来抚慰它之前，一直保持着那个姿势。

“……这样，比起巴黎之春，我更喜欢被置于遥远的南美盛夏中的这个‘春天’。这点你应该也明白。”

我和次郎之间，突然出现了一束蜡纸包着的花束，吓了我们一跳。一个小女孩个子还没有椅子高，手里举着一束花。

“买花吗？买一束吧！”

卖花的小姑娘大胆地从花束间望着我们。她那脸色苍白的母亲，肯定在期待着女儿的童真能打动客人的同时，将脸埋在毛线绽开的围巾中等候在酒吧门口。但小姑娘辜负了母亲的期待，以孩子绝不应该有的那种吓人的眼神瞪着我们这些客人。

菊田次郎毫不客气地用这种眼神顶了回去，卖花姑娘一瞬间翻了脸，去纠缠别的客人了。也就是说，在被她怒目而视的时候，我们并没有觉得那个贫穷的小女孩是陌生人。

“那才是真正的人观察人的眼神啊。”我说道。

次郎抿了口酒，笑着说道：

“准确地说，那个小姑娘期待着我们是人，期待着我们的人性。他人之眼这东西更加纯净，它只将对方看作是物质。

话又说回来，他人之眼那东西，并不像我们所想的那么稀罕。说到和她瞪着我们的那种眼神相似的眼神，在我们周围比比皆是。家人的目光，恋人的目光、仇敌的目光、友人的目光、爱犬的目光、对我们毫不关心的人们的目光，一律如此。而且，如果在战争期间，电车里响起空袭警报的话，满车的乘客都会用那种眼神对视。

战争年代的回忆非常不可思议。他人并不存在，有着他人一般纯净表情的也只有路边躺着的被烧死的尸体。”

“你在国外遇到他人了吗？”

“对于外国人来说，游客原本就不算是他人。我在巴黎支票被偷，但我忘不了抢我支票的那个小偷的眼神。小偷这一行，如果不是那种对他人极具人性关注的家伙的话，好像还真干不了。那家伙白天在街头用英语和我打招呼，‘您有美元吗？一美元可以给你换五百法郎呢！’我回过头来，看到一个不修边幅的小个子中年男人站在那里，他胡子拉碴，白衬衣的衣领脏兮兮的，流露出为人和善的澄澈目光，殷勤地朝我笑着。在这种男人的眼里，同胞只是他人。但是，一提到钱包稍微鼓起的游客，在他眼里就像是家人。我答应了，立即到附近的死胡同进行交易。那个男人突然从支票本撕下开好的支票，立刻失去了踪影。总之，那家伙清澈的目光、亲切的微笑并非虚假。不过，那家伙为我做了小偷这一棘手的工作，而这一职业因为太繁琐是无法为陌生人服务的。”

我们四目相对，哈哈大笑起来。

“游客也是小偷似的人啊！”次郎继续说道，“我们知道一分钟后就会成为毫不相干的人，我们就安心地成为朋友，肆无忌惮地走进对方的内心，擅自拿走他们的全部。在这世界上，交朋友是轻而易举的事情。”

“哎呀呀，今夜的犬儒主义真是没完没了了。”

“你真是个不明事理的男人。一个不会觉得无聊的人，怎么可能会持有犬儒主义的想法呢！”

他站了起来，将两手支在台面上，做了个类似体操的动作。他那续了多次酒的杯子空了。

“哎呀，十一点了，我要回去了。”

“你忘东西了，”我像他说的那个抢走支票的小偷那样笑嘻嘻地对他说道，“你忘了把‘事件’放进去了。小说中必然有事件发生，这不是你的信条吗？这本小说只是轻松愉快且富有诗意的散文以及我们兜圈子的对话，事件一件都没发生就要结束了吗？客人会让你退入场费吧。”

“这很容易，”次郎边打哈欠边说道，“明天晚上我们再聊。”

他急匆匆地和我握了握手回去了。

翌日傍晚，我们又在同一家酒吧相聚，他从口袋里拿出一沓原稿，仔细确认台面是干的之后，摊在了上面。我点着烟吸了一口。接下来，昏暗的灯光和潦草的字体让我的眼睛很不适应，我开始阅读……

……菊田次郎在朋友读原稿期间，双手捧着酒杯，凝视着晨昏蒙影中的酒架，绿色或红色的酒被封闭在那冰冷的瓶子里。

可以看到一个很高的方瓶上写着“波多黎各人”，是那个岛的特产朗姆酒。次郎耳边传来了奇怪的说话声，像是西班牙语，让他感觉自己仿佛又坐在了圣胡安郊外的酒馆。在那里，酒在桌上和地板上的酒滴无人擦拭，水手们在里面的桌旁摇着骰子。但是，这是他耳朵的错觉，那听着像西班牙语的语言，只不过是醉酒的客人的对话。他们用某地口音浓重的日语，快言快语地感叹着生意难做。

次郎起身去上厕所，厕所位于地下酒吧上楼的地方。走出厕所，他站在酒吧门口，以便让头脑清醒一下。

银座后面那条街，正值生意兴隆之时。行人寥寥无几，但从许多窗户里传来了娇声细语和靡靡之音。卖艺乐师两三人结伴同行，吉他上宽宽的彩带随风飘扬。他们推开某扇门走了出来，又匆匆忙忙推开隔了两三家之后的另一家店铺的门鱼贯而入。次郎看到一栋房子二楼的窗户映出一个女人和醉客饶有兴味的身影。想起了奥斯卡·王尔德的诗《妓院》中的一节：

……如同具有操纵装置的傀儡一般，
纤细而乌黑的人影骸骨，
随着舒缓的四组舞蹈旋律，
缓缓踉跄而行……

次郎一时兴起想横穿马路，他之所以想这样做，肯定是因为眼前不断缓缓行驶的出租车长龙。一看到次郎伫立的身影，出租车就一辆接一辆地靠了过来。于是，次郎从不知是第几辆车的出租车前傲慢地横穿过去，进入对面的店铺之间垂直向里延伸的窄胡同中。从胡同里走出两三个醉汉，其中一个想避开次郎，反而重重地撞到了他的肩膀。

胡同又分岔出许多胡同，鳞次栉比的房子全部都是酒吧。次郎踩到了下水道井盖，井盖发出声响，一只猫突然飞快地从他鞋尖上掠过。

他微微一笑，稍稍抬起脚，看了看平时不经常擦油的皮鞋鞋尖。

“哎呀！鞋尖闪闪发光，那只猫用它那漂亮的毛发在一瞬间把鞋给擦干净了。”

那是条不可思议且索然无味的街道，火柴盒大小的房子紧紧挤在一起，女人的娇声、男人放肆的浪笑以及跑调的音乐，在封闭的房间内合成一种混音，从半掩着的一户户的窗户传了出来。所有房檐下都挂着招牌，或将店名直接写在墙上。店名千篇一律，都是模仿西洋名称，比如“艾斯卡鲁高[①]”“拉莫”“约瑟芬”“香榭丽舍”“马尔多罗”“约翰”“拿破仑”“马赛”……

突然，菊田次郎产生了一种错觉。严格地说，这不是错觉，毋宁说更接近于社会上称之为“认识”的东西。但是，这一认识并不具有认识的形态，几乎是以幻想那样的形式出现的。

换句话说，次郎突然这样想，他现在站在远东一座城市纵横交错的街道一角，这场景反复出现在十九世纪欧洲吸食鸦片的瘾君子的梦中，是令人恐怖的亚洲一隅。神秘而巨大的偶像，鲜血淋淋的奢华，旷日持久的倦怠，如同苍蝇般不断增加的民众，枯燥无味的音乐，令人心惊肉跳的地震、洪水等天灾地变，将天空一片一片隔开的低矮屋顶的曲线，眼角上扬的女人们，视死若生、有勇无谋的男人们，怪诞诡奇的咒语，将人引向死亡的甜美的抒情诗，面无表情的审视，人力车，臭虫，瘟疫猖獗的湿地……这些事物构成了亚洲。

又有一个醉汉高声唱着歌从次郎身边走过，次郎完全听不懂他唱的是什么。这种元音很多的语言极其复杂，听起来悲悲切切，令

---

① 来自法语escargot，指蜗牛。

人昏昏欲睡。这是日语中存在的那种并不透明、十分微弱且极其神秘的力量。次郎陶醉在歌声之中，他从未在其他国家听到过能够如此扣人心弦的歌声。

“艾斯卡鲁高”“拉莫”等荒唐的店名不过是亚洲很长一段时期以来所钟爱的欺骗这一兴趣的表现而已，它几乎就是欺骗他人和自我欺骗合二为一的产物。渴望和好奇心、无休无止的谦让、靠屈辱来维持的统治加上那种南方特征的迅即拔剑相向的血性，这些都是永恒的。在远东的一座都市，众多酒吧起了马尔多罗、拿破仑那样的店名，就语言真正的意义上来说，再没有比这一点更具有异国情调的了。

自己头顶上空是东洋的星空，次郎对此感到惶恐不安。

这片天空才是在长期的瘟疫和精神萎靡之上铺展开来的那片星空。并且，这些瘟疫和精神萎靡不断消耗的能量，还是为了对新事物、异质事物那种带有牺牲性质的渴望而绵绵不断耗费的能量。这片星空深谙此道，深埋于亚洲之地的这种精神资源的埋藏量，真是无穷无尽。

次郎觉得自己生在了一个尚未开化的文明、令人震惊的亚洲特征的混沌、各个时代尚未灭绝且不断增加的那种令人毛骨悚然的能量的中心。

他有害怕这一切的资格。在世界面前，他为拥有这种恐惧的天赋感到自豪。比如，比起白人那种动物性的凶残，黄皮肤的民族所持有的植物性的凶残是多么令人生畏，又是多么美丽啊！欧洲那些吸食鸦片的瘾君子好像通过梦的直觉而知晓了这一点。

……菊田次郎仿佛在半梦半醒之间回过头来，这时，有东西撞到他身上。那是用玻璃纸包着的许多花束，碰到身穿西装的次郎的胸口而发出了沙沙的声响。错过身后，他看到一个高高抱着花束的小孩，是昨天没有买她花的那个卖花小姑娘。

小姑娘稍微跑开一段距离后站定，用手整理弄皱的玻璃纸，眼睛始终瞪着次郎……

……我读完了菊田次郎的原稿。读完“小姑娘稍微跑开一段距离后站定，用手整理弄皱的玻璃纸，眼睛始终瞪着次郎……”这最后一句，我打了个哈欠，将稿子叠在一起。次郎刚刚起身去了别处，尚未回到我的身边。我重新要了一杯酒，过了一会儿，次郎回来了。

“原稿，我已经看完了呀。”

“有趣吧？”

“一点也不……先不说这个，你刚才躲到哪儿去了？”

“我吗？……我去亚洲了。”

拉迪盖之死

这是一部不折不扣的伪自传。

——雷蒙·拉迪盖

一

一九二四年，让·科克托三十五岁。他在蔚蓝海岸东端的维勒法朗榭旅居期间，养成了每天晚上一个人来到海港前静坐的习惯。

每天晚上的这个习惯，令科克托明白了繁星出现的顺序。右手边天空出现的是长庚星。稍过一会儿，在圣让卡普费拉海角上方，第二颗星开始闪烁。在两颗星相继出现的中间这段时间，一个老人用绳子牵着山羊，走过沿海那条漆黑的道路。

前一年的十二月十二日，雷蒙·拉迪盖死于巴黎皮西尼街的医院。自那以后，科克托的内心便处在接二连三的危机之中。本来，这位诗人认为，就像杂技演员表演时保持一种危险的平衡那样，自己能够保持一种精神的平衡，并将之视为自己的禀赋，但是，他现在平生第一次面临着即将失去平衡的危机。这种状况对杂技演员来说，直接就意味着死亡。

“一号星是我！”科克托想。他是向导。之后，一群牵着羊的年轻人走了过去。二号星是拉迪盖。接下来，使繁星熠熠生辉的真正黑夜来临了。

二

雷蒙·拉迪盖生于一九〇三年六月十八日。一九一四年夏，第一次世界大战爆发，于一九一八年年底结束。拉迪盖的短暂一生中最为重要的阶段以及从十一岁至十五岁这段时间，都是在战争中度过的，剩下的十六岁到二十一岁这五、六年的创作期，是在战后的混乱中度过的。

当代评论家 R.M. 阿尔贝雷斯[①]认为，第一次世界大战后兴起的法国文学“有毒且绚丽”的青年时代，无秩序、具独创性、非理性主义和犬儒主义的时代，“青年小说”风靡一时的时代，都是一九〇〇年理性革命的自然归宿。

“二十世纪关于理性和信仰价值而展开的哲学争论，已成为学生时代的回忆。现在是青年期，是自由（虽然与迄今还活着的所有人比起来，人们现在更擅长利用这个自由），是被许可的 Ecole Buissonnière（不去学校，在外游荡和学习懈怠）。人们与祖先、父母和家人告别，那是‘与博学、道德的市民世界诀别，是狼群占据旷野的全面胜利’。人们用所有愚昧的东西，甚至是毫无价值的东西来填充这个现存世界，犹如孩子处在将要脱离父母获得自由的思春期和沉醉于自己转向独创性的人生机遇之中时所做出的举动那样。”

大战即将结束之时，诗人马克斯·雅各布[②]将一个陌生少年引荐给科克托。

雅各布身材微胖，气质活像一个乡村神父。他领来的少年也异于常人，他身材矮小，头发凌乱，面容苍白，与龙勃罗梭[③]所说的“天才之相”吻合。他身穿不太合身的西服，手杖夹在腋下，一副恃才傲物的神情。从少年的精神面貌中，科克托发现了他喜欢描写的“懒散学生的那种桀骜不驯”。

在科克托与雅各布谈话期间，少年一言未发。过了一会儿，雅各布对他说道：

“你不是挺喜欢科克托的嘛，这样腼腆可不是你的风格啊！拿一首诗出来请他指导指导。”

少年默默地将手伸向上衣口袋底部，取出一张皱巴巴的纸片放在桌子上，像小孩子那样用手掌将纸片抚平拿给科克托看。

看完那首诗，科克托对诗中具有龙沙[④]十六世纪古诗风格的那种富有细微变化的单纯性惊叹不已。

“这就像打磨好的贝壳。”科克托心想。

---

① 阿尔贝雷斯(René Marill Albérès, 1921—1982),法国当代文学批评家。

② 马克斯·雅各布（Max Jacob,1876—1944）,法国诗人、画家、作家、评论家。

③ 龙勃罗梭（Cesare Lombroso,1836—1909）,意大利犯罪学家、精神病学家,刑事人类学派的创始人。

④ 龙沙（Pierre de Ronsard,1524—1585）,法国著名爱情诗人,曾经和友人以及门生组织“七星诗社”,提倡以法国民族语言写诗。

三

……科克托面朝港口，坐在通往下方码头的石阶上。一只手掌突然搭在他的肩上，他觉得那是死神的召唤。

但是，那手掌带着体温，一个熟悉的声音像是开玩笑似的说道：

“呀，敢情这是哈德良大帝[①]在缅怀死去的安提诺乌斯[②]啊！”

“这不是马克斯嘛！”雅各布笑着应道。

“敢情还没把我忘了啊！你既不年轻，又不英俊，但我还是担心你，才从巴黎赶了过来……明天还会有更爱热闹的人要来看你，有最近刚刚同你和好的斯特拉文斯基[③]，还有克里斯蒂安·贝拉尔[④]。”

科克托面带微笑听着这个消息。这位诗人虽然出生于巴黎，成名于巴黎，在巴黎销售作品，但他总是从文明的巴黎逃离，四处追寻自己那野蛮、炽烈，像幼儿期本身那样混沌未开的精神故乡。诗人也不反感接受巴黎最好的要素来到这里。

他向雅各布谈起了每晚看到的星星，提到了一号星和二号星。但是，眼前的天空已经星辉闪耀，无数星星映现在渺无人烟的港湾水面上，与三四艘停泊在那里的船只上的桅灯光影交融，难以分辨。码头上二人所站之地，绑着几艘小船，船只在海浪的拍打之下相互撞击，发出沉闷的声响……

“在拉迪盖活着的那段时间……”科克托嗫嚅着说，“我们和奇迹生活在一起，奇迹再现的那种神秘功能使我与世界成为挚友，不由得觉得整个世界都在井然有序地运行。即便蔷薇突然放歌，天使降临清晨的餐桌；即便潜水员从镜子中踉踉跄跄走出，身上带着如棘刺般扎入身体的闪亮的水之碎片；即便马用蹄尖在庭院的大理石上写出四行诗，我都会心平气和地一直看着，丝毫不会留意奇迹本身。我们认为那些事情都是顺理成章的。我总是与‘奇迹’一同旅行，‘奇迹’的相貌是多么普通啊！……但是，到了现在，早报往往报道诸如汽车事故造成一家五口全部死亡、施工中建筑坍塌、飞机坠毁这样的消息。每次看到这些，我都不由得这样想：如果拉迪盖还活着，这种事绝不会发生。因为天之齿轮飞去，世界这台机器运转不再顺畅。货车脱轨，鸡飞向行车道，面包师无论怎样揉面都无法做出松软的面包。”

“我非常清楚你要说的，”雅各布用天生的尖细嗓音说道，“你将拉迪盖看作纯粹的无秩序，就像不可能歌唱的蔷薇一展歌喉那样毫无秩序。你内心并不想把拉迪盖之死归咎于人世性质，你的心情我很理解。可是，你也应该觉察到，在你和‘奇迹’的共同生活中，不知不觉间，人世杂乱的秩序被卷了进来，无论是你还是你们，为竭尽全力抵挡人世秩序的进入才坚守着犹如无序本身的生

---

① 普布利乌斯·埃利乌斯·哈德良（Publius Aelius Hadrianus，76—138），罗马帝国安敦尼王朝的第三位皇帝。

② 安提诺乌斯为罗马皇帝哈德良的同性爱人。

③ 斯特拉文斯基（Stravinsky，1882—1971），美籍俄裔作曲家、指挥家和钢琴家。

④ 克里斯蒂安·贝拉尔（Christian Bérard，1902—1949），法国舞台设计家、画家。

活。的确因为这样，人世的秩序没有杀害拉迪盖。但是，大概你也不得不承认，上天要杀拉迪盖，而你们自己也为之推波助澜。”

“我自己也常常提起这一点。每次让他写一部作品，我都觉得自己将他关进了安全区域。然而，实际上我只是卸去了他的负荷，使他轻松一些而已。

“大约去年九月底，拉迪盖在乡下完成了《德·奥热尔伯爵的舞会》，我和他一同回到了巴黎。秋季来临，从秋天到冬天的那段日子，一直到他十二月十二日去世仅仅两个月的生活片断，你也看到了。”

“我看到了。”雅各布简短地回应道，“那种生活以令人恐怖的速度朝着悲惨的结局倾斜，那是一段可怕的生活，但我们除了那样生活之外别无他法。”

四

……科克托闭上双眼，那些日子的点点滴滴浮现在他的眼前。

首先是床铺。上面随便堆着要洗的衣物。桌上落满灰尘，杂乱地放着书、信件和账单。脚下随意横放着大大小小的空瓶，大的是干邑白兰地的空瓶，小的则是安眠药的空药瓶。一个软木塞静静地躺在滚落于地板上的红铅笔的阴影里。

一天晚上，倒不如说是清晨，两人醉醺醺地回到了旅馆，却忘了在药店买安眠药。此时正值凌晨三点。

因为这件事，两人拌了几句嘴。巴黎到处都有二十四小时营业的药店，这些药店每晚轮流营业，循着屋檐上彻夜亮着的蓝色十字灯，可以深夜为病人买药。但是，最近的药店离旅馆也有三四百米，两人谁都没有表示要去买的意思。

“没那玩意儿可无法入睡。”科克托抱怨道。

“我也是……不过，因为喝了酒，肯定能睡着的。”拉迪盖说。

“可是，一到凌晨五点，那辆收垃圾的卡车就会开过来，在石板路上发出坦克般的轰鸣，能够抵制那种巨响的可只有安眠药啊！”

“能睡着的，”拉迪盖肯定地说，“你认为咱俩都患上了失眠症？失眠症什么的就是迷信！我不需要那东西！”

“不过，没有药的话……”科克托示弱似的说道，可拉迪盖始终没有开口说出去买药。

房间里暖气很热，窗户由于水蒸气而模糊不清。科克托靠近玻璃窗，用纤细的手指擦去蒙在玻璃上的水雾，看着叶子落尽、深夜街道上站着死去的卫兵那样的行道树。他感到非常满足，因为拉迪盖无法看到这一情景。拉迪盖眼睛高度近视，但他平时不戴眼镜，连一米开外的东西都看不清楚。

窗玻璃上有个白色的东西在动，原来那是自己身后床对面的拉迪盖在脱白衬衣准备睡觉。玻璃上的白衬衣犹如挣扎的白鸟翅膀拒绝从身上下来，不久，就被脱下扔在一边不再动了。

一片狼藉的小房间里灯火通明，因二人共同的担忧似乎空气都凝固了，“真的能睡着吗？”二人都有些惴惴不安……

……灯熄了，二人都努力使自己进入睡眠状态，但谁也无法将这一努力坚持到底。科克托悄悄睁开双眼，看见从窗帘接缝处射进来的瓦斯灯的亮光，朦胧地照射在旁边的拉迪盖的侧脸上。这是他很喜欢在素描上描绘的那种年轻人俊秀的侧脸。拉迪盖平素对自己过于凌乱的头发和杂乱的装束满不在乎，对自己侧脸那棱角分明的线条却从不马虎。

科克托看到，拉迪盖那闭着的眼睫毛时不时轻轻颤动。过了一会儿，那双眼睛毫无表情地睁开了，在黑暗中泛着如水般的光泽。

科克托深深吸了一口气，向拉迪盖示意自己还醒着的同时，他说道：

“我想起你曾对我说起过的小时候的事情。你说你回家没赶上火车，要横穿动物园所在的森林时，非常害怕狮子吼叫。”

拉迪盖的嘴角泛起一丝微笑。

“我可是真的害怕啊！我觉得夜晚就是狮子和黑人喧嚣的国度。听到黑暗大陆这一名字时，我便幻想着，在这个国度里黑夜以狮子和黑人的形态在白天游走，在酷热的太阳底下行走的猎人从树荫下开始，就已经被‘黑夜’的獠牙和梭镖盯上了。”

拉迪盖说想抽支烟，科克托便将烟点着递给了他。

“有烟灰缸吗？”

拉迪盖伸向了另一侧的架子。

他的手指触到了烟灰缸边缘堆得很高的烟蒂，于是，他又伸手从地上捡起一页散落的草稿废纸，立刻把小山一般的烟蒂倒在稿纸上，将纸的四边拧成一团，随手丢向了房间的一角。

纸团落地，烟蒂应声从纸包里散落了出来。

拉迪盖并不介意，将倒空的烟灰缸放在科克托和自己之间。

“以前，我为了寻找灵感经常干傻事。”科克托说道，“有时候我吃下一盒方块糖后便躺下，就那样不脱外套睡，尝试看会做什么样的梦。”

“那时你睡得一定很好吧。”

“是啊，睡得真好。”科克托笑了。

“以前我睡得也不错，”拉迪盖说着，口气像个老者，“我常常在马恩河畔的小船里睡午觉，凹凸不平的坚硬船板硌着我的背，似乎现在还有这种感觉。”

二人又陷入了短暂沉默。

终于，科克托突然以一种与刚才不同的语气这样说道：

“喂，雷蒙，你知道内心感知神之存在的人的疲惫吗？据说神灵离去之后，极度的疲倦袭向神灵附体之人，那简直就是一种令人作呕、深恶痛绝的疲劳，折磨得人彻夜难眠。看见神灵的人，在达到视力的极致和人类能力的极致之后回过神来，即便只是一瞬间，他们却为此殚精竭虑……你现在的失眠症，就是写《德·奥热尔伯爵的舞会》的后遗症。”

“你非得说我这是失眠症啊，让，失眠症之类的，难道不是情感疾病吗？拉法耶特夫人[①]肯定不了解这种病。”

二人继续闲扯着，试图摆脱“睡不着”这一心理暗示。但是，在某个瞬间，那种心理暗示会重新苏醒。于是，年长的诗人和年少的小说家都紧张地绷直身子侧耳静听。

街对面的天空尚无一丝光亮，从那里将会传来晦气的轰鸣，卡车发出的巨响仿佛一路推倒着房屋不断逼近，那是市里的垃圾收集车。

“我总是觉得那个噪音一接近，自己就像是要被车轧死了。即便我睡着了，那个声音也会进入我的梦中，让我梦到自己肯定会被轧死。”拉迪盖说。

“为什么之前你没说起过这些？”

对于这个问题，拉迪盖似乎回答说了些什么，但是，他的声音

---

① 拉法耶特夫人（Madame de La Fayette，1634—1693），法国小说家，本名玛丽-玛德莱娜·皮奥什·德·拉韦涅（Marie-Madeleine Pioche de La Vergne），代表作《克莱芙王妃》。

被传过来的轰鸣声遮住了，卡车轮胎与街道石板路摩擦发出的巨响，投射在路两侧六层石造建筑上，震耳欲聋。

那辆卡车驶过之后，二人都不再说话，试着入眠。不久，肮脏的灰色黎明映在了窗户上。

五

拉迪盖发病那天……

那是十一月末寒冷彻骨的一个午后。

两人不断更换旅馆，将住址告知了相关出版社，只会见希望见面的朋友，过着从烦恼中逃离出来的生活。

从早上开始，科克托就一直蜗居在房间里写诗。拉迪盖一贯喜欢在外游荡，早晨出去散步后还没有回来。

到了下午，天还没有放晴，阴霾的天空统治着自十八世纪以来巴黎那建筑众多的灰色街道。想着可能下雨了，打开窗户伸出手去，却发现并没有下雨。

门开了，拉迪盖回来了。

他头发蓬乱，一只眼戴着眼镜，挺着胸脯，显得目中无人。他腋下夹着手杖，手上戴着脏兮兮的黄色皮手套。

“回来啦！”

科克托和他打招呼，眼睛并未离开诗稿。接着，他又加了一句：“《舞会》校样给你送过来了。”

拉迪盖默默将手杖靠在椅子上，从凌乱不堪的书桌上取过校样。接下来，他随性地脱下外套、上衣，手拿校样一下子仰面躺倒在床上。

“校样全都出来了吗？”科克托问道，眼睛并没有从稿子上移开。

“哦，还有一部分，已经校到玛奥给弗郎索瓦的母亲写信那里了。”

拉迪盖心情不好。科克托回过头去，只见单片眼镜被拉迪盖摘下来放在了西装坎肩的前胸上，活像一枚勋章。他眼睛充血，一动不动地盯着双手举着的校样，却始终没有翻页。科克托有点不安，他停下自己手边的工作，凝视着拉迪盖。少年仍然如雕像般一动不动。科克托一下子站了起来，这样问道：

“你到底怎么了？”

这时，拉迪盖仰视着年长的朋友，目光非常平静。少年的身体确实出现了严重的状况。但是，他的眼睛抵抗着自己的身体，或者，背叛自己的身体，毋宁说是在责备朋友的大惊小怪。

“没什么，让。我只是觉得脑袋沉重，无法进行任何思考。”

科克托摇了摇他的肩膀，进一步问道：

“就这些吗？”

“还有，根本无法入睡……不过，那是常有的事……我一点食欲没有。还到不了生病的程度，可能是感冒了。不过……我心里非常不安。”

年长的朋友将手放在少年的额头上，并没感到很烫。但是，拉迪盖的不安很快传染给了科克托。

在少年平静的目光里，拉迪盖看到了那种对抗危机的倔强。在当下这个青年们悉数成为怀疑派并陷入自暴自弃的时代，这双眼睛才是未曾拥护这一怀疑态度的那种清澈明目。

科克托非常明白拉迪盖那犹如小鹿般稚气的眼神，它正在诉说着“我已受不了了”。对这位在《舞会》中如此清晰地描绘出人之内心的作者来说，威胁这种明晰的东西是无法容忍的。拉迪盖理解的生命是鲜活的，它以这种极致的明晰性作为特征，从背后威胁如水晶般生命的那种模糊的影子，就是死亡。因此，一旦拉迪盖的坦言中夹杂着不安，科克托就不能不马上将之与死亡的预兆联系起来。

第二年，科克托这样写道：

“你应该知道我称为‘上天的手套’的东西。上天接触我们时，往往会戴上手套以免弄脏手。雷蒙·拉迪盖就是上天的手套。他的外形宛若手套一般与上天吻合。上天一旦将手从手套里拔出，那就是死亡。因此，事先我就非常警惕这一点。一开始我就明白，拉迪盖不属于我，最终必须得还回去……”

科克托拿出体温计，想试着让拉迪盖量体温。拉迪盖拒绝了，因为他最讨厌自己被当作小孩子。

“为什么你那么想确定我是否生病呢？”

“因为同你一样，我也感到了不安啊。”三十一岁的诗人这样答道。

“你说的不安，是指我会死去这件事吧？”

“你看，你自己不也这么说吗？但是，全包在我身上啦！我要保护你，将你从要把你夺走的那种看不见的力量手中解救出来，因为我多少也接受过恩宠的力量啊。”

“可是啊，你不是也像世上的好事者那样看我吗？我才二十岁，没有宿疾缠身，也非穷困潦倒，一般认为我是与死亡毫不相干的，难道不是这样吗？我认为自杀是一种不正常的想法……在这个世界上，到底有没有死而无憾的作品呢？”

“那种东西，可以说有，也可以说没有。”科克托恢复了年长者的镇定，说道，“不过，从你二十岁就写出了《舞会》这一点来看……”

“但是，读过原稿的可只有你一个人啊……世人读了这部作品，或许很快会对我嗤之以鼻的呀！”

“不过，既然我认为是杰作，那就毫无疑问。总之，你二十岁就写出了这部杰作，就是对生命强烈的逆反啊，也是对生命法则的无视。我比你年龄稍长，正因为如此，我见过不少自然残酷报复违反法则之人的例子。所谓生存，就是一种走钢丝。你在二十岁就写出了《舞会》，打破了这一平衡。问题是你以何种方式来恢复平衡。但是，《舞会》本身是一部保持着完美平衡的作品，这一点是何等的讽刺啊。”

拉迪盖突然把脸埋在枕头里，“我的头……一跳一跳的，好痛。”

科克托用干燥的手抚摸着拉迪盖蓬乱的头发，说道：

“我去叫医生吧。”

“不请医生我也知道结果，医生会说这只是小感冒。”

屋里暗了下来，窗户上映现着对面建筑那一扇扇被煤烟熏黑的窗户，所有窗子都拉着窗帘。此时，一阵凄凉、高亢的吆喝声在科克托耳边回荡。

“玻璃！……”

“玻璃！……”

科克托走到窗边，朝街上望去。一个穿着皱巴巴的旧外套、头戴鸭舌帽的年轻人，背着几块玻璃，在冷清的人行道上渐渐远去。他背上的玻璃，在暮霭中泛着白光，看上去仿佛一扇神奇的窗子。好像一打开那扇窗，一个阴暗、奇异的房间就会呈现在眼前，或许这个异样的虚幻房间能够装下整个巴黎。

科克托再次感到不安，他旋转墙上的开关打开了灯。户外的景物不见了，拉迪盖如同死尸一般脸朝下躺在床上，他的样子让房间看上去像是刚刚发生了令人目不忍睹的惨剧。

六

科克托一九二五年创作的诗歌《天使厄尔特比兹》中的一节：

天使厄尔特比兹之死，
是天使之死。
厄尔特比兹之死，
是天使之死。
天使厄尔特比兹之死，
是某种死亡转换的神秘，
是扑克牌中缺少的一张 A，
是葡萄藤缠绕的某种犯罪，
是月亮之上的葡萄树，是天鹅咬住的某支歌。
昨天之前还不知名字的其他天使，
要将之取代。
临终之际，他如此指示。
堀口大学译[①]

① 日语原文引自日本法国文学研究家堀口大学的日语译文。汉语译文在堀口大学的日语译文基础上，参考法语原文译成。

七

拉迪盖身上的热度没有降下去的迹象，反倒像是爬楼梯一般不断上升，食欲不振和莫名的不安折磨着他。最终，医生怀疑他染上了伤寒，将他送进了比西尼街的医院。他病情加重，心脏由于高烧而极度衰弱。

十二月九日，拉迪盖嚅动着因高烧而干裂的嘴唇，对科克托这样说道：

“哎，事态完全变得令人害怕。三天之内，我将被神兵射杀。”

科克托含着热泪，觉得心情郁闷得透不过气来，就编了些与拉迪盖的感觉相反的医生的话给他听。拉迪盖双眼一动不动地盯着天花板，喘着气继续说道：

“你的那些消息可不如我的准确。命令已经下达，我听到了它。”

不久，他陷入昏迷之中，时而嚅动一下嘴唇，时而呼叫着科克托或自己的名字，时而以惊呆的表情盯着父母或自己的手背。

那之后过了三天，拉迪盖撒手尘寰。雅各布挽着科克托的胳膊，看着在拉迪盖临终前就已哭干眼泪的朋友，雅各布担心他因无法通过流泪来发泄自己而出什么意外。

八

“晚上好，先生们。”

一个胡子拉碴的渔夫从防波堤那里走了上来，向二人问好，打断了科克托的回忆。渔夫打完招呼走了过去。

在眼前港湾的前端，灯塔忽明忽暗。

“一看到他这样和我打招呼，我就觉得：自己还活着呢！”

科克托说道。雅各布没有接他的话。

起风了，白色的飞沫时不时地溅在防波堤上。脚下的港口系泊船相互碰撞的声音，以及船舶之间海水上涨拍打岩壁的声响不断增强。天上看不到月亮，只有满天星斗。

沉默了许久，雅各布诚恳地开口说道：“拯救你的路只有一条，你进行忏悔，接下来领受圣餐就可以了。”

科克托不容分说，马上用尖刻的语气打断了他：

“哎呀呀，你这是将圣餐面包姑且当作阿司匹林药片推荐给我吗？”

“圣餐面包就应该像阿司匹林药片那样使用啊。”

“或许是吧，我悲伤至极，现在没有食欲。与面包比起来，我觉得药物更合我的胃口。尤其是那种最灵验的妙药。”

雅各布像是赌气似的闷声不语。

过了一会儿，科克托就像刚才雅各布那样，将温暖的手搭在朋友肩上，说道：

“马克斯，你是位愤怒天使啊，你的诗中也有这样的内容。即‘看到你愚不可及，天使为之动怒’这句。但是，这次成了你当天使，对我这个愚钝的人生气了。”

雅各布莞尔一笑，科克托再次说道：

“天冷起来了，我们回旅馆吧。我讨厌看着那东西。”

“看什么东西？”

科克托指着时不时涌上防波堤的白色水沫：“就是这个顶着一头白发，龇着白牙，挥着白爪，试图从黑夜中攀上防波堤，却总是失败的大海！”

二人走在通往旅馆方向的那条黑暗且蜿蜒曲折的石板坡路上，这时，科克托装作漫不经心的样子说道：

“马克斯……你认识一个叫路易·拉卢瓦[①]的先生吗？”

“路易·拉卢瓦？”

“路易告诉过我一种药，我还没有完全适应它。不过，我相信不久我就会习惯它。说到药，你或许会生气……是鸦片。”

① 路易·拉卢瓦（Louis Laloy，1874—1944），法国音乐学家、乐评家、汉学家。

九

“最明智的人，只在万事俱备的时候疯狂！”

——让·科克托《鸦片》

一九五三年九月二十五日

复　仇

在阳光明媚的避暑地一角，有时会看到那种怪异而令人感到阴森的房子。这些房子并非年久失修成为废宅，也不是断壁残垣，亦非建筑风格阴郁，小窗户和深房檐阻挡了光线射入屋内。即便是搭了白色藤架，宽敞明亮的别墅风格的建筑，也同样如此。从这种房子前面走过时，会感到一种莫名的荒凉感，一股冷飕飕的凉气直往脖子里钻。这种房子会给人阴暗的印象，而这一印象从建筑整体来看又很难解释。

比如，后院的向日葵已成残枝败叶。围墙后门的铰链已坏，海风沿着道路袭来之时，便会发出奇怪的声响。这些细微的颓废迹象，如果是人丁兴旺、其乐融融的一家人住在这里，就只会给人一种滑稽有趣的感觉，肯定不会形成那种诡异的氛围。

近藤家所有的东西都完好无损，门关得严严实实，后门上的挂锁锃亮如新，没有一丝锈迹。这是一座别墅风格的木结构洋房，铺满草坪的庭院约有二百坪，四周低矮的石墙之上围上了绿篱，并不太高的院门漆成了白色。从外面来看，门窗紧闭，给人一种虽是开放性建筑，却故意将自己封闭其中的印象。

那条路通向海滨浴场。一到夏天，会有肩上搭着浴巾、脚穿拖鞋的一家人或年轻人光着身子由此经过。路上几乎铺满了沙子。手腕上挂着救生圈的孩子们想看看每一家的庭院，跳起身来朝那些因未好好维护而杂乱无章的篱笆缝隙里张望。茂密的枝叶使他们无法看清院里的情形。如果对大门严加戒备的话，最好是修建高高的石墙，像中国宅邸那样，在围墙上方嵌上玻璃碎片。但是，整修需要耗费巨资，估计这一家经济上没那么宽绰吧。

门柱上挂着两个门牌。一个上面写着“近藤虎雄”，另一个挂在下方，用素雅的字体写着“正木奈津”。

家里有五口人，三十四岁的虎雄是户主，他和妻子律子没有孩子。虎雄的母亲八重，带着丈夫死后留下的若干财产与他们同住。父亲的妹妹也就是虎雄的姑妈正木奈津，和二十五岁的女儿治子一道寄居在这里。家里一男四女，因为虎雄在东京一家公司任职，所以白天家里没有男人。

虎雄每天同一时刻准时到家，接下来和家人一起在餐厅用餐。因此，他家的晚饭时间要比其他家庭晚一些。

餐厅的电灯不太亮，家里所有的电灯均是如此，这是为了节约电费。

餐厅通风效果很好，但在夏天吃晚饭的时候，总是因为无风而暑气逼人。八重、奈津和虎雄穿着浴衣，津子和治子穿着连衣裙坐在椅子上。餐桌上放着色拉和烤鱼。

“鲈鱼是婆婆直接从渔夫那儿买的。”律子说。她性格开朗，在这家沉闷的餐桌上，第一个开口说话的总是她。但是，今晚她的声音听起来带有磁性的神经质，让人觉得似乎在故意用轻快的语调说话。

“我可是砍了价的，便宜了不少呢！虽说现在经济不景气，东西便宜了、降价了，但不擅购物的人还是会买贵。”

虎雄几乎不参与她们的谈话。他以前担任过陆军中尉，体格轩昂魁伟，但是脸色苍白，无框眼镜使他那张脸显得更加冷若冰霜。他是一个利己主义者，没什么兴趣爱好，玩玩木工是其唯一可称为爱好的事情。

奈津母女默默吃着饭。一到吃饭的时候，她们就想起自己寄人篱下的处境而变得小心翼翼。母女长得很像，都是贫血体质，身体弱不禁风。老姑娘治子白天在卫理公会教会的幼儿园做保育员，收入微薄。奈津在丈夫死后生活困难，靠卖房款度日，不久连租房生活也无法撑下去，因此就被近藤家收留了。生活的艰辛使她原本就瘦骨伶仃的面容看上去尖嘴猴腮。奈津经常自言自语说一些无聊的事，总是一个人傻笑着，这一毛病让她看上去更加寒酸落魄。这个毛病母女共有。治子只将做保育员收入的一小部分交给近藤家，一直将钱花在定做并不美观的西装上，近藤家的婆媳俩对此颇有微词……她们的谈话中断了。夜晚的海涛声传了过来，可以闻到放在餐桌下面的蚊香发出的气味。

这家人有个奇怪的癖好，一旦谈话中断陷入沉默，人人都是一副朝某个方向侧耳倾听的神情。无论是进餐中，还是偶尔客人来访，大家都像等着陷入沉默似的不约而同地朝某物竖起耳朵。白天还不那么明显，晚上尤为如此，一家人看上去就像一群容易受惊的水鸟。

除了大海的轰鸣，没有任何声音。

突然，厨房传出了动静，五人齐刷刷地朝那个方向扭过头去，接下来面面相觑，脸色有些苍白。

“是老鼠呀。”八重说道。

“是老鼠吧，原来是老鼠啊！”奈津说着，一个人笑了起来，笑声持续了很长时间。此时，律子突然放下筷子，她谁也不看，一只手抓住桌子边缘，一副无论如何也要把自己想说的话讲完的架势，用尖细的声音快速说道：

“我要全说了。本不打算在晚饭结束前说的，现在我全说了。我今天一个人去游泳，在海岸上，邻居请我进他们家的沙滩遮阳伞下休息。那时，玄武也在那儿呢！他一直目不转睛地盯着我这个方向看。”

四人注视着律子的脸。仅仅是出现了“玄武”这个名字，说话的律子和听她讲话的四个人就一下子呆若木鸡。虎雄平时脸色就很苍白，并无明显变化，但其他四人连嘴唇都变了颜色。

“那个蠢货怎么可能会在这儿呢！”

“不说别的，律子你不是不认识他吗？”

“不过，我看得很清楚啊。六十岁左右的老头，身高有五尺七寸，身体结实，皮肤黝黑，胡子拉碴。穿着开襟衬衫和卡其色裤子，脚上穿的应该是木屐，戴着脏兮兮的白色珠地网眼布帽子……我突然看到这个老头就站在沙滩遮阳伞旁边。我一抬眼，他看了一下我的脸，接下来将目光又移向大海。当我觉得他是玄武而毛骨悚然的时候，那人已混入海边的人群之中不见了。”

“我明白了，”八重稍微平静了下来说道，“你说的是山口先生的信中描述的相貌。这个人的长相恰巧与他描述的很像。你没看过照片，不可能知道是不是他。不，肯定不是玄武！他要是离开村子的话，山口先生应该会马上发电报给我的。找到山口先生这样的人真是太好了。因为这件事委托给他之后，我们终于可以高枕无忧了。”

近藤家将山口清一视为救命稻草，将结识山口看作众神的指引。八重死去的丈夫是内务省官员，他了解到曾接受过自己恩惠的山口在老家一边博览群书一边养病，且他的老家凑巧就是仓谷玄武所在的那个村子，于是八重就写了封长信给山口，委托他将玄武的消息用写信的方式一一告诉她。因此，八重在信封上并没有写近藤家的名字，总是使用自己的名字“正木奈津”，以免邮局将近藤家的名字泄露给玄武从而生出事端来。为维持这份好意，八重屡屡从为数不多的遗产中寄一些慰问金和物品给山口。山口首先来信告知了玄武的长相。随后，他把村中迅即散播的玄武的动向当作自己养病时的消遣写于信中，接二连三地寄了过来。信中没有玄武要离开村子的迹象，要是有这一苗头的话，山口应该会立刻发电报的。

“是你想多了吧。”

婆婆像安慰她似的说着，随即拿起了筷子，但是食不下咽。

“不过，我觉得那人就是玄武，凭直觉我觉得真的是他……今晚还是小心为妙。”

律子这么一说，大家又陷入了沉默。

几乎无人去搛菜。大家虽然将鱼肉扒散了，却胃口全无地停下了筷子。桌上的酱油壶和盐瓶发出昏暗的光。酱油壶劣质的玻璃中含有许多气泡，周身染上了酱油，呈现出浑浊的黄色。八重从旁边的碗柜里取来团扇，煞有介事地对着胸口扇着。

“哎呀，热死了！热死了！又听到这个消息，更是吃不下饭了。”

“我错了。”儿媳道歉道。

“没关系。虎雄，你还是在睡前巡视一下庭院，查看一下门锁，做到万无一失……即便这样也不能报警，向警察和盘说出的话，或许会成为你的耻辱。如果让外界知道，对你的前程也会造成影响。”

虎雄闷闷不乐，只有他一个人狼吞虎咽地吃着。不过，他只是机械地往嘴里塞，可以看出他也处于不安之中。他额上冒出了豆大的汗珠，但也不去擦拭。妻子律子从旁边用手绢轻轻为他擦了擦，他就那样爱理不理地任由她擦来擦去。

有什么东西接二连三地撞在纱窗上，奈津神经兮兮地回头朝那个方向看去，因为害怕，她很快就不再一直盯着窗外看了。原来是金龟子撞在了纱窗上。

外面笼罩着浓重的暑气，仍然没有一丝风。虽然海潮声只是在远处轰鸣，但是对大家现在那灵敏的听觉来说，还是有些喧嚣，令人心烦。

突然，奈津说话了。

“哎呀，真讨厌！真烦人！连我这清白的人也不得不担惊受怕。”

听到母亲大放厥词，治子敏感地缩了缩脖子，嘴角浮现出分不清是不是讽刺的微笑，又匆忙将其严严实实封闭在自己的世界里，因为她预料到了母亲的大言不惭将会带来的反应。

“哎呀呀，那你是说我和律子有罪啦？”八重说，“你这么说，我就丝毫没有留你在我家住的情分了。你随便租个地方搬出去住怎么样？那样的话，从明天起你就不用担惊受怕了。”

“嫂子，好啦好啦，不要太较真了。我这不是想开个玩笑嘛！真的是开玩笑。是吧，虎雄，我是开玩笑才说的，你妈还真是当真了……我们是一莲托生，我就是那种心情啊！‘一莲托生’这个词是不是蛮有趣啊？”

奈津说着说着笑了起来，笑声再次在尴尬的沉默之中持续回荡。

全家互不说话，像尽义务般地吃着饭。即便如此，和平时一样，奈津吃得最多。

这家人的吃饭方式也略有特色，简直就像是被催逼着似的神经质地动着筷子，坐立不安地重复着先吃一点菜，再稍微吃点米饭这样的顺序。五个人就这样默默地吃着，仿佛在观察关在笼子里的动物的生活习性。

窗边的芭蕉叶微微颤动着，风从开着的厨房门吹到了餐桌上。

“哟，好凉快啊！”八重发出夸张的声音说道。但是，奈津又回到了那个令人恐怖的话题。

“这么一说……这么一说，我想起来了。读了山口的来信之后，我也有过那种经历。那时我经常从噩梦中惊醒。玄武这个人的脸，在梦中历历在目。在江之岛的电车上，也是在白天，我清清楚楚地看到相同的一张脸，差点叫出声来。”

“这还是错觉嘛！”八重回应道。看来回到这个话题未必是令人生厌的。“这和律子今天的错觉相同。因为在梦里，我每晚都能清楚地看到这张脸。虎雄你肯定也是这样吧，因为你更清楚玄武儿子的长相。”

虎雄正在用牙签剔牙，他闷闷不乐地转过脸去。由于脸的角度问题，他的眼镜一闪一闪地泛着冰冷的光。律子又恢复了开朗的语调说道：

“在整个庭院里，至少在房子四周都铺上一层石子就好了。一到晚上我总是会这么想。这样就能听到脚步声。净是沙子的话，即便有人靠近，也是听不到的。”

“没有那个钱啊！”婆婆说。

“虽然认识山口好像也不错，但是，即便是现在，我有时也会在半夜突然惊醒。已经八年了。虎雄，从那时候起已经八年了。这八年来我没过过一天舒心日子。律子这八年来也是这样吧……”

婆媳四目相对，都从对方眼中看到了这八年来无休无止的担惊受怕。夜晚即将来临。这样，一家人与世隔绝，直接面对黑暗。有时哪怕是一丝风吹草动，全家人都会起来聚在餐厅窃窃私语。早上会为厨房前面沙地上的脚印是不是送奶工的而争论许久。每天晚上，噩梦至少会袭击家里的某一个人。玄武出现了，他是一个上了年纪、身高足有六尺的彪形大汉，堵在枕边，正要将手中的劈柴刀朝躺着的人的头直砍下去。

一家人无法隐蔽行踪。虎雄的工作单位就在东京，这个海岸位于他能够上班的最远距离。而且，他们在东京的宅邸因战火被烧毁之后就移居到这里，玄武已经通过某种手段找到了现在这个住处。

……律子和治子将餐桌上的碗碟撤到厨房。洗碟子的声音传了过来，另外三人默默坐着，虎雄抽着烟，翻着报纸。

“总有一天会来啊！”八重说。

奈津突然表情僵硬，朝八重的方向望去，影子正好投射在八重瘦削的脸上。

“什么要来啊？”

“我说了总会要来的，虎雄你也要有心理准备啊。我已经有了心理准备。我已经风烛残年，现在毋宁说倒像是期待它的到来似的继续活着。但是，律子还有治子那样的年轻人真是可怜。”

“我也很可怜，哈哈，我自己说自己可怜。”奈津一个人又笑了起来。

沉默之中，虎雄翻报纸的声音听上去很夸张。

大门的门铃响了。

三人面面相觑，厨房里的两人也跑回了餐厅，五个人围着餐桌呆呆地杵在那里，大气不敢出。最近一段时间并没有不速之客到访。

虎雄转过身，流露出一副是否要去大门口那里看看的表情。八重拦住了他，在他耳边斩钉截铁地说：

“盲目反抗受伤的话就不好办了，我去大门口看看。”

八重打开客厅的灯，并开了大门口的灯。餐厅里的三个女人呆立在虎雄身边。虎雄的脸色像死尸一般惨白，奈津紧紧握着女儿的手。

听到大门口的说话声，大家同时松了一口气。

“正木太太，你的电报。”邮递员的声音传了过来。

“找我的？什么事啊？”奈津探了探身子。

“姑妈，肯定是山口先生的信。因为信不能用近藤这个姓氏啊。”律子拉了拉奈津的袖子说道。

八重读着电报，从大门走到客厅，再从客厅走到了餐厅。她满面春风，四个人凑上来围住了她。

电报上写着：

仓谷玄武已死　山口。

八重将电报递给大家，身体像散架似的一屁股坐在客厅的藤椅上，任由四人欢呼，自己始终闭着眼坐在那里，感到疲惫不堪。

“婆婆，您没事吧？”

律子走了过来，摇了摇她的手腕。

“真是太好了，婆婆，已经没事了。”

“这下可以放心了，就可以烧掉那八封万不得已的时候作为证据提供给警察的烦人的信了。”

八重郑重地站起身来，打开了一个放在墙边作装饰用的小盒子，那个用白檀和象牙制成的盒子里面存放着玄武这些年每年都会寄来的薄薄的信，共计八封。八重将其中一封从信封里取出来读道：

近藤虎雄你走着瞧！

你将战犯的罪名扣在我挚爱的儿子头上，把身为你部下的他送上了绞刑架，自己却厚颜无耻地回到日本。我作为父亲，一定要为儿子报仇。只杀你一个消除不了我的仇恨，总有一天，我一定要杀了你全家，你等着吧！

仓谷玄武血书

每封信都因为沾了变成褐色的血迹而令人厌恶。八重拿着这沓信去了餐厅，将火铲架在电炉上，把信放了进去。

一家人默默盯着八重这一冷静的行为。夜晚的大海传来了轰鸣声，电炉的线圈渐渐热了起来，发出轻微的金属丝受热膨胀的声音。火还没有到燃起来的程度，但已将信上褐色的血迹原封不动地在纸的背面透了出来，在燃烧前就开始发出一股难闻的气味。信要是快点燃着就好了，但点着的话也很恐怖。全家人忘记了看电报时的那种安心感，又发现自己正被其他不安所困扰。

治子比其他人晚离开了一步，看到了火烧到信件的那一瞬间，她颤抖的手紧紧抓着一家人都认为没有品味的那件印花布连衣裙的裙边。这时，这个老姑娘无意中说了句即便是自己都觉得恐怖的牢骚话，而这句话又像是鼓励全家人重新打起精神，再次面对恐怖一样。

“电报之类的东西不靠谱，那封电报肯定是活着的玄武打来的！”

施饿鬼船

一个夏日的黄昏，在热海鱼见崎海风楼的一个房间里，一位老人身穿笔挺的白麻布西服，系着领带，等候着刚到此处正在洗浴的客人。客人是他的儿子。老人收到了儿子久违的消息，儿子说要来热海的家里看望他，他就直接来这里迎接儿子，在此共进晚餐。海风楼与其说是旅馆出名，倒不如说是美食更为有名。

老人坐在临海的檐廊椅子上，眺望着天色未暗却已华灯初上的热海街景。原以为是远处的一扇玻璃窗在反射着夕阳，其实那是已经开始点亮的灯火。海上很亮，箱根群山的山顶与天空相接，显得昏暗。很少有风从海风楼下的海面上吹上来，但是瘦削的老人似乎对暑热毫无反应，连领带也没有松一下。

老人头发白了，鼻下蓄着白须，眼睛大而富有活力，但时而目光犀利，时而像筋疲力尽般浑浊。老人的鼻子是旧时歌舞伎演员常有的那种肉薄而端正的鹰钩鼻，现在已不多见，只有嘴巴机能性地肥厚而松弛，打破了整张脸知性的平衡，其皮肤显然是因上了年纪而有点发黑。他眼睛下方的几道皱纹，自然而然地让他自上而下俯视别人，因此，也可以说他在风度和自尊心方面给人的印象由此而生。但是，此人的自尊心并非是上了年纪才养成的，而是与生俱来的，就像先天性疾病般一直与他的精神和肉体密不可分。

老人名叫鸟取洋一郎，是位大名鼎鼎的作家。自从与第二任妻子所生的儿子成家之后，他自己就请了一个年纪大的保姆照顾生活起居，住在热海水口的牡丹台那里。

房太郎从浴室走了出来，他穿着旅馆的浴衣，个头很高，粗壮的小腿从衣摆下露了出来。他与父亲有些面影上的相似，年龄大约三十岁左右，是一个身体健康的普通男子。

“父亲，您也换上浴衣吧。”

“不用，我这样就行。”父亲坚决推辞，然后问道，“去哪里玩儿啦？”

“仙石原，是公司集体出游，回来时我就想顺便过来看看您。”

“你过着普通市民的生活，真不错。”洋一郎用一种说教式的口吻说道。他的作品中，即便是描写淫荡的故事，语言表达也有一种讲座式的感觉。

“伊久子和浅雄都好吧？”洋一郎问起了儿媳和孙子的情况。

“嗯，都很好。”房太郎回答道。然而，他看上去好像在想其他事情，对父亲的询问漫不经心。

女服务员端来了啤酒和凉菜，两人从椅子上站起来，坐到了餐桌旁。朱红色漆面的圆桌上，零零星星放着几个碟子，空余的大片地方在电灯下有点刺眼。

父子举起酒杯，喝下第一杯酒，房太郎依旧沉默不语。终于，父亲开口说道：“你来，是为报纸的事儿吧？”

“嗯。”

“自那以来，家里面总有记者一拨一拨来，让人不得安生。我约你来这儿而不是在家，就是这个原因。”

“嗯，我也是那么想的。”接下来，房太郎嘴边带着啤酒泡沫，用孩子气的语气问道：“那么，那些都是真的吗？”

“登报的肯定都是真的。即便是假的也都会变成真的……这点暂且不论，就那个问题，我觉得今晚是我们爷俩敞开心扉聊一聊的最好时机。”

房太郎用筷子夹起一撮儿海胆黄拌海蜇，塞进嘴里大嚼起来，年轻而结实的牙齿发出了咀嚼硬物时的那种咯吱咯吱声。在沉默之中，这声音听起来怪怪的，竟像机器运转发出的一般。

“父亲，您不想再看一遍吗？我把报纸也带来了。前天从家里出来的时候，为了不让伊久子看到，我就放进衣袋里带过来了。旅行住宿的两个晚上，公司的那帮人对此事只字未提，反倒我自己有点放不下了。”

他伸手从旁边衣筐里的上衣口袋取出了折起来的报纸。

“……随后，临行前，我在东京车站给您打了那个电话。”

父亲默默无语。房太郎在父亲视线看不到的角度上，将前天的报纸摊在两膝之间。

文豪鸟取洋一郎的前妻克江在养老院穷困潦倒而死的报道在报纸上的显著位置刊出。文章点明克江是洋一郎初期作品《泡沫》《瓦韦》和《鬼》的女主人公原型。报道的文笔肯定不是客观性的，拐弯抹角地指责洋太郎冷血，意在唤起读者那种道德性批判。

“克江从未入户籍，”父亲说道，“可是报纸写得好像她已经入籍了。我法律上的妻子是你母亲，而且就你母亲一人。……但事实上，你母亲可以说是我第二任妻子吧。”

“我知道，”儿子好像要将自己从动辄就要陷入的沉默之中屡屡拉回来似的说道，“或许我问了不该问的事。从留下的日记来看，我母亲是幸福的。尽管她生下我不久就去世了，但生前未受过任何苦，而我又是父亲您一人抚养成人的。所以，我如今对父亲的前妻，并没有质疑的必要，也没有那个权利。不过，我看到报纸后想要了解的，也不仅仅是出于好奇。我一直在读您的作品……”

“是啊，我知道你从学生时代开始就一直在读我的作品。”洋一郎面不改色地说道，“……我虽然知道，但没有制止你读，即便说不让你看也难以做到。但是，我们父子之间有种默契，很幸运从未发生过什么文学论战，而且，你选择世上最普通的职业，我比谁都高兴。”

“……那个克江，您是不是知道她进养老院的事情？”

“那件事我并不知道，”洋一郎以不容置疑的立刻坦诚回答道，“大致是克江带着女儿离家出走，女儿死的时候，我已经和你母亲结了婚。我给克江寄了些钱，没有去祭奠。因为克江回信说不让去……之后过了两三年，她从北海道来了封信，那时我也寄了些钱过去。尽管如此，克江离家出走之后我们一次都未见过。这十几年来，可能也就寄了六七回钱吧。她在信中对自己的现状只字未提，只说有困难，需要帮助。于是，我就寄钱给她，寄完钱会收到简单的回执，之后她就又杳无音讯。过了几年，她又来信说让我寄钱。……最近刚意识到已经有五六年没有这样来来回回打交道了，没想到她已经在养老院死去了。”

房太郎聚精会神地听着父亲的一言一语，但是，他并不认为父亲把详情全都说了出来。

房太郎并不是要让从事文学创作的父亲说明立场，父亲也知道这一点，知道撇开那种立场来解释。但是，一旦撇开了“那种立场”，就只剩下无比落寞的内容了。离家出走、寄钱、要钱的信、回执、养老院……父亲和克江的人生关联仅以这样的形式便宣告结束。而且，父亲听从克江所言，并未参加女儿的葬礼。

房太郎经常读父亲的小说。父亲并非所谓的私小说作家，即便说初期作品中的两三部以克江为原型，但也不是父亲和克江以事实婚姻名义一起生活时的真实写照。尤其是对克江离家出走后的思念之情，以及女儿之死的打击，等等，都假借作品各式人物的心境，在之后的作品中表现了出来。

但是，房太郎无法理解的是，即便在父亲凄凉的解释上加上作品中描绘的所有情感，将二者混合在一起，也无法呈现出一个人清晰的形象。即便只读作品，也无法完全把握父亲这个人的真实情感。从父亲那里直接听到的解释，越发欠缺那种情感。父亲到底把“人的感情”藏到了哪里呢？房太郎一边回想着学生时代读过、自己颇有感触的那篇让·保罗[①]的散文《关于人之感情常绿》，一边这么想。

父亲究竟为何要将人的感情那样隐藏起来呢？有那个必要吗？是文学的需要吗？……想到这一层，一切都有悖房太郎的常识，完

① 让·保罗（Jean Paul, 1763—1825），德国作家，本名约翰·保罗·弗里德里希·里希特（Johann Paul Friedrich Richter），出于对法国思想家、作家让-雅克·卢梭的推崇用笔名让·保罗，代表作有长篇小说《看不见的共济会》、短篇小说《武茨》等，理论著作有《美学入门》。

全陷入了模糊的悖论世界。

桌上的鲈鱼生鱼片，贴着大块碎冰，看上去非常清爽。灰白色的鱼肉在明亮的冰块衬托下，呈现出细微的纤维状，宛如叶脉一般。

洋一郎察觉到了儿子的不满，又补充说了钱的事情。

“你母亲是有钱人。有一段时间，我接受了你母亲的援助，这点无需隐瞒。但是，以此为契机，我的作品大卖，一下子走出了长时间以来的困境……相比而言，和克江在一起的那段生活就是人生低谷，一日三餐都难以保证。在这样的困境中，她生下了女儿。所以，年轻的我逃避自己的责任，责备克江不小心，并打了她。对生下来的女儿，我也无法爱她。”

“这一切都是为了文学吗？”

“也可以那么说吧。当时的我坚定地认为作家不能过度地沉溺于人性之中。比如，医生虽然是与人打交道的职业，但是不能陷入对患者的同情之中。这一自律毕竟包含在治病救人这一医学的人性目的之中，或许可以认为它是一种人性的自律吧。但是，文学不同，艺术之中不存在这样的东西。

“我害怕自己变得幸福。因为所谓幸福，是和人性的所有东西之间的亲和之情。即便是家人，我和他们也存在着不可逾越的界限。是的，小说家身上人性的东西，犹如细菌学家之于细菌一般，为了不感染，必须要用镊子来处理，要用语言这一镊子……但是，要想真正了解细菌的秘密，有一天必须要感染病菌。所以我才害怕感染，即害怕变得幸福。

“在贫困和不幸之中痛苦挣扎的时候，世人说我‘为生活所苦’。但事实上，我并未置身于生活之中。妻子出入当铺、食物匮乏、婴儿的啼哭声、变成红褐色的榻榻米……被这些琐事包围着，鄙视生活反而很容易，我甚至没有一丝不安。我的一生中遭受到的最大不安，毋宁说是很久之后你母亲快要离世的时候。

“总之，或许只是因为我太年轻了。年轻时会犯各种各样的错误，而犯错误就像是针对人生的礼仪一般。”

“世人好像不那么说。报纸不管你是不是文学家，不断地说一个人应该对另一个人负责任。”

“你说出自己世俗的看法没有错，就应该这样。这样好啦，你绝不要赞同我的看法。

“责任……是啊，所谓的责任、诚实，都为一般人接受。现代作家都表现出一副诚实的面孔。据说赫尔曼·黑塞曾目不转睛地盯着歌德的肖像画这样说道：‘阁下……您画得太不坦诚了。’

“我想你问的就是这一点。漫长的岁月里，我逐渐开始回顾自己年轻时的文学沉思，在被认为是冷酷的人性之中发现人类爱情这一相反的例证，即用悔悟的目光去重新爱过去。如今，我将自己过去与克江之间的那种赤裸裸的金钱关系，也当作责任来认识，事实上我也希望如此。青年人那种文学沉思之类的东西都很无聊，真的是无聊透顶。为此牺牲一两个人不值得，实际上我也这么想的。

“但是，时间不能倒流。克江和她的女儿，是我灰色世界里的居民。之后，自从你母亲出现，我就果断地彻底切断了与那个灰色世界的缘分。

“那个灰色世界里的母亲的一生，灰色世界里的女儿的死，以及与之相关的感伤，有时不经意间向我袭来。但那只是一瞬间的感伤。克江和我，当时在进退维谷的情况下结合，想象不到还有其他结合方式。难道可以以‘责任’的名义来修正我们的人生吗？在我固执地决定绝不能过那种生活时，能够支持我的是克江。我认为你母亲做不到这一点，你母亲是无论如何都要和我过一辈子的女人。

“如今我到了这个年纪，也不想宣称说‘自己为了文学牺牲了克江’之类的感伤的话。一切都不是为了某种目的。我向克江断言说那段悲惨生活绝不能回首，不正是对死去的她的纪念吗？

“世俗之人总是不断回顾自己的人生。看看那些成功人士的自传，他们少年时代赤脚在大雪中奔跑，在生产木炭的小屋中彻夜不眠。这些人都重新回顾诸如此类的传奇故事，并一一赋予它们意义。所谓责任，就是为他们而存在的语言。作家则不同，作家是对人类、存在具有冷彻思考的专家，具有专家的怪癖，他们根据生活改变看法，就像一座座屹立不倒的高塔，排列在他们的过去之中。其中无论是哪一座，对他们来说都已无法改变，因此也就没有责任。此刻，他们记得在某座塔上眺望过的地平线上的风景，但他们已将此景弃之不顾，不会去那座塔的窗口再度眺望。他们不得不将自己所犯的一切谬误正当化，艺术家的手段就是不加任何修正地将谬误和非谬误的内容以相同的方式正当化，谬误和非谬误二者如果不在同一地点相遇，就不能说我们真正生活过。”

房太郎仔细听着父亲的话，仍觉得父亲在闪烁其词。他认为，父亲或许因为顾忌到母亲才不愿告诉自己事实，即在某一时期，与母亲比起来，他更为强烈地爱着克江。

另外，房太郎此次前来，是打算处在世人的对立面即站在父亲的立场上的，但父亲不理解自己，这让他非常着急。父亲的话中，总会有一种隔靴搔痒的感觉。而且，父亲看起来好像从一开始就拒绝房太郎帮助似的。

洋一郎敏感地察觉到儿子的不满，于是中断了冗长的独白，带着久违的笑，往房太郎的空杯子里倒啤酒。

“来，喝吧……不说克江了，我们谈谈你母亲。”

父亲突然声音变得开朗起来，这反倒让房太郎觉得异样。

“自从认识了你母亲，是啊，我的生活就突然开始了新的一页。你母亲就像你从照片里看到的那样，是一个美丽而开朗的人，而且声音甜美。你母亲沿着走廊说着话向我走来，那里就像有一缕阳光照射进来一般。和你母亲相识以后，我摒弃了艺术都是晦暗、深沉而且怪诞的东西这一认识，觉得与你母亲不相称的东西，也不适合我了。你母亲唱着歌创建了明朗的家庭，把我也安置了进来。为创造舒适的工作环境，她就像蝴蝶一样在我身边飞来飞去，整理书架，张贴剪报，接待大批的客人，让每个人都心情愉悦。家里置备了上等的洋酒，鱼子酱、凤尾鱼、肥鹅肝也一应俱全。你母亲还养了许多猫狗，在整个家里撒满了鲜花，而后生下了你。”

洋一郎一口气说到了这里，这时，父子俩的耳畔传来一阵单调的鼓声。父亲停止说话，侧耳倾听着。

“怎么回事？”房太郎说道。更多鼓声渐渐高涨起来。

他走到廊檐下凭栏远望，月亮出来之前的天空非常阴沉，已经到了晚上，将浓云密布的海面和天空分割开来的，是那仍然零零星星连成一片的渔火。另外，左边的热海市区，密密麻麻的灯火一直延伸到山脚下。这种情况下，街上的嘈杂声就无法传过来。

只有太鼓[1]声在海湾之上高亢地回荡着。这声音是从锦浦方向传来的。房太郎向右边看去，可以看到两艘华丽的船只开到了防波堤尽头。屋形船的船檐上悬挂着红色的灯笼。

不久，还可以看到，之前淹没在亮光之中而不见踪影的两条小船跟在屋形船后面驶了过来。

每一艘船都有很多人，屋形船上的人好像一齐敲着法华鼓[2]。

“那是什么？”房太郎再次问道。

常住热海的父亲若无其事地回答道：“那是施舍饿鬼的船呀。它普度在锦浦自杀的那些无亲人祭奠的亡灵。”

房太郎像孩子一样心无旁骛地将下巴放在栏杆上眺望着。鼓声越来越大，船来到了眼前，连屋形船船头立着的细竹以及随风飘动的七字旗都能一览无余。

施饿鬼船朝着热海市区前进着，即便如此，海湾因船只的缓慢前行看上去依旧黑暗一片。

洋一郎仍坐在客厅里，给自己的杯子倒上啤酒喝着。他好像无意说给儿子听似的又沿着刚才的话题继续说了起来。

“……那种幸福生活啊，真是你无法想象的。不仅是安稳，而且你母亲甚至是一种危险。她每天穿不同的衣服，让人眼花缭乱地变换着不同的发型……我有生以来从未接近过那种人性的东西。渐渐地，我也被感染了，与所有人性的东西达成了和解，全盘接受了这个社会的习俗。习惯这东西，是多么令人愉快啊！有一次，我一

---

① 日本的代表性乐器，鼓身用榉木或次楸木制成，两面蒙上熟牛皮，直径从三十厘米到超过一米不等。

② 又名团扇太鼓，佛教法华宗和日莲宗常用的法具，用来调整念经时的节奏。

不留神把手伸进了你母亲做的馅饼里，你母亲笑着责备我。我呆呆地望着自己满是馅料的五根手指，馅饼是那么亲密地、就像理所当然的一般粘在我的手指上，对我的手指并无丝毫防备。与之相同，人性的东西，没有用镊子处理的必要……在与你母亲短暂的婚姻生活之中，我一直在努力寻找艺术上幸福的定义，即埋没于人性之中的艺术的定义……但是，令人困惑的是，幸福的状态甚至不适合思考幸福。于是我觉得自己很不幸。不过，这种不幸又给了我光芒四射的喜悦。”

房太郎已经不再倾听父亲的高论，被施饿鬼船的去向吸引了。

此时，响起了轻微的噼里啪啦的声音。在市区的正前方，小船放着焰火。从焰火中落下绿色火星，在水面上消失了。

“父亲，您看！”

房太郎终于用纯真的声音喊道。四艘船开始一起将灯笼放进海流中。

父亲也站起身，来到了栏杆处。

无数杏黄色的灯笼在海面上不规则地分散开来。虽说不规则，但还可以知道潮水将它们分成了几列。灯笼闪烁着，不停地摇摆。与船比起来，平静的海面之下那不断涌动的潮水毋宁说看上去更加醒目。

父子二人默默眺望着。灯笼出人意料地快速向海面散开，追着灯笼，敲着法华鼓的船又鼓声大作着回来了。但是，这些灯火和声音还不至于搅乱海湾上黑暗的蔓延。

房太郎像突然想起似的点了一支烟，重新回到刚才的话题。

“母亲生下我，半年左右就突然去世了，父亲您也一定很悲伤吧。”

“朋友过来安慰我，在朋友面前，我不停地哭，就像女人那样哭哭啼啼。”

房太郎转身看了看父亲的脸，父亲现在并没有哭，很难想象父亲哭泣的情景。

“但是啊，”父亲说道。房太郎模模糊糊有种预感：今天晚上，父亲会第一次说出肺腑之言。

“但是啊，这一点对你很难启齿，你母亲的死对我而言就是一种恩宠啊！”

图字：09-2016-649号

图书在版编目（CIP）数据

拉迪盖之死 /（日）三岛由纪夫著；兰立亮译．—
上海：上海译文出版社，2020.7
（三岛由纪夫作品系列）
ISBN 978-7-5327-8175-1

Ⅰ．①拉… Ⅱ．①三… ②兰… Ⅲ．①中篇小说－小
说集－日本－现代 ②短篇小说－小说集－日本－现代
Ⅳ．①I313.45

中国版本图书馆CIP数据核字（2020）第106068号

拉迪盖之死
テディゲの死

［日］三岛由纪夫 著
兰立亮 译

出版统筹 赵武平
责任编辑 叶晓瑶 张 鑫
装帧设计 徐小英

上海译文出版社有限公司出版、发行
网址：www.yiwen.com.cn
200001 上海福建中路193号
上海信老印刷厂印刷

开本 890×1240 1/32 印张 9.25 插页 2 字数 136,000
2020年9月第1版 2020年9月第1次印刷

ISBN 978-7-5327-8175-1/I·5033
定价：45.00元